Mistério em Windsor

S. J. BENNETT

Mistério em Windsor

Tradução de
ADRIANA FIDALGO

EDITORA RECORD
RIO DE JANEIRO • SÃO PAULO
2022

EDITORA-EXECUTIVA
Renata Pettengill

SUBGERENTE EDITORIAL
Mariana Ferreira

ASSISTENTE EDITORIAL
Pedro de Lima

COPIDESQUE
Isabela Duarte Britto Lopes

PREPARAÇÃO DE ORIGINAL
Beatriz Araujo
Leandro Tavares

REVISÃO
Cristina Maria Freixinho
Renato Carvalho

DIAGRAMAÇÃO
Abreu's System

TÍTULO ORIGINAL
The Windsor Knot

CIP-BRASIL. CATALOGAÇÃO NA PUBLICAÇÃO
SINDICATO NACIONAL DOS EDITORES DE LIVROS, RJ

B417m

Bennett, S. J. (Sophia J.), 1966-
    Mistério em Windsor / S. J. Bennett; tradução de Adriana Fidalgo. – 1. ed. – Rio de Janeiro: Record, 2022.
    280 p.; 23 cm.   (Sua majestade a rainha investiga; 1)

    Tradução de: The Windsor Knot
    ISBN 978-65-5587-340-5

    1. Ficção inglesa. I. Fidalgo, Adriana. II. Título. III. Série.

21-72640
CDD: 823
CDU: 82-3(410.1)

Camila Donis Hartmann - Bibliotecária - CRB-7/6472

Copyright © S. J. Bennett, 2020
Copyright da tradução © 2022, Editora Record

Texto revisado segundo o novo Acordo Ortográfico da Língua Portuguesa.

Todos os direitos reservados. Proibida a reprodução, no todo ou em parte, através de quaisquer meios. Os direitos morais da autora foram assegurados.

Direitos exclusivos de publicação em língua portuguesa somente para o Brasil adquiridos pela
EDITORA RECORD LTDA.
Rua Argentina, 171 – Rio de Janeiro, RJ – 20921-380 – Tel.: (21) 2585-2000, que se reserva a propriedade literária desta tradução.

Impresso no Brasil

ISBN 978-65-5587-340-5

Seja um leitor preferencial Record.
Cadastre-se no site www.record.com.br e receba informações sobre nossos lançamentos e nossas promoções.

Atendimento e venda direta ao leitor:
sac@record.com.br

Para E

E para Charlie e Ros,
que combinam o prazer da ficção
com a busca pela verdade

Parte 1

Honi soit qui mal y pense

"Envergonhe-se quem nisto vê malícia"
— Lema da Ordem da Jarreteira

ABRIL, 2016

Capítulo 1

Era um dia quase perfeito de primavera.

O ar estava fresco e puro, o céu azul-centáurea cortado pelo rastro dos aviões. À frente dela, sobre a copa das árvores do Home Park, o Castelo de Windsor cintilava em tons de prata sob a luz da manhã. A rainha parou seu pônei para admirar a vista. Não há nada tão bom para a alma quanto uma manhã ensolarada no interior inglês. Depois de oitenta e nove anos, ela ainda se maravilhava com o trabalho de Deus. Ou da evolução, para ser mais exata. Mas, em um dia como este, foi Deus que veio à sua mente.

De todas as suas residências, se tivesse que escolher sua favorita, seria esta. Não o Palácio de Buckingham, que era como morar em um complexo de escritórios dourado numa rotatória. Não Balmoral nem Sandringham, embora ambos estivessem em seu sangue. Windsor era, simplesmente, lar. Era o lugar dos dias mais felizes de sua infância: o Royal Lodge, as pantomimas, as cavalgadas. Era onde ela ainda passava os fins de semana para se recuperar dos intermináveis compromissos na cidade. Era onde papai fora enterrado, querida mamãe também, e, ao lado deles, Margaret, embora tivesse sido difícil conseguir o encaixe na pequena e apertada câmara.

Se a revolução um dia viesse, refletiu ela, era ali onde ia pedir para se aposentar. Não que eles fossem deixar. Os revolucionários provavelmente a despachariam... Para onde? Fora do país? Se sim, ela iria para a Virginia, batizada em homenagem à sua homônima e terra natal de Secretariat, que venceu a Tríplice Coroa em 1973. Na verdade, se não fosse pela Commonwealth, e pelo pobre Charles, e por William e o pequeno George tão bem preparados para sucedê--lo após todos os percalços, não seria um destino tão terrível assim.

Mas Windsor seria melhor. Poderia aguentar qualquer coisa ali.

Daquela distância, o castelo parecia tranquilo, ocioso e meio adormecido. Não estava. Do lado de dentro, quinhentas pessoas cuidavam das próprias tarefas. Era uma comunidade pequena, mas muitíssimo eficiente. Ela gostava de imaginar todos eles, desde o mestre da Casa Real verificando a contabilidade até as camareiras arrumando as camas depois da pequena festa de ontem à noite. Mas hoje havia uma sombra encobrindo tudo.

Um artista que tinha se apresentado na festa havia sido encontrado morto na cama dele pela manhã. Aparentemente, tinha morrido enquanto dormia. Ela o conhecera. Dançara rapidamente com ele, na verdade. Um jovem russo, chamado para tocar piano. Tão talentoso, tão atraente. Que perda terrível para a família...

Lá em cima, um ruído monótono de motores abafou o canto dos pássaros. De sua sela, a rainha ouviu um zunido agudo e ergueu o olhar para ver um Airbus A330 se aproximando para aterrissar. Quando a pessoa vive na rota de voo de Heathrow, ela se torna especialista em identificar aviões, embora conhecer todos os aviões comerciais apenas pela silhueta fosse uma habilidade pouco útil. O barulho da aeronave sacudiu seus pensamentos e a lembrou de que precisava voltar para a sua papelada.

Primeiro, fez uma anotação mental para perguntar depois sobre a mãe do jovem. Sendo bem sincera, ela não costumava se interessar tanto pelos familiares dos outros. Sua família já tinha problemas de mais. Mas alguma coisa lhe dizia que essa era uma situação diferente. Havia uma expressão estranha no rosto de seu secretário particular quando lhe deu a notícia naquela manhã. Apesar das incontáveis manobras de sua equipe para poupá-la de qualquer coisa desagradável, ela sempre sabia quando acontecia algo estranho. E algo estranho, percebeu ela de repente, sem dúvida havia acontecido.

— Vamos — deu o comando ao pônei. Ao lado dela, o cavalariço deu a mesma ordem a seu cavalo também, só que silenciosamente.

Sob o ornamentado teto gótico da pequena Sala de Jantar de Estado, o café da manhã chegava ao fim. O gerente de corridas da rainha compartilhava bacon e ovos com o arcebispo de Canterbury, o ex-embaixador de Moscou e outros poucos convidados que sobraram da noite anterior.

— Noite interessante — disse ele ao arcebispo, sentado à sua esquerda. — Não sabia que você dançava tango.

— Nem eu — murmurou o arcebispo. — Aquela pequena bailarina me tirou o chão. Minhas panturrilhas estão me matando. — E baixou a voz: — Diga-me, em uma escala de um a dez, quão ridículo eu estava?

O gerente de corridas mordeu o lábio inferior.

— Para citar Nigel Tufnel, foi um onze. Não estou inteiramente convencido de já ter visto a rainha rir tanto.

O arcebispo franziu o cenho.

— Tufnel? Ele estava aqui ontem à noite?

— Não. *Spinal Tap.*

O dançarino relutante sorriu, envergonhado.

— Ah, céus. — Ele se inclinou para a frente, a fim de esfregar a parte inferior da perna sob a mesa, e seu olhar encontrou o de uma jovem de beleza extraordinária, magra como uma modelo, sentada do outro lado. As grandes íris pretas pareciam fitar sua alma. Ela abriu um sorriso discreto. Ele ficou vermelho como um pimentão.

Mas Masha Peyrovskaya estava olhando para além dele, e não para ele. A noite passada havia sido a experiência mais intensa de sua vida, e ela ainda saboreava cada segundo.

"Jantar", ela ensaiou para si mesma em sua cabeça, "com pernoite. Jantar com pernoite. Semana passada, fui a um jantar com pernoite no Castelo de Windsor. Ah, sim. Com Sua Majestade, a rainha da Inglaterra. Você nunca esteve em um? São muito agradáveis". Como se aquilo acontecesse toda semana. "Yuri e eu ficamos num quarto com vista para a cidade. Sua Majestade usa o mesmo sabonete que nós. Ela é tão divertida quando você a conhece melhor. Os diamantes dela são de matar..."

Seu marido, Yuri Peyrovski, estava tratando uma ressaca monumental com uma mistura de vegetais verdes crus e gengibre, preparada a partir de uma receita sua. Os funcionários do castelo, sem dúvida, eram eficientes. Yuri ouvira rumores de que a rainha guardava seu cereal matinal em potes de plástico (não que ela tivesse se juntado a eles naquela manhã). Ele esperava o velho *shabby chic* inglês, que significava casas quase sem manutenção, com aquecimento inadequado e pintura descascada. Mas fora mal informado. Aquele cômodo, por exemplo, exibia cortinas elegantes de seda vermelha, duas dúzias de cadeiras douradas ao redor da mesa e um tapete impecável feito sob medida para o lugar. Todos os outros cômodos eram igualmente perfeitos. Até o seu mordomo acharia difícil encontrar defeitos aqui. O Porto de ontem estava excelente também. E os vinhos, em geral. E haviam servido conhaque? Ele se lembrava vagamente de que sim.

Apesar do latejar na cabeça, ele se virou para a mulher à sua esquerda, esposa do ex-embaixador, e perguntou como poderia conseguir os serviços de um bibliotecário particular, como aquele que tinham conhecido depois do jantar. A mulher do ex-embaixador, que não fazia ideia, mas tinha vários amigos letrados, ainda que de baixa renda, ligou o charme no máximo e deu o seu melhor.

Eles foram interrompidos pela aparição de uma mulher alta de cabelos pretos, de paletó e calça de pregas, que surgiu na soleira da porta em uma pose dramática, a mão na cintura, os lábios carmim comprimidos, transmitindo inquietação.

— Ah, me desculpem! Estou atrasada?

— Nem um pouco — rebateu o gerente de corridas de modo amigável, embora ela estivesse, e muito. Vários convidados já tinham voltado para o andar de cima a fim de supervisionar a arrumação de suas malas. — Estamos todos muito relaxados aqui. Entre e venha se sentar ao meu lado.

Meredith Gostelow seguiu em direção à cadeira que foi arrastada para ela por um criado e assentiu com veemência quando este lhe ofereceu café.

— Dormiu bem? — perguntou uma voz familiar à direita. Era Sir David Attenborough, tão melodioso e solícito quanto parecia na TV. O que a fez se sentir como um panda ameaçado de extinção.

— Hum, sim — mentiu ela. Olhou ao redor da mesa enquanto se sentava, flagrou a bela Masha Peyrovskaya lhe dirigindo um meio sorriso e quase errou a cadeira.

— *Eu* não dormi — sussurrou Masha, rouca. Várias cabeças se viraram para encará-la, exceto a de seu marido, que franzia o cenho para o suco. — Passei a noite inteira pensando na beleza, na música, no... "сказка"... Como se diz isso na sua língua mesmo?

— Conto de fadas — murmurou o embaixador à sua frente, com certa irritação na voz.

— Sim, conto de fadas. Não é? É como Disney! Só que *classudo*. — Ela hesitou. Aquilo não havia soado como ela imaginara. Sua fluência no idioma deles era limitada, mas ela esperava que o entusiasmo a redimisse. — Vocês têm sorte. — Ela se virou para o gerente de corridas. — Você come muito aqui, não é?

Ele sorriu, como se ela tivesse feito uma piada.

— Com certeza.

Antes que ela pudesse investigar a razão de ele ter achado graça, outro criado, resplandecente num colete vermelho e fraque preto, foi em direção ao marido dela, curvando-se para lhe sussurrar algo no ouvido, algo que Masha não conseguiu pescar. Yuri corou, empurrou a cadeira para trás sem dizer uma palavra e o seguiu para fora do salão.

Agora Masha se culpava por ter mencionado o conto de fadas. De alguma forma, tudo aquilo era sua culpa. Porque, pensando bem, contos de fadas possuem forças sombrias em sua essência, sempre. O mal espreita onde menos desejamos, e ele, muitas vezes, vence. Que burrice de sua parte ter pensado na Disney quando, em vez disso, deveria ter se lembrado de Baba Yaga na floresta.

Nós nunca estamos a salvo. Não importa em quantos diamantes e peles nos enrolemos. E, um dia, acabarei velha e sozinha.

Capítulo 2

— Simon?

— Sim, senhora? — O secretário particular da rainha, Sir Simon Holcroft, ergueu o olhar da agenda que segurava. A rainha voltara da cavalgada e estava sentada à sua mesa, com sua saia de tweed cinza e seu cardigã de caxemira favorito, que ressaltava o azul de seus olhos. A sala de estar privativa da rainha era um espaço aconchegante para um castelo gótico, repleto de sofás confortáveis e uma vida inteira de tesouros e recordações. Ele gostava dali. Entretanto, havia uma gravidade na voz de Sua Majestade que deixou Sir Simon ligeiramente tenso, embora ele se esforçasse para não demonstrar.

— Aquele jovem russo. Há algo que não tenha me contado?

— Não, senhora. Acredito que o corpo esteja a caminho do necrotério. No dia vinte e dois, o presidente pretende chegar de helicóptero, e estávamos nos perguntando se a senhora gostaria de...

— Não mude de assunto. Eu vi em seu olhar.

— Senhora?

— Quando me deu a notícia mais cedo. Estava tentando me poupar. Não faça isso.

Sir Simon engoliu em seco. Ele sabia exatamente do que estivera tentando poupar sua soberana que já tinha certa idade. Mas a Chefe era a Chefe. Ele tossiu.

— Ele estava nu, senhora. Quando foi encontrado.

— E? — A rainha o estudou. Ela imaginou um jovem saudável, deitado nu em sua cama sob as cobertas. Por que aquilo seria estranho? Na juventude, Philip era conhecido por não usar pijama.

Sir Simon devolveu o olhar atento. Levou um tempo para perceber que ela não achava aquilo estranho. Ela precisava de mais; ele encheu os pulmões.

— Hum, nu, exceto por um roupão roxo. Cuja corda de amarrar na cintura, infelizmente... — Ele se calou. Não podia fazer aquilo. A mulher completaria noventa anos em duas semanas.

Ficou visível em seu olhar quando ela compreendeu o significado.

— Quer dizer que ele estava pendurado no cinto do roupão?

— Sim, senhora. Tragicamente. Dentro de um armário.

— Um armário?

— Um guarda-roupa, para ser mais exato.

— Certo. — Houve um breve silêncio enquanto ambos tentavam imaginar a cena e desejavam não tê-lo feito. — Quem o encontrou? — Seu tom era urgente.

— Uma das camareiras. Alguém notou que ele não havia aparecido para o café da manhã e... — Ele parou por um segundo, a fim de se lembrar do nome. — A Sra. Cobbold foi ver se ele estava acordado.

— Ela está bem?

— Não, senhora. Acredito que um acompanhamento psicológico tenha sido oferecido.

— Que estranho... — Ela ainda imaginava a cena.

— Sim, senhora. Mas, ao que parece, foi um acidente.

— Ah, é?

— O modo como ele... e o quarto. — Sir Simon tossiu mais uma vez.

— O modo como ele o quê, Simon? O que tem o quarto?

Ele respirou fundo.

— Havia roupas íntimas... femininas. Batom. — Ele fechou os olhos. — Lenços. Parece que ele estava... experimentando. Por prazer. Ele provavelmente não queria...

Àquela altura, ele estava enrubescido. A rainha ficou com pena.

— Que horror... E a polícia foi acionada?

— Sim. O policial encarregado prometeu absoluta discrição.

— Ótimo. Os pais dele foram avisados?

— Não sei, senhora — respondeu Sir Simon, tomando nota. — Vou procurar saber.

— Obrigada. Isso é tudo?

— Quase. Convoquei uma reunião hoje à tarde para conter a propagação da notícia. A Sra. Cobbold já se mostrou muito compreensiva nesse sentido. Estou certo de que temos sua total lealdade, e vamos deixar claro para todos os funcionários: nada de abrir o bico. Precisaremos contar aos convidados sobre a morte, mas, obviamente, não como ela ocorreu. Como foi o Sr. Peyrovski que trouxe o Sr. Brodsky, ele já foi informado.

— Entendo.

Sir Simon deu outra olhada na agenda.

— Agora, há a questão de onde exatamente a senhora gostaria de receber os Obama...

Eles retornaram ao trabalho, como de costume. Mas era tudo muito perturbador.

Que tivesse acontecido ali. Em Windsor. Em um armário. Em um roupão roxo.

Ela não sabia se lamentava mais pelo castelo ou pelo homem. Era bem mais trágico para o coitado do jovem pianista, óbvio. Mas ela conhecia melhor o castelo. Conhecia-o como a palma de sua mão. Era terrível, terrível. E depois de uma noite tão maravilhosa...

* * *

Era um hábito da rainha passar um mês no castelo durante a primavera, na chamada "Corte da Páscoa". Longe da formalidade excessiva do palácio, ela podia receber seus convidados de um jeito mais descontraído e informal — o que significava festas para vinte, em vez de banquetes para cento e sessenta, e a oportunidade de conversar com velhos amigos. Aquele jantar com pernoite específico, uma semana depois da Páscoa, havia sido capitaneado por Charles, que quis usar a ocasião a fim de angariar a simpatia de alguns milionários russos para um de seus projetos pessoais necessitados de injeção de dinheiro.

Charles havia exigido a presença de Yuri Peyrovski e de sua jovem esposa, de beleza extraordinária, assim como a de um gestor de fundos de investimento chamado Jay Hax, especializado em mercados russos e com fama de ser extremamente enfadonho. Como um favor ao filho, a rainha concordou, mas sugeriu ela mesma alguns nomes.

Sentada à sua mesa, ela analisava a lista de convidados, cuja cópia ainda estava no meio de sua papelada. Sir David Attenborough havia comparecido, claro. Era sempre encantador, e da sua idade, algo raro hoje em dia. Embora tenha se mostrado bem pessimista quanto à situação do aquecimento global. E seu gerente de corridas, que estava hospedado ali por alguns dias e nunca parecia pessimista em relação a nada. A eles se juntaram uma escritora e seu marido roteirista, cujos filmes leves e divertidos eram a síntese da identidade britânica. E havia o reitor de Eton e sua esposa, que moravam nas redondezas e sempre marcavam presença.

Pelo bem de Charles, ela havia incluído várias pessoas com conexões com a Rússia. O embaixador britânico em Moscou que acabara de voltar à Inglaterra... A atriz de ascendência russa vencedora do Oscar, famosa por seu sobrepeso e por sua língua afiada... Quem mais? Ah, sim, aquela renomada arquiteta britânica, que no momento estava construindo um anexo grandioso para um museu na Rússia, e a professora de literatura russa e seu marido.

E tinha mais alguém... Ela consultou novamente a lista. Ah, *lógico*, o arcebispo de Canterbury. Ele era outro convidado assíduo com quem se podia contar para manter a fluidez da conversa se alguém ficasse sem saber o que dizer, como, infelizmente, podia acontecer. Outra fatalidade seria se todos falassem demais e alguém não conseguisse expressar sua opinião. Pouco havia a se fazer nesses casos, além de um ou outro olhar de censura.

A rainha sempre gostava de providenciar algum entretenimento para os convidados, e o Sr. Peyrovski indicara a Charles seu jovem pupilo, que "tocava Rachmaninov como ninguém". Havia também uma dupla de bailarinas que apresentaria, no estilo imperial russo, solos simplificados de *O lago dos cisnes* ao som de músicas gravadas. A coisa toda fora organizada para parecer refinada, séria e comovente. Na verdade, a rainha não estivera muito animada para o evento. A Corte da Páscoa devia ser divertida, mas a *fête à la russe* de Charles soava extremamente tediosa.

E mesmo assim. Nunca se sabe o que pode acontecer.

A comida estava ótima. Uma nova chef, determinada a provar seu valor, havia criado maravilhas com os hortifrutigranjeiros de Windsor, de Sandringham e da horta de Charles, em Highgrove. O vinho era sempre bom. Sir David, quando não estava profetizando a iminente morte do planeta, era contagiante com seu humor ácido. Os russos não se mostraram nem de longe tão austeros quanto ela havia temido, e Charles transbordou de gratidão (embora ele e Camilla tivessem partido depois do café para um evento em Highgrove no dia seguinte, deixando-a se sentindo como a mãe de um universitário que volta a casa só para que ela lave suas roupas).

Levemente embriagados, eles tinham se juntado a alguns outros integrantes da família que haviam comido no Salão Octogonal, na Torre Brunswick, e todos se dirigiram para a biblioteca a fim de admirar alguns dos mais interessantes volumes russos da coleção da rainha, inclusive algumas belas primeiras edições de poesia e peças de teatro traduzidas, que ela sempre tivera a intenção de ler um dia e jamais o fizera. Philip, que estava acordado desde muito cedo, se retirou para seus aposentos sem fazer alarde, e a atriz ganhadora do Oscar, cuja trajetória fora muito celebrada e cujas visões sobre Hollywood se mostraram muito interessantes, fora levada para um hotel perto de Pinewood, onde filmaria assim que amanhecesse. E então... o piano e as bailarinas.

Completamente relaxado, o restante do grupo tinha ido até a Sala de Estar Carmesim para ouvir trechos do Concerto nº 2 de Rachmaninov. Aquela era uma de suas salas prediletas para lazer, com suas paredes de seda vermelha, os retratos de mamãe e papai, glamourosos com os trajes da coroação, um de cada lado da lareira, a vista para o parque durante o dia e os extravagantes candelabros à noite, e a elegante visão da Sala de Estar Verde ao lado. Aquele fora um dos cômodos destruídos pelo incêndio em 1992 — embora não desse para perceber. Restaurado com perfeição, era o cenário ideal para noites como aquela.

O jovem pianista tinha sido, como prometido, simplesmente magnífico. Simon disse que se chamava Brodsky? Vinte e poucos anos, ponderou a rainha, mas com a sensibilidade musical de um homem muito mais velho. Ele pareceu ter sido arrebatado pela paixão da obra, enquanto ela se flagrou revivendo cenas do filme *Desencanto*. E ele era tão bonito. Todas as mulheres tinham ficado hipnotizadas.

Em seguida, as bailarinas haviam apresentado seus solos — e muito bem. Margaret as teria adorado. Pessoalmente, a rainha as achou um tanto barulhentas, mas provavelmente era só por causa de seus sapatos. E então, de algum modo, o jovem Sr. Brodsky estava de volta ao piano, tocando melodias animadas dos anos 1930. Como ele as conhecia? E ela concordou que a mobília fosse afastada para que pudessem dançar.

Tudo começou de forma muito ordeira, e então outra pessoa se sentara ao piano. Quem? O marido da professora, ela pareceu lembrar, e, surpreendentemente, ele também era muito bom. O jovem russo foi liberado para se juntar à plateia. Com modos impecáveis, ele havia feito um som com a batida de seus sapatos e se curvado para cumprimentar a anfitriã, com um brilho genuíno de súplica nos olhos.

— Vossa Majestade. Quer dançar comigo?

Bem, para falar a verdade, ela queria. E, quando deu por si, estava cruzando o salão em um foxtrote, sem se importar com o ciático. Ela usava um vestido de chiffon de seda clara naquela noite, com uma saia bem rodada. O Sr. Brodsky era um exímio dançarino, fazendo-a se lembrar de passos que havia esquecido que sabia. Seu ritmo era preciso. Ele conseguiu fazê-la se sentir como Ginger Rogers.

Àquela altura, a maioria dos convidados já havia se juntado a eles. A música ficou mais alta e mais ousada. Um tango argentino era tocado. Ainda era o marido da professora ao piano? Até o arcebispo de Canterbury se sentiu tentado a arriscar alguns passos com uma das dançarinas, para a alegria de todos. Poucos casais tentaram, mas ninguém era páreo para o russo e sua mais nova parceira — a outra bailarina — deslizando majestosamente pelo salão.

Ela havia se retirado logo depois, deixando os convidados com a certeza de que poderiam continuar pelo tempo que desejassem. Antigamente, a rainha durava mais que a metade do Ministério das Relações Exteriores, mas agora costumava ficar cansada depois das dez e meia. Entretanto, não havia motivo para acabar cedo com uma ótima festa. Sua estilista, que ouviu isso de um dos submordomos, relatou a ela que o evento foi até bem depois da meia-noite.

Foi a última vez que o vira: dançando pela pista na sala de estar, com uma bela e jovem bailarina nos braços. Parecendo magnífico, feliz... e tão intensamente vivo.

Philip se mostrou preocupado com as notícias quando chegou para acompanhá-la em um café pós-almoço.

— Lilibet, você sabia que o homem estava nu?

— Sim. Na verdade, sabia.

— Com a corda no pescoço, tal qual um membro conservador do parlamento. Existe uma palavra para isso. Qual é mesmo? Autos-sexo-alguma-coisa?

— Asfixia autoerótica — respondeu a rainha, séria. Ela havia pesquisado no Google, em seu iPad.

— É isso aí mesmo. Você se lembra de Buffy?

Ela realmente se lembrava do Conde de Wandle, um velho amigo muito adepto da prática nos anos 1950, ouvira dizer. Na época, aquilo tinha parecido *de rigueur* em determinados círculos.

— O que o mordomo não deve ter visto, não é mesmo? — disse Philip. — Teve que resgatar o pateta em mais de uma ocasião, aparentemente. Buffy não era nenhuma obra-prima, mesmo com roupas.

— No que ele estava pensando? — ponderou ela.

— Minha querida, tento não pensar na vida sexual de Buffy.

— Não. O jovem russo, digo. Brodsky.

— Bem, é óbvio — disse Philip, gesticulando para o entorno. — Sabe como as pessoas ficam neste lugar. Elas vêm até aqui, concluem que esse é o auge de sua reles existência e sentem necessidade de extravasar. As maluquices que acontecem quando acham que não estamos vendo... Pobre coitado. — Ele baixou o tom de voz, com pesar: — Ele não pensou direito. A última coisa que alguém quer é ser descoberto em um castelo real com as bolas de fora.

— Philip!

— Não, é sério. Não é à toa que todos estejam abafando o caso. E protegendo seu frágil sistema nervoso.

A rainha lhe lançou um olhar.

— Eles esquecem. Sobrevivi a uma guerra mundial, àquela menina Ferguson e a você na marinha.

— E, mesmo assim, acham que você vai precisar de um abanador se comentarem sobre algo sério. Tudo o que veem é uma senhorinha de chapéu. — Ele sorriu enquanto ela franzia o cenho. Aquela última declaração era verdadeira, e muito útil, e bem triste. — Não se preocupe, Repolho, eles amam essa senhorinha. — Ele se levantou da cadeira com certa rigidez. — Não esqueça, vou para a Escócia mais tarde. O salmão está espetacular esse ano, segundo Dickie. Precisa de alguma coisa? Fudge? A cabeça de Nicola Sturgeon em uma bandeja?

— Não, obrigada. Quando você volta?

— Em uma semana, mais ou menos... Vou chegar a tempo do seu aniversário. Dickie vai dar um jeito e me trazer em seu jatinho.

A rainha assentiu. Philip costumava administrar a própria agenda. Anos atrás, ela achava muito doloroso quando ele sumia, sabia-se lá com quem, para fazer sabia-se lá Deus o quê, deixando-a no comando. Uma parte dela sentia inveja também, da liberdade, da autodeterminação. Mas ele sempre voltava, trazendo com ele uma descarga de energia que varria os corredores com o vigor de uma cortante brisa marítima. Ela aprendera a ser grata.

— Na verdade — disse ela, enquanto ele se curvava no limite que sua artrite permitia, para lhe dar um beijo na testa —, um fudge não cairia mal.

— Seu desejo é uma ordem. — Ele sorriu, fazendo seu coração bater com a precisão de um relógio, e andou até a porta.

Capítulo 3

Meredith Gostelow saltou do táxi preto que a havia levado de Windsor até a zona oeste de Londres — a um preço exorbitante — e parou, recobrando o fôlego, enquanto o motorista pegava sua mala, que estava no espaço ao lado dele.

Ela ergueu o olhar para a parede externa da sua casa, de um tom de rosa bem claro, e sentiu que jamais seria a mesma. Alguma coisa havia mudado, e ela estava aterrorizada, e envergonhada, e mais alguma coisa que não conseguia nomear. Não sabia ao certo no que estava pensando, mas uma lágrima abriu caminho, hesitante, sobre o pó compacto que revestia sua bochecha direita. Desde que a menopausa a tinha atingido como um trem desgovernado, ressecando tudo, qualquer tipo de umidade era uma conquista suada. Ela era uma mulher jovem no corpo de uma velha, fragilizada e envolta em uma carapaça que não conseguia controlar. A noite anterior havia piorado tudo.

E então, hoje de manhã... Ela teria caído de joelhos se não soubesse que seria impossível se levantar novamente.

— É só isso, senhora?

Ela olhou em volta, procurando pela mala e pela bolsa de mão, e assentiu. Já tinha feito o pagamento dentro do táxi no cartão. Duzentas libras! Onde estava com a cabeça? Mas, também, quem pede um Uber no Castelo de Windsor? Ela devia ter ido até a estação, obviamente, e pegado o trem até o centro de Londres, como qualquer ser humano sensato que não dirigia — mas, em Windsor, a pessoa pensa diferente. Cercada por empregados uniformizados, a pessoa se sente importante. Se está ali, é porque é bem-sucedida. Na verdade, ela passou vinte minutos da noite anterior conversando com o arcebispo de Canterbury sobre uma possível encomenda para a construção de uma igreja do século XXI, em Southwark. E, em seguida, pede um táxi e joga dinheiro fora... e se despede da quantia equivalente ao preço de um tubo grande de hidratante Crème de la Mer em troca de ficar presa no terrível e absolutamente previsível engarrafamento da M4.

A pessoa era... *Ela* era... Ela deveria parar de pensar como se fosse uma versão mão de vaca da rainha. A própria Majestade era famosa por controlar seus gastos, por incrível que pareça. De qualquer forma, ela, Meredith Gostelow, estava só.

Um parceiro teria dado a ideia do trem. Um parceiro teria lhe dado tempo para pensar. Um parceiro teria evitado... o que aconteceu ontem à noite. Um parceiro a teria levado até ali em um carro grande muito bacana. E agora estaria carregando sua mala pelo pequeno lance de escadas até a porta.

E estaria conversando com ela, e lhe dizendo o que fazer, e demandando comida feita e cama arrumada e atenção, o que seria um pesadelo. Meredith havia repassado essa ladainha milhares de vezes em sua cabeça e xingou a si mesma por estar repetindo tudo agora.

Mas algo havia mudado ontem à noite. Algo lá no fundo.

Por falar nisso, ela precisava muito ir ao banheiro. Pegou a mala pela alça com uma das mãos, segurando a bolsa junto ao peito com a outra, e se arrastou pelos degraus. Quando enfim havia encontrado as chaves, aberto a porta, largado as bolsas e disparado pelo corredor, ela alcançou a privada microssegundos antes do tempo.

Senhoras idosas. Nenhuma umidade quando e onde é necessário. Litros dela sem aviso quando não é.

* * *

Sentada no banco traseiro do Mercedes-Maybach, Masha Peyrovskaya ouvia o som musical e rítmico de frases em italiano enquanto o carro seguia lentamente o caminho de casa. Suas mãos estavam entrelaçadas sobre o colo, e ela observava o show de luzes brilhantes criado pelas facetas do diamante amarelo do tamanho de um ovo de gaivota em seu dedo anelar direito. Ao seu lado, Yuri gritava obscenidades em russo ao telefone. Um músculo se contraiu no pescoço dele.

É impressionante a rapidez com que o melhor dia de sua vida pode se tornar um dia como outro qualquer.

Nos fones de ouvido de Masha, o aplicativo de italiano disse algo sobre o prazer de estar ao ar livre. Ou seria sobre pinturas de parede? Ela parou de prestar atenção.

Yuri tinha sido rápido em lhe dizer como fora estúpida, como fora brega. Como estragara o café da manhã dele ao mencionar a Disney. Como estragara o café de todo mundo.

Mas não foi ele que havia pedido para levar o próprio chef (não foi possível), se recusado a comer qualquer coisa que não fosse alcalina e insistido em salpicar o próprio sal rosa do Himalaia que levava dentro de um porta-comprimidos de cristal bruto no café da manhã? A mulher do ex-embaixador ficara observando, e Masha tinha visto o olhar que ela lançou para ele.

O problema do Castelo de Windsor é que o lugar é um sonho. Pessoas normais só o estragam.

Hoje, uma guerra comercial começava a ser travada. Os mercados estavam em queda. Yuri ardia de raiva por algumas ações não terem sido negociadas ontem, quando ele ordenara. Eventualmente, perdeu a paciência e encerrou a ligação com um movimento agressivo do polegar.

— Quinhentos mil. Pode dar adeus à sua galeria.

Ele fuzilou a mulher com o olhar, furioso, ferido. À menção de "galeria", ela enfim olhou para ele. *Ótimo*, pensou ele. Foi por isso que havia pronunciado a palavra. As coisas que precisava fazer para atrair a atenção de Masha! Deus a livrasse de ter de lhe dar apoio enquanto ele se esforçava para manter tudo em ordem por ela, por eles, pelo seu futuro. Tudo com que ela se preocupava era arte — colecionar, exibir e se relacionar com pessoas que a faziam se sentir inteligente por conhecer a palavra pós-impressionismo. E ser adorada como uma deusa. Bem, ele havia tentado isso por anos, desde que a conhecera, com dezessete anos, quando ela *era* uma deusa com sua camiseta minúscula e jeans surrados, e aquilo o estava exaurindo. E não era como se ele fosse o único.

— A propósito — disse ele, casualmente, como havia ensaiado —, Maksim está morto.

— Hã?

Ele viu a expressão no rosto dela congelar.

— Morreu hoje de manhã. Ataque cardíaco, provavelmente. Você gostava dele, não gostava?

Por um instante, ela não conseguiu falar. Quando o fez, a voz quase não saiu.

— Um pouco.

— Todas aquelas aulas de piano. Tantas. Você precisa tocar para mim algumas das peças que aprendeu.

Ele estudou o jeito como a esposa o encarava, como se ele estivesse querendo chocá-la. Como se estivesse fazendo algo ultrajante. O mesmo jeito que ela costumava encará-lo, sem dizer uma palavra, de seu pedestal de deusa, de algum lugar lá do alto da estratosfera. Quando tudo o que ele queria era que ela descesse e lhe estendesse a mão. Queria que ela queimasse de vergonha e o procurasse, delicada e humilde, e o abraçasse. Por que ela não conseguia entender? *Ela* era a vilã ali. Por que ela sempre o culpava? Sua cabeça ainda latejava. Por que ela o deixara beber tanto? Será que sabia o que aconteceria depois?

Ela tirou os fones do ouvido. O silêncio os envolveu como um manto enquanto ela pensava no que dizer.

— Vou tocar algo para você — murmurou ela, por fim. — Quando chegarmos em casa. — Lágrimas ameaçavam rolar daqueles divinos olhos brilhantes, mas ela as conteve.

Ela era feita de gelo, pensou ele. Mas um dia ele a derreteria.

No castelo, a rainha tentava, em vão, parar de pensar no pobre jovem equivocado no armário. Ela havia passado a tarde com seu gerente de corridas, analisando quais cavalos iam competir em Ascot. Depois de o público ter sido retirado do terreno do castelo, ela estava a caminho de inspecionar uma das tapeçarias do Grande Salão de Recepção, que iria passar por uma pequena restauração, quando um guarda a interceptou para avisar que Sir Simon precisava vê-la com urgência.

— Ele disse por quê?

O guarda mexeu em seu radiocomunicador.

— Ele pediu para lhe dizer que houve progresso, senhora — respondeu o homem, indiferente. Ela aprovou sua falta de curiosidade. A última coisa que precisava era de uma equipe que repassava as notícias assentindo com a cabeça e dando uma piscadela. Tais funcionários nunca duravam muito.

Com um suspiro, ela deu meia-volta e se dirigiu à sua sala. Se Sir Simon a estava caçando dessa forma, devia ser importante. Ela refez seus passos pelas Salas Semiestatais, onde havia entretido os convidados do jantar com pernoite, indo em direção ao Corredor Principal, onde ficavam localizados seus aposentos privativos. Quando chegou ao Saguão da Lanterna, ela se deparou com um pequeno grupo de pessoas vindo da direção oposta. Era ali que o incêndio havia começado, e, embora o ambiente hoje estivesse esplêndido com o novo teto, com as vigas se abrindo como leques, ela ainda sentia arrepios ao passar por ali. O grupo, no entanto, pareceu bastante surpreso ao vê-la.

Era guiado por um homem distinto de meia-idade e queixo quadrado com um terno risca de giz e gravata.

— Governador!

— Vossa Majestade. — O general Sir Peter Venn bateu os sapatos e curvou ligeiramente a cabeça. Ele era o único que não parecia surpreso, porque não estava.

Como atual governador do Castelo de Windsor, ele vivia em um apartamento concedido pela soberana na Torre Normanda, na passagem para a Ala Superior, e ela o conhecia bem. Na verdade, ela poderia ter listado, na ordem, todos os lugares no mundo onde ele esteve em missão e citado as condecorações que recebeu em metade deles. Ela conhecera bem o tio dele também, a quem fora apresentada numa festa em Hong Kong, a bordo do *Britannia*, quando ele era um mero tenente, e a quem havia concedido várias medalhas por operações secretas demais para serem nomeadas. Os Venn eram uma família militar de peso. Se um dia houvesse uma revolução, ela ia querer Peter ao seu lado. Ou, de preferência, alguns passos à frente.

— Você parece ocupado — disse ela, quando se aproximaram.

— Na verdade, estamos quase terminando, senhora. Foi uma reunião muito proveitosa. Estava indo fazer um tour rápido.

Ela sorriu em sinal de aprovação para os integrantes do grupo, a maioria dos quais havia conhecido ontem. Estava prestes a seguir caminho, mas havia algo na expressão de Sir Peter. Se não fosse um general obstinado, treinado para resistir a todas as eventualidades, ela quase poderia ter achado que era empolgação. A rainha hesitou por uma fração de segundo, e, aproveitando a oportunidade, ele disse:

— Posso apresentá-la a Kelvin Lo? Ele está fazendo um trabalho interessante para nós no Djibuti.

"Trabalho interessante" significava inteligência estrangeira. Sir Peter estivera conduzindo uma reunião em nome do MI6 e do Ministério das Relações Exteriores. Um jovem com feições asiáticas, de agasalho escuro e — era isso mesmo? Sim! Calças de moletom! — deu um passo à frente e se curvou, tímido. Ele parecia completamente arrebatado pela honra de conhecê-la. Ela desejava não causar esse efeito. Era um

tanto incômodo, embora, obviamente, tagarelas e supercompartilha-
dores (Harry havia lhe ensinado o termo, uma descrição moderna e
útil para pessoas maçantes) fossem algo pior.

— Você estava aqui ontem à noite? — perguntou ela.

— Não, Vossa Maj... É... Senhora.

— Não?

Ele ergueu o olhar dos tênis por tempo suficiente para ver que ela
ainda o encarava.

— Meu avião atrasou. — Ele conseguiu balbuciar.

Ela desistiu. Havia um limite de tempo que ela podia dedicar à
juventude inarticulada, porém brilhante, dos dias atuais. Os outros
integrantes do grupo não tinham se saído muito melhor ontem, assim
como hoje. Um dos homens tremia mais que vara verde, e a jovem
mulher ao seu lado não parecia estar muito bem. A rainha se despediu
deles. Queria saber o que Sir Simon tinha a lhe dizer e se apressou
até a sua sala, onde ele a aguardava.

Do lado de fora, as lâmpadas estavam acesas, lançando um brilho opa-
lescente pelos gramados e caminhos que levavam até a longa alameda
que chamavam de Long Walk. Ela sentiu-se grata por ainda não terem
fechado as cortinas. Lá dentro estava quente e claro, e era hora do gim.

Mas, primeiro, trabalho.

— Sim, Simon... o que foi?

Sir Simon esperou até que ela se sentasse à sua mesa.

— É o jovem russo, senhora. O Sr. Brodsky.

— Foi o que pensei.

— Não foi um acidente.

Ela franziu o cenho.

— Ah, céus. Coitado. Como chegaram a essa conclusão?

— O nó, senhora. A patologista percebeu que havia algo errado.
O osso hioide estava quebrado. É um osso no pescoço, senhora...

— Eu sei o que é o osso hioide. — Tinha lido um monte de romances de Dick Francis. Ossos hioides eram quebrados o tempo todo. Nunca era um bom sinal.

— Ah. A fratura em si não prova necessariamente nada porque pode acontecer de qualquer forma em enforcamentos. Mas também a marca de ligadura ao redor do pescoço estava estranha. Até isso não foi conclusivo. A patologista vem trabalhando no caso durante a tarde inteira, porque queríamos ter certeza. Enfim, ela deu uma olhada nas fotos da cena e... Bem, elas não são muito animadoras. Há um problema com o nó.

— Ele deu o nó errado? — A rainha estava assustada. Ela imaginou o pobre pianista segurando a corda do roupão com as mãos elegantes. Talvez tivesse intenção de se salvar, mas não conseguiu. Que horror...

Sir Simon balançou a cabeça.

— O problema não foi o nó de correr em volta do pescoço, e sim a outra ponta.

— Que ponta?

— Hum, me interrompa se... a senhora não quiser...

— Ah, desembuche, Simon.

— Sim, senhora. Quando a pessoa deseja... apertar... por prazer, ou outro motivo, precisa amarrar a corda em algo firme, que não ceda. Pelo que parece, Brodsky escolheu a maçaneta da porta do armário e passou a corda pelo cabideiro sobre sua cabeça.

Agora que conseguia fazer uma imagem precisa do coitado do homem dentro do tal armário, a rainha se esforçava para encontrar um sentido naquilo.

— Com certeza não houve nenhuma queda?

— Aparentemente, não é necessário. — Sir Simon parecia bem desconfortável com seu conhecimento recém-adquirido. — Com o nó de correr, a pessoa só precisa dobrar os joelhos. Muitas pessoas que... fazem isso por prazer... gostam de fazer assim, pelo que entendi, porque, uma vez satisfeitas, acham que podem só se levantar e soltar o nó, mas isso nem sempre funciona, porque perdem a consciência, ou não conseguem afrouxá-lo, no fim das contas, e então...

Ela assentiu. Era como vinha imaginando. Pobre, pobre homem.

Sir Simon continuou:

— Mas nada disso importa, senhora, porque não foi assim que ele morreu.

Houve uma pausa curta.

— O que quer dizer com "não foi assim que ele morreu"?

— Se Brodsky tivesse morrido assim, intencionalmente ou não, o peso do corpo teria esticado o nó que prendia a corda do roupão à porta. Mas o nó ainda estava bem frouxo: não havia sido esticado por um peso morto. A patologista recriou as circunstâncias com uma corda parecida, e o experimento foi conclusivo. A corda no pescoço de Brodsky deve ter sido amarrada à maçaneta da porta depois...

Uma pausa mais longa.

— Ah.

Por trinta segundos, o único som na sala era o tique-taque de um relógio em bronze ormolu.

A princípio, ela havia achado que se tratava de uma morte acidental, o que já era bem ruim. Depois, suicídio intencional, o que era terrível... Agora, a rainha se forçava a contemplar uma nova e inconcebível possibilidade.

— Eles sabem quem...?

— Não, senhora. Não têm ideia. Obviamente, eu queria lhe contar o quanto antes. Há uma força-tarefa se preparando na Torre Redonda. Estão começando a trabalhar no caso.

Ela tomou seu gim com Dubonnet, que tinha ficado bem forte. Sentia falta de Philip. Ele teria dito algo rude e a feito rir, e saberia, no fundo, quão abalada ela estava, e teria se importado.

Não que seus funcionários não se importassem, ou Lady Caroline Cadwallader, que era sua dama de companhia naquele dia e que ouvia com simpatia enquanto ela repetia toda a história. Os poucos que sabiam da verdade tinham aquele olhar terrível de piedade que ela simplesmente não suportava. A rainha não estava triste por si mesma — isso seria ridículo: ela lamentava pelo castelo, pela comunidade e pelo jovem que teve sua vida ceifada de modo tão brutal, tão humilhante. Também estava ligeiramente irritada.

Havia um assassino à solta no Castelo de Windsor. Ou, pelo menos, tinha havido um ontem.

A rainha se arrumou para o jantar — esta noite seria um pequeno evento para amigos e familiares — e ergueu a cabeça. As mentes mais brilhantes da polícia e de qualquer agência governamental relevante trabalhariam arduamente no caso hoje, e tudo o que podia fazer era confiar que resolveriam isso o mais rápido possível. Enquanto isso, ela talvez traçasse um segundo gim.

Capítulo 4

No andar de baixo, nos aposentos dos criados, camareiras, arrumadeiras e mordomos observavam as andanças da polícia com um misto de curiosidade e irritação.

— Por que eles ainda estão aqui até essa hora da noite? — resmungou o copeiro-chefe para um chef confeiteiro de passagem, que era seu amigo.

O Sr. Brodsky, por ter ido à festa como artista e não como convidado, tinha sido acomodado bem no alto, nos sótãos superlotados perto da Torre Augusta, acima dos Aposentos dos Visitantes, no lado sul da Ala Superior, com vista para a cidade. Aquele corredor de sótão estava interditado, causando grande irritação em todos os envolvidos, já que, antes disso, mal havia quartos suficientes para acomodar todo mundo que precisava de um. Agora estava ocupado por várias pessoas de macacão branco, capuz e luvas, que carregavam bolsas enormes e não falavam com ninguém. Inevitavelmente, a notícia sobre como o corpo tinha sido encontrado havia se espalhado. Entretanto, a informação adicional sobre o segundo nó, não.

— Eles estão tratando o lugar como uma maldita cena de homicídio — reclamou o chef. — Quer dizer, todo mundo tem seus segredos cabeludos. O sujeito está morto. O que acontece em Vegas fica em Vegas, entendem o que eu quero dizer? Eles não deveriam se intrometer.

— Cabeludos como? — perguntou uma submordomo, parando no corredor para ouvir. Ela havia acabado de voltar de férias e ainda estava se inteirando das fofocas.

— Eu soube pelo cara da segurança, que é amigo de uma das lavadeiras, que o obrigou a jurar segredo, que o morto estava de calcinha e batom, e que tinha uma gravata amarrada no seu...

Eles ouviram passos apressados, viram um funcionário sênior da equipe da Casa Real se aproximando e tentaram parecer ocupados.

— Como ele faria isso de calcinha? — sussurrou a submordomo, genuinamente confusa. O chef deu de ombros. Aquilo não bastou para ela, que era obcecada por precisão. — Não, acho que ele estava te zoando.

— Não, eu juro!

— Mesmo que isso seja verdade — insistiu o copeiro —, por que eles ainda estariam por aqui às... — Ele tirou o celular do bolso e olhou as horas. — Nove e meia da noite? Dificilmente isso o trará de volta à vida, certo?

— Talvez achem que ele estava envolvido em uma brincadeira sexual com outra pessoa — sugeriu a submordomo. Ela tinha raciocínio rápido e imaginação fértil.

— Pelo amor de Deus, quem? — protestou o copeiro. — Ele tinha acabado de chegar! Ia ficar só uma noite. Já viu aqueles quartos? São como pequenas celas.

— O que nunca impediu ninguém — observou o chef. — Ele podia estar se engraçando com uma das garotas que vieram. Você as viu? As bailarinas? Aquelas pernas?

Fora do expediente, as bailarinas, confiantes em sua aparência física, haviam usado o mais apertado dos jeans e a mais curta das camisetas. Não era o traje típico de Windsor e tinha sido bastante admirado por metade dos funcionários no café da manhã.

— O que...? E decidiram ficar de safadeza logo aqui, em Windsor? — bufou o copeiro. Ele parou para pensar. — Teria de ter sido com as duas — acrescentou, ainda cético.

— Hã, por quê?

— Porque as garotas estavam dividindo um quarto. Foi uma correria. Precisei ajudar Marion a pensar num esquema para que coubesse todo mundo, e nós as colocamos em um quarto com duas camas. Bem, duas camas de solteiro enfiadas num quarto onde mal cabia uma. Se uma das garotas saiu para fazer saliências e voltou de fininho, a outra saberia.

— Talvez tenha sido a empregada da mulher de algum banqueiro — especulou a submordomo. — Ou um cara.

— O que vocês três estão fazendo aqui?

Três cabeças se viraram e viram a camareira-chefe do turno da noite parada a dois metros, com um olhar fulminante. Ela era conhecida pelas broncas espetaculares e pela habilidade de se materializar do nada, como a Tardis, mas sem as sirenes.

Eles alegaram inocência, no que a mulher não acreditou, e ela os enquadrou com sérias advertências sobre o que acontecia a funcionários que fofocavam e especulavam e não faziam o que eram pagos para fazer.

Outra integrante do quadro de funcionários voltou de férias naquela tarde. Rozie Oshodi tinha ido à Nigéria para o casamento da prima e estava se dando um tempo, antes de voltar à rotina. Depois das cores vibrantes e da batida Afrobeat de Lagos, as pedras e o absoluto silêncio da noite em Windsor pareciam surreais. Na Ala Central do castelo, não muito distante dos aposentos que Chaucer um dia ocupou, Rozie olhou pela janela gradeada de seu quarto, para o luar cintilando até o horizonte sobre o rio Tâmisa, e se sentiu como uma princesa em uma torre. Uma princesa negra, cujas tranças da infância jamais teriam sido compridas o suficiente para permitir que o príncipe as escalasse e a salvasse. Entretanto, Rozie tinha trabalhado duro para conseguir o emprego como assistente do secretário particular da rainha; não precisava ser salva.

Em vez disso, tinha que descobrir o que diabos estava acontecendo. Sir Simon havia enviado cinco mensagens pedindo que ela lhe ligasse. Rozie tentara assim que seu voo, muito atrasado, tinha pousado, mas agora o telefone dele caía direto na caixa postal. O supercalmo Sir Simon não era o tipo de pessoa que entrava em pânico. E aquela semana deveria ter sido bem tranquila. Foi por isso que lhe deram a folga para o casamento da prima Fran. (Para ser mais precisa, o casamento havia sido organizado baseado nessa potencial brecha na agenda de Rozie — um fato que a constrangia demais para ela se prender a ele por muito tempo. A Família Real sempre tinha prioridade, e, se Fran queria a presença de Rozie, depois do expediente de sua célebre e nova função no castelo, aquela era a semana em que a cerimônia tinha que acontecer.)

Pela décima vez, Rozie olhou o feed de notícias no celular. Nenhuma novidade. Ela estremeceu com o frio. Por um breve instante, flertou com a ideia de botar o pijama e cair na cama, sabendo que se levantaria cedo no dia seguinte, com um dia de trabalho cheio pela frente e vários dias de festa dos quais se recuperar. Sir Simon podia inteirá-la de tudo pela manhã, quando estivesse descansada.

Mas aquilo era o jet lag falando. Rozie sabia que as coisas não funcionavam assim na Casa Real, e era com isso que a pessoa se comprometia ao entrar: estar sempre preparada, sempre informada.

Então ela desfez as malas, cantarolando uma das melodias que havia sido tocada em todas as baladas de Lagos. Riu para o chaveiro de plástico com o rosto dos noivos sorrindo para ela, que agora prendia seu bem mais precioso: a chave do Mini Cooper. Em seguida, ela se sentou na beira da cama estreita, completamente vestida e ainda de casaco, e ficou mexendo no celular para favoritar as melhores fotos de Fran e Femi entre as centenas que havia tirado, aguardando a ligação de Sir Simon.

* * *

A ligação finalmente ocorreu à uma da manhã, quando o expediente de Sir Simon terminou. Rozie se dirigiu até os aposentos dele no castelo. Ele ocupava uma suíte no lado leste da Ala Superior, não muito longe dos Aposentos Privados. Era abarrotada de quadros e móveis antigos, porém, mesmo assim, impecavelmente organizada. Como a mente de Sir Simon, pensou Rozie.

Ele a encarou por um instante ao lhe abrir a porta. Ela sustentou o olhar.

— Aconteceu alguma coisa?

— Seu cabelo. Você o mudou.

Ela passou uma mão nervosa pelo novo corte, com o qual concordara num piscar de olhos em Lagos. Desde o exército, Rozie sempre o mantivera curto e prático, mas o novo look era ainda mais ousado, com ângulos assimétricos. Ela não tinha certeza de como seus colegas de meia-idade do interior iam reagir.

— Ficou bom?

— Ficou... diferente. Eu... Nossa. Ficou ótimo. Perdão, entre, por favor.

Sir Simon podia ser estranho com ela às vezes, mas pelo menos era uma estranheza amigável. Rozie o fazia se sentir velho, pensou ela, e baixo (de salto, era uns bons cinco centímetros mais alta), enquanto ele a fazia se sentir mal informada — sobre a realeza, a constituição, basicamente tudo. Eles se entendiam. Entretanto, naquela noite, estavam ambos cansados. Sentados um de frente para o outro nas poltronas forradas de chita, Sir Simon bebericou um puro malte do copo de cristal lapidado para se manter acordado. Rozie, receosa de que o uísque lhe causasse o efeito contrário, ficou só na água com gás. Ela fez anotações em seu laptop conforme ele a colocava a par da nova investigação policial.

— Que confusão — suspirou ele. — Um baita pesadelo. Quase cinquenta suspeitos e nenhum motivo. Meu Deus, tenho pena dos detetives. Já dá para imaginar as manchetes quando o assunto cair nas mãos do *Mail*.

Ele havia resumido os principais pontos do caso, e Rozie realmente conseguia imaginar.

Russo morto em brincadeira erótica na festa da Rainha.

Ou algo do gênero. Os editores da primeira página iam se matar pela chance de criar a maior manchete *clickbait* de todos os tempos.

— Quem era ele exatamente? — perguntou Rozie.

Sir Simon repassou as informações mais recentes da equipe de investigação.

— Maksim Brodsky, vinte e quatro anos. Músico, residente em Londres. Não tinha um trabalho em tempo integral, ganhava a vida tocando em bares e hotéis, dando aulas, concertos ocasionais para amigos do ramo. Não está totalmente claro como ele pagava o aluguel, já que dividia um ótimo apartamento em Covent Garden. A polícia está investigando isso. Ela quer saber sobre os pais dele.

— Ela quem?

— A rainha. Acorde, Rozie! A Chefe. Ela quer mandar suas condolências. Estamos esperando a embaixada nos dar detalhes.

Rozie pareceu ficar constrangida.

— Certo.

— Mas, até agora, nada. O pai está morto. Foi assassinado em Moscou, em 1996, quando Maksim tinha cinco anos. — A expressão no rosto de Rozie foi de surpresa. — Você não era nem nascida nessa época — murmurou Sir Simon. Ele abriu um sorriso torto.

— Eu tinha dez anos.

— Meu Deus — suspirou ele. — Enfim, nos anos noventa, assassinatos nas ruas de Moscou aconteciam diariamente. Foi na época de Yeltsin, a União Soviética havia colapsado, o capitalismo corria solto. Parecia a Chicago da década de vinte: gangues e criminosos e corrupção. Qualquer pessoa com dinheiro vivia com medo de ser morta por um lado ou pelo outro. Eu tinha amigos no mercado financeiro com família em Moscou que viviam na base do terror.

— O que aconteceu com o pai de Brodsky?

— Esfaqueado em frente ao seu apartamento. Ele era advogado, trabalhava para um fundo de capital de risco na época. As autoridades alegaram que uma gangue de rua foi a responsável, mas, dez anos depois, quando o jovem Maksim fez quinze anos, ganhou uma bolsa para estudar música num colégio interno inglês. O restante das despesas era pago por uma empresa com sede nas Bermudas. Assim como suas hospedagens de férias, de acordo com o que a polícia apurou. Ele passava os Natais e os verões numa pousada chique, em South Kensington.

— Aos quinze anos?

— É o que parece. Passou alguns feriados de Páscoa com um colega de escola que tinha uma casa em Mustique, mas estou mais interessado nas Bermudas. A hipótese atual é que quem quer que tenha matado o pai de Brodsky fez fortuna, ficou com a consciência pesada anos mais tarde e tentou salvar sua alma russa ao dar ao garoto uma chance no Reino Unido, usando um dinheiro que não podia ser rastreado. Talvez uma das oligarquias que migraram para cá a fim de evitar encrenca com Putin.

— Peyrovski?

— Ele ganhou os bilhões dele na virada do milênio. Não era um dos caras durões dos anos Yeltsin.

Rozie pensou na provável pergunta que a rainha faria na manhã seguinte.

— E quanto à mãe de Maksim?

Sir Simon suspirou.

— A embaixada disse que não conseguiram localizá-la. Ela tinha problemas psicológicos. Maksim foi criado por uma série de parentes e vizinhos até vir para a Inglaterra. A última vez que tiveram notícias dela, estava em algum tipo de hospital no subúrbio de Moscou, mas não está mais.

— Então, para todos os efeitos, ele era órfão?

— Aparentemente.

Sir Simon analisou o copo de uísque, refletindo, e Rozie pensou no quanto o começo da vida de Maksim Brodsky parecia uma clássica biografia de espião. Será que os espiões de verdade realmente cresciam daquele jeito? Ela decidiu não demonstrar a própria ignorância fazendo aquela pergunta idiota.

— Possivelmente — disse Sir Simon.

— Perdão?

— Você estava se perguntando se ele era da FSB. É possível. Ele não está na nossa lista.

Rozie apenas assentiu e tentou manter a expressão neutra. Mas ainda era nova na função, e estava se dando conta de como parecia incrível que, apenas um ano atrás, ela gerenciasse uma pequena equipe estratégica em um banco e agora estivesse ali, casualmente debatendo se um cara era ou não um espião russo com alguém que sabia. Ou, pelo menos, deveria saber. A Lei dos Segredos Oficiais era uma coisa assustadora, mas ela havia jurado obedecer a ela e agora segredos pareciam surgir todos os dias. Ainda estava tentando se acostumar com isso.

— E quanto ao outro assassino? O de ontem à noite, digo.

Sir Simon tomou outro gole de Glenmorangie.

— É onde começa o pesadelo. Um time de detetives de primeira, um russo nu encontrado morto em um castelo cercado por guardas armados. Quando anoitece, ninguém entra nem sai sem passar pela segurança, nem mesmo você ou eu. Tudo é monitorado e gravado. Todos são investigados e visitantes novos precisam mostrar o passaporte na chegada, o que todos fizeram. Eles achavam que teriam resolvido tudo até a hora do chá, mas... — Ele deu de ombros. Parecia muito cansado. Rozie sabia como aquele cargo era implacável. — Foi Peyrovski quem trouxe Brodsky aqui — continuou ele. — Então parece mais provável ser alguém desse grupo. Tem o valete, que ficou no quarto ao lado do de Brodsky. Ele subiu até o quarto dos Peyrovski a pedido deles depois da festa, o que não é algo fora do comum. Ele mal conhecia Brodsky, pelo que a polícia conseguiu averiguar. Evidentemente, não havia rumores de qualquer ligação ou rixa. A Sra. Peyrovskaya trouxe a própria criada, que o conhecia muito bem, mas a mulher é minúscula, aparentemente. Parece que ela não teria forças nem para torcer um lenço, quanto mais subjugar e estrangular um homem jovem e saudável. E, pelo formato da ligadura, parece que ele foi estrangulado primeiro, enquanto estava deitado, e depois pendurado. Perdão. Não fui muito feliz na minha escolha de palavras. O dia foi longo hoje.

Rozie levantou o olhar de seu laptop.

— Sem problemas. Então há outros suspeitos?

— Bem, duas bailarinas se apresentaram depois do jantar. Fortes como touros, suponho, mas elas alegam só o ter conhecido no carro, no caminho de Londres até aqui. As garotas estavam dividindo um quarto, e uma delas ficou no FaceTime com o namorado metade da noite, e todos juram que nenhuma delas saiu do quarto, exceto para ir ao banheiro ou tomar um banho rápido, o que não teria lhes dado tempo suficiente para ter uma aventura sexual com um estranho, matá-lo e encenar um suicídio acidental.

Ele esfregou os olhos e continuou:

— A rigor, qualquer um poderia ter feito isso, mas não é nada óbvio. Mais de vinte pessoas estavam dormindo nos Aposentos de Visitantes naquela noite, espalhadas pelo castelo. Havia conferências e reuniões de todo tipo acontecendo. Era uma maldita Piccadilly Circus. Quer dizer, será que existe algum Tinder para convidados que eu não conheça? E cheguei a mencionar o cigarro das duas horas?

Rozie ergueu os olhos de seu laptop novamente, franzindo o cenho. Ela balançou a cabeça. Sir Simon ergueu o copo contra a luz do abajur e observou o brilho cor de âmbar.

— Um dos policiais que está investigando o caso encontrou Brodsky fumando um cigarro no Terraço Leste, praticamente debaixo do quarto de Sua Majestade. Ele disse que saiu para aproveitar o ar da noite e se perdeu. Como alguém se perde no Castelo de Windsor com a rainha presente? Ah, e não se esqueça do cabelo.

Rozie ergueu o olhar mais uma vez.

— Cabelo?

A expressão de Sir Simon ficou muito pensativa.

— Encontraram um único fio de cabelo escuro, preso entre a corda do roupão e o pescoço de Brodsky. Mais ou menos quinze centímetros. Evidentemente, não bate com ninguém da equipe de Peyrovski. Obviamente, uma mina de ouro de DNA. Conte a ela sobre o cabelo. Isso pode animá-la.

— Ela vai precisar de uma injeção de ânimo? — perguntou Rozie. A ideia de uma rainha infeliz a deixava nervosa.

— Sim — respondeu Sir Simon, antes de engolir o restante do uísque. — Acho que vai.

Capítulo 5

A rainha não se animou com a notícia do cabelo. Ela não se animou com nada daquilo. Um jovem havia morrido — morrido de modo terrível — em um castelo ancestral que devia ser uma fortaleza moderna. No entanto, mais de vinte e quatro horas haviam se passado e ninguém parecia mais perto de descobrir quem tinha feito aquilo nem por quê. O que a deixava se sentindo pouco segura. Mas não adiantava dar a impressão de estar tensa ou abalada, então se comportou normalmente no decorrer da semana, assentindo, impassível, quando Rozie ou Sir Simon lhe comunicavam a falta de progresso.

Sir Simon e a equipe de comunicação haviam feito um ótimo trabalho com a imprensa, pelo menos. A história que "vazou" foi sem graça e banal: um visitante do castelo, não um dos hóspedes da rainha, tinha morrido subitamente à noite. Sua Majestade apresentou suas condolências à família. Boatos preliminares de que ele sofrera um ataque cardíaco durante o sono não foram negados. Alguns sórdidos sites de fofoca on-line divulgaram informações infundadas de que o homem morto fora encontrado em uma posição sexual comprometedora com um integrante da Cavalaria Real — mas pareciam tão mirabolantes e, francamente, previsíveis para esse tipo de site que nenhuma agência de notícias respeitável levou a sério.

Enquanto isso, quatro detetives e dois agentes do Serviço de Inteligência trabalhavam incessantemente sob um céu carregado de nuvens, no alto da Torre Redonda. Na opinião do rei George IV, a versão medieval daquela enorme torre não era imponente o suficiente, então ele havia adicionado um par de andares extras e algumas ameias góticas. O espaço interno então criado era, em geral, reservado para os arquivistas reais, mas estes haviam sido temporariamente transferidos para os andares inferiores a fim de que fosse montada uma sala de crise. Quadros brancos tinham sido fixados na frente de armários de madeira patinada contendo caixas de arquivos reais. Computadores com altos níveis de segurança foram instalados. A requisição de uma chaleira elétrica acabou sendo negada, pois o vapor poderia causar danos irreparáveis a documentos antigos, mas uma linha direta com as cozinhas foi instalada e intermináveis rodadas de sanduíches foram prontamente fornecidas aos detetives e seus novos colegas do MI5.

Cada vez mais pessoas idosas iam e vinham pelos caminhos molhados pela garoa. A fofoca corria solta pelo castelo. De acordo com a estilista da rainha, a maioria apostava suas fichas no valete do Sr. Peyrovski e em um caso gay secreto que azedara. Seu gerente de corridas, por sua vez, que ouviu isso dos cavalariços, informou a ela que as apostas das fontes não oficiais estavam em sete contra quatro quanto às chances de ter sido um suicídio acidental desde sempre, e de a polícia estar apenas sendo cautelosa.

Eles não sabiam do segundo nó, pensou a rainha. Era sempre perigoso apostar alto se você não estivesse atualizado com os estábulos. Tudo era de péssimo gosto, mas ela tinha que admitir que o ato de apostar corria no sangue de Windsor. O castelo situava-se a apenas onze quilômetros de Ascot, no fim de uma estrada criada para tal propósito, e as pistas de corrida não ficavam muito longe.

Pessoas eram pessoas, refletiu ela. Faziam o que faziam. Na época dos Tudor, assistir a execuções costumava ser uma causa comum de celebração. Uma aposta esporádica parecia inofensiva comparada a isso.

* * *

Foi só na sexta-feira, três dias depois da descoberta do corpo, que a força-tarefa da Torre Redonda finalmente saiu da sala abafada e sem janelas. Eles se encontraram com os chefes dos chefes, que iam, por sua vez, se reportar a Sua Majestade. Uma hora antes do almoço, a rainha se preparava para passear com os cachorros quando seu cavalariço lhe disse que a delegação gostaria de falar com ela.

— Diga para eles calçarem galochas — avisou a rainha. — Tem muita lama.

Foi um lamentável grupo que chegou ao Terraço Leste dez minutos depois com botas e capas de chuva emprestadas. Eram três ao todo, e o mais jovem, que foi apresentado a ela como inspetor-chefe David Strong, parecia que não dormia fazia dias. Ele era o homem que vinha chefiando a força-tarefa na Torre Redonda. Tinha olheiras de um tom cinza-arroxeado e cortes na pele pálida onde a barba fora feita de modo apressado. Ele precisava de sol e exercícios, avaliou a rainha. A caminhada lhe faria bem.

Os outros dois estavam em melhor forma e dispensavam apresentações. Ravi Singh era um competente comissário veterano da Polícia Metropolitana, que havia recebido muitas críticas nos últimos tempos por vários incidentes que estavam fora de seu controle. A rainha quis segurar sua mão e solidarizar-se, mas obviamente não o fez.

O terceiro homem era Gavin Humphreys, nomeado no ano anterior como novo diretor-geral do MI5, o Serviço de Inteligência britânico, conhecido nos círculos governamentais como "Caixa". Havia dois candidatos excelentes e altamente qualificados para a função, cujos apoiadores entusiasmados fizeram forte campanha. E, como de praxe, brigas internas acabaram permitindo que um terceiro e incontestável candidato surgisse das sombras, e esta pessoa foi Humphreys.

Incontestável porque ninguém tinha se interessado o suficiente por sua personalidade ou qualidades como líder para se importar.

Humphreys era um exemplo daquela nova espécie: um tecnocrata administrativo. A rainha havia conhecido alguns peritos técnicos que eram fascinantes quando discutiam os prós e contras do ciberespaço — mas Humphreys, com quem ela se encontrara várias vezes durante sua insignificante ascensão ao poder, não estava entre eles. Era sem graça desde seu cabelo grisalho e terno cinza até suas ideias. Ele também parecia convencido de que, aos oitenta e nove anos, não tinha a menor possibilidade de a rainha entender as complexidades do mundo moderno. Não parecia compreender que ela havia vivenciado todas as décadas que o moldaram e que talvez tivesse uma compreensão mais multifacetada que a dele.

Em resumo, ela não gostava do homem. Graças a Deus pelos cães.

— Willow! Holly! Venham, venham.

Os últimos corgis, assim como dois amigáveis dorgis, saltitaram ao redor de seus calcanhares, e o grupo partiu.

— Lamento que tenha levado tanto tempo assim — desculpou-se Humphreys, enquanto iam para os jardins. — Esse caso acabou sendo mais complicado do que poderíamos imaginar. Ficamos a noite toda acordados, juntando as peças.

A rainha olhou de relance para o inspetor Strong, cuja palidez sugeria sessões tardias em frente a uma tela de computador. Ao contrário do brilho natural na pele de Humphreys.

— E sinto trazer más notícias.

A rainha se virou para encará-lo.

— Quem é o responsável?

— Ainda não sabemos ao certo — admitiu Ravi Singh. — Mas pelo menos descobrimos quem foi o mandante.

— Mandante?

— Sim — confirmou Humphreys. — Foi uma jogada política. Um assassinato político.

Ela parou de repente, chamando rapidamente os cachorros, que estavam mais interessados em continuar andando.

— Assassinato? — repetiu ela. — Parece improvável.

— Ah, nem um pouco — disse Humphreys, com um sorriso leniente. — A senhora subestima o presidente Putin.

Para a rainha, ela *não* subestimava o presidente Putin, muito obrigada, e ficou ressentida ao ouvir que o fazia.

— Explique.

Eles recomeçaram a andar, Humphreys caminhando um pouco rápido demais para Holly e Willow, dois nonagenários em idade canina, com o comissário logo ao lado e o pobre e exausto inspetor Strong se arrastando um pouco atrás. A garoa formava uma névoa fina no horizonte, através da qual as árvores altas emergiam, indistintas, no parque abaixo. Os passos rangiam no cascalho, e então afundavam na grama úmida conforme eles seguiam os cães mais jovens ladeira abaixo. Geralmente, a rainha amava fazer caminhadas; mas não estava amando aquela.

— Aparentemente, Brodsky era um pianista muito bom — começou Humphreys.

— Eu sei. Eu o ouvi.

— Ah, sim, claro. Mas era apenas fachada. Descobrimos que ele era o cérebro por trás de um blog anônimo contra a Rússia de Putin. Um blog é um tipo de site. É uma abreviatura de "web log"...

A rainha franziu o cenho. Tinha certeza de que ele devia ver nela sua vovozinha de mãos trêmulas. Era tentador comentar que ela havia assinado inúmeros documentos oficiais naquela manhã e que podia recitar todos os países da África em ordem alfabética e os reis e as rainhas da Inglaterra, desde Ethelred até ela. Mas não o fez. Encarou fixamente a garoa e se preparou para ser tratada com uma atitude paternalista.

— Brodsky o administrava com um avatar, ou um nome falso de internet, se preferir, então não o detectamos de imediato, mas a análise de seu laptop confirmou que ele era um grande opositor de Putin. Ele mantinha um registro de todos os jornalistas que morreram em circunstâncias suspeitas na ex-União Soviética, desde a chegada de Putin ao poder. A mais famosa é Anna Politkovskaya, que foi morta há dez anos, mas é uma lista bem, bem longa. Para um amador, Brodsky fez uma pesquisa muito impressionante. Ele se considerava um deles, dando destaque à sua causa. Mas é algo muito perigoso a se fazer, até mesmo de Londres. Putin não é adverso a matar cidadãos russos em solo estrangeiro. Eles deixaram isso claro há dez anos. Ele já fez isso aqui antes.

— Não em um de meus castelos.

— Parece que ele está se aprimorando, senhora. Talvez quisesse nos enviar um recado — insistiu Humphreys. — "Vejam, posso pegá-los em qualquer lugar, a qualquer instante." É a cara dele. Ousado. Brutal.

— Até aqui?

— Especialmente aqui. Bem no coração das instituições britânicas. Típico de Putin.

A rainha se virou para o Sr. Singh.

— Está de acordo, comissário?

— Admito que precisei ser convencido. Mas o argumento é forte. E Putin é imprevisível.

— Candy! Pare com isso!

A corgi idosa ergueu o olhar timidamente da poça na qual chafurdava e saltitou de volta ao grupo. Ela se sacudiu com muita energia na frente da calça de Humphreys. A rainha escondeu sua aprovação com sangue-frio.

— Perdão.

— Não se preocupe, senhora. — Ele se inclinou e limpou as poucas gotas de água suja com as mãos. Ele estava um tanto encharcado na altura dos joelhos. — E, obviamente, a senhora sabe o que isso significa — acrescentou ele, endireitando-se.

— Sei?

— A questão é que passamos um pente-fino na vida pessoal de Peyrovski e daquelas bailarinas, e não há nenhum sinal de que sejam agentes, ainda mais do calibre necessário para levar adiante algo assim. Não... É mais provável, sinto dizer, que o assassino estivesse aqui há um tempo.

— Antes que alguém soubesse da chegada de Brodsky? — A rainha lançou um olhar questionador para o Sr. Singh. Mas o comissário não teve a oportunidade de responder, já que Humphreys se entusiasmava com a própria hipótese.

— Eles queriam estar prontos para tudo. É como essas pessoas trabalham, senhora. São plantados com anos de antecedência. São chamados de "espiões adormecidos", apenas à espera de instruções no momento certo. Pense só. — Ele gesticulou para os arredores. — Um assassinato aqui no Castelo de Windsor, bem debaixo do seu nariz, por assim dizer. "Ninguém está seguro." O recado foi dado.

— Espiões adormecidos — ecoou ela, nada convencida.

— Sim, senhora. Alguém de dentro. Aqui, entre seus funcionários. Pelo menos um, talvez mais. É possível que o assassino seja outra visita, obviamente, mas a escolha deste local faz parecer mais provável que tenham designado alguém que o conhecesse bem.

— Lamento, mas não creio que seja mais provável.

Abrigado sob uma das faias favoritas da rainha, ele lhe lançou um olhar de pena.

— Sinto que seja, senhora. Precisamos encarar os fatos. Não seria a primeira vez.

A rainha comprimiu os lábios e se dirigiu para a casa. O pequeno grupo de homens encharcados a seguiu, enquanto os cães saíam da vegetação rasteira e passavam à frente de todos.

— O que vocês vão fazer? — perguntou ela, por fim.

— Encontrá-lo. Não será fácil. Seremos discretos, naturalmente.

Singh acrescentou um detalhe que o colega, em sua obsessão putinesca, havia omitido:

— Acreditamos que Brodsky tenha combinado de encontrar o próprio assassino depois da festa, senhora. Por volta das duas da manhã, um homem que bate com a descrição dele foi visto fumando do lado de fora e escoltado de volta aos aposentos de visitantes. Deve ter sido algum tipo de *rendezvous*. Lamento ser o portador de más notícias.

Singh parecia se lamentar de verdade. Ao contrário de Humphreys, ele não dava a impressão de tratar aquele lugar como o cenário de um divertido jogo de espiões, e sim como um lar, onde muitas pessoas agora viveriam sob suspeita, e isso nunca fez bem a ninguém.

— Obrigada, Sr. Singh.

— E vamos mantê-la informada.

— Por favor, façam isso. — Ela gostaria de tê-lo convidado para o almoço, mas aquilo significaria ter de convidar Humphreys também, e ela não conseguiria fazer isso.

O que mais a magoou foram aquelas cinco palavrinhas: "Não seria a primeira vez." Elas estavam corretas, mas a rainha as considerava imperdoáveis.

Capítulo 6

Naquela noite, Sir Simon precisou consultar a rainha sobre alguns detalhes delicados da visita dos Obama. A equipe da Casa Branca continuava descobrindo novos problemas de segurança com os quais se preocupar. Ele encontrou Sua Majestade incomumente abatida. Poderia ter culpado o tempo se não soubesse que ela era insensível ao vento e ao frio.

Talvez o assassinato enfim a tenha afetado, pensou ele. Ela era forte como um touro, mas havia limites. Talvez ele não devesse ter lhe contado aqueles detalhes sórdidos. Ela havia perguntado, mas seu trabalho era tanto servi-la quanto protegê-la. Pelo menos, o Caixa estava no caso. Com jeitinho, ele a lembrou do progresso de Gavin Humphreys, mas não parecia tê-la tranquilizado tanto quanto tinha esperado.

— Rozie está aqui? — perguntou ela.

— Sim, senhora.

— Pode chamá-la? Gostaria de conversar com ela.

— Senhora... se Rozie tiver feito alguma coisa... — Sir Simon estava horrorizado. Havia julgado que Rozie estivesse se saindo muito bem para alguém tão inexperiente na função. Ele com certeza não notara nenhum problema e se culpou na mesma hora, pelo que quer que fosse. — Se eu puder ajudar em...

— Não, não. Não é nada de mais. Não há nada com que se preocupar.

Rozie chegou dez minutos depois, parecendo confusa.

— Vossa Majestade? Queria me ver?

— Sim, queria — respondeu a rainha. Ela brincou com a caneta por um instante, pensativa. — Estava me perguntando se você poderia fazer uma coisa para mim.

— Qualquer coisa... — ofereceu Rozie, com mais entusiasmo na voz do que fora sua intenção. Mas era verdade. O que quer que a Chefe quisesse, ela faria. Rozie sabia que a maioria das pessoas na equipe se sentia assim. Não pelo que ela era, mas por *quem* era. Um ser humano especial, a quem fora confiada uma função quase impossível, e que a tinha aceitado, nunca reclamado, e a exercido de forma brilhante, por mais tempo que os anos de vida da maioria dos ingleses. Eles a adoravam. Todos tinham medo dela, óbvio, mas gostavam mais do que temiam. Rozie se sentia sortuda por ela ainda estar na ativa.

— Pode trazer alguém aqui, por mim?

Rozie despertou de seu devaneio. O olhar que acompanhou o pedido da rainha foi estranho, como se daquela vez a resposta pudesse ser "não". Em geral, eram apenas instruções educadas. Aquela parecia mais complexa.

— Sim, senhora — respondeu Rozie, alegre. — Quem?

— Não sei ao certo. Um homem que conheci um dia, um acadêmico de Sandhurst ou do Colégio Militar, acho. Um especialista em Rússia pós-soviética. Ele tem cabelo desgrenhado e barba ruiva, e seu nome é Henry. Ou William. Eu gostaria de convidá-lo para um lanche da tarde. Privadamente. Na verdade, acho que ele gostaria de conhecer minha amiga Fiona, Lady Hepburn. Ela mora em Henley e tenho certeza de que adoraria nos receber. Ela pode *me* convidar para um lanche, a ele também, e podemos conversar.

Parada em frente à mesa da rainha, Rozie tentava decifrar o que estava acontecendo. Não tinha certeza do que exatamente lhe fora solicitado, mas era um mero detalhe: ela descobriria como fazer aquilo mais tarde.

— Quando gostaria que acontecesse?

— O quanto antes. Você conhece minha agenda. — Houve uma pausa. — E, Rozie...

— Senhora?

A rainha lhe lançou outro olhar estranho. Parecia diferente do último. O anterior transmitira incerteza; esse era desafiador.

— Uma conversa *privada*.

De volta à própria mesa, Rozie repassou todo o encontro em sua cabeça.

O que aquele *privada* queria dizer exatamente? É óbvio que um lanche na casa de Lady Hepburn seria um evento privativo. Será que o especialista — e Rozie achava que conhecia o homem a quem a rainha se referia — deveria ser discreto sobre encontrar Sua Majestade? Rozie se certificaria de que sim, mas por que não dizer de uma vez? Sua relação com a Chefe tinha sido bem objetiva até então: ela simplesmente fazia o que quer que a rainha lhe pedisse e, se houvesse qualquer dúvida, apenas consultava Sir Simon, que tinha quase vinte anos de experiência e sabia *tudo*, e...

E, de repente, Rozie soube o que a rainha quis dizer. E por que fora impossível falar abertamente. E por que aquilo era um teste, embora tivesse a sensação de que não era um a que a rainha quisesse submetê-la.

Era tudo muito assustador e só um pouquinho emocionante.

Ela entrou no banco de dados de especialistas do governo e procurou um homem específico para convidar para o lanche da tarde.

A rainha estava sentada na cama, registrando o dia em seu diário. Nunca escrevia muito e, com certeza, não o que estava pensando agora. Muitos historiadores matariam pela oportunidade de colocar as mãos nas páginas que ela cuidadosamente escrevia à mão toda noite e que um dia seriam guardadas nos Arquivos Reais, na Torre Redonda, junto às da rainha Vitória. Mas aqueles historiadores, sem dúvida, iam se desapontar. Qualquer um que lesse aquele documento no século XXII ia encontrar uma fonte detalhada sobre corridas de cavalo, observações sobre certos primeiros-ministros tediosos e historinhas familiares sem importância. Seus pensamentos mais profundos ela mantinha entre Deus e si mesma.

E Deus sabia, Vladimir Putin era um indivíduo irritante, definitivamente cruel, mas não burro. Você não se torna o homem mais rico do mundo, segundo as más línguas, cometendo erros bobos. Ele também não era o tipo de pessoa que ignorava o acordo tácito entre as classes dominantes, nas quais tinha tanto orgulho de se incluir hoje em dia: príncipes simplesmente não pisavam no calo de outros príncipes. Espiar era aceitável, se conseguisse. Talvez procurar enfraquecer inimigos em negociações e eleições. Mas não se cometia crime de lesa-majestade nem se semeava o caos em castelos. Se o fizesse — quem sabe? —, talvez um dia fizessem o mesmo no seu. Até ditadores entendiam isso.

Chefes tecnocratas do MI5, ao que parecia, não.

A rainha não se preocupou em tentar corrigir o Sr. Humphreys. Ele parecia tão seguro de si e tão pouco interessado em sua opinião, muito embora ela tivesse conhecido Putin e os dois tivessem governado paralelamente, ou seja, no mesmo século, por décadas.

Cães. Eles sabiam de tudo. Como Candy hoje cedo. Os corgis detestaram o Sr. Putin logo de cara e tentaram morder os calcanhares dele durante uma visita oficial. Até o cão-guia de um ministro havia latido, lembrou ela. Cães possuem instintos tão naturais. Putin os usava a seu favor. Ele sabia que Angela Merkel tinha medo deles. Teria sido porque foi criada na Alemanha Oriental, se perguntou a rainha, onde era mais provável que fossem treinados como cães de guarda do que adotados como animais de estimação? Armado com tal informação, ele havia se assegurado de que a chanceler alemã fosse recebida por dois agressivos pastores-alemães quando ela o visitou no Kremlin. Pobre mulher. Era uma indicação da pequenez do homem. A rainha nem sempre concordava com as políticas da Sra. Merkel, mas era fã dela. Merkel havia conseguido se manter no comando de uma grande democracia por uma década. Uma mulher em um ambiente masculino — como, com certeza, era quando ela começou. Como ainda era, se alguém examinasse as fotografias dos encontros de chefes de Estado: Merkel, o único *tailleur* em um mar de ternos. A rainha conhecia muito bem essa sensação — embora, obviamente, não compartilhasse do estilo teutônico de moda de Merkel.

Ela percebeu que não havia escrito nada em seu diário por uns dez minutos e tentou voltar à frase que deixara inacabada, mas sua mente continuou naquela linha de raciocínio.

Putin, com certeza, era o tipo de homem que procuraria deixar uma mulher como Merkel desconfortável. Ele era prepotente, um ex-agente da KGB com uma doentia adoração por controle. Seu comportamento em relação a cães, e o deles com ele, dizia tudo. No entanto, aquilo *não* significava que mandaria matar um jovem expatriado no quintal de alguém. Quando uma coisa dessas era tão desnecessária.

De acordo com Humphreys, esse homem frio e calculista havia plantado um espião na casa dela *apenas por precaução*, caso um dos inimigos dele aparecesse para uma visita — um inimigo bem jovem, por sinal — e assim pudesse se gabar do alcance de seu poder. E, quando o momento havia chegado, esse "espião adormecido" — que supostamente estivera lá por anos, apenas aguardando — tinha armado uma tentativa elaborada de sugerir suicídio, mas falhara em checar o mais simples dos nós. Por que sugerir suicídio quando tudo o que você queria era passar uma mensagem sobre a sua pessoa? A ideia era que a polícia percebesse que tinha sido um assassinato mesmo? Se sim, certamente havia maneiras mais sutis de consegui-lo sem fazer todo o sórdido caso parecer tão amadoramente descuidado. Ela gostava de pensar que, se houvesse *mesmo* um traidor à sua volta, ele seria, no mínimo, um pouco competente. Ah, a coisa toda era simplesmente ridícula.

E, mesmo assim, "Não seria a primeira vez...".

Bem, não seria. E aquilo também havia parecido impossível.

Anthony Blunt foi seu primeiro Curador de Arte, tendo trabalhado para seu pai antes de trabalhar para ela. Que homem erudito, culto, tão à vontade entre os cortesãos... Professor de Cambridge, era historiador de arte, um especialista em Poussin e no Barroco Siciliano e até mesmo um integrante do MI5. Havia poupado seu tio Edward de constrangimentos ao resgatar algumas de suas cartas durante os estágios finais da guerra.

Também era, como confessou mais tarde, um comunista dedicado e um agente soviético. Ele e os amigos haviam causado danos indescritíveis a pessoas que eram caras a ela. Anthony continuou trabalhando no palácio por anos depois de a rainha ter descoberto, para evitar a vergonha e o constrangimento de admitir quão longe ele havia chegado — até Margaret Thatcher dar com a língua nos dentes e Blunt precisar ser dispensado. Ele parecia um pouco arrependido, mas ela jamais saberia.

Ela não podia agir como se todos os seus funcionários fossem irrepreensíveis. Tinha até uma peça, e a BBC fizera um filme, com uma atriz de comédia que a retratou como moralista e careta. Não foi o melhor momento da Coroa, de modo algum.

As palavras de Gavin Humphreys reavivaram certas lembranças desagradáveis e fizeram com que ela duvidasse de si mesma, algo que, particularmente, não gostava de fazer. Também não era muito fã de ter de contar com Rozie Oshodi, uma vez que a garota era tão inexperiente e tão jovem. Mas ela fazia o que tinha que fazer. E torcia para ter uma surpresa agradável.

Ela escreveu outro parágrafo sobre algo completamente diferente e, ainda que com dificuldade, pegou no sono.

Parte 2

A Última Dança

Capítulo 7

— Que compromisso é esse na agenda de amanhã?

Rozie ergueu os olhos do teclado para olhar para Sir Simon, que havia enfiado a cabeça no vão da porta da sua sala. Ela tentou impedir que qualquer indício de nervosismo transparecesse em sua voz.

— O da tarde?

— É. Ela deveria visitar a prima no Great Park depois do almoço. Está marcado há semanas.

— Eu sei. Mas infelizmente o irmão de Lady Hepburn morreu há pouco tempo, e a rainha queria vê-la. Quando o convite para o lanche da tarde chegou, ela me pediu que aceitasse.

— Quando?

— Ontem.

— Você não me avisou.

— Não parecia importante.

Sir Simon suspirou. Não era importante, considerando todo o restante, mas ele era um controlador obsessivo, por isso se saía tão bem em seu trabalho. Ele tentava relaxar e delegar. Se você não confiava em seus subordinados, onde ia parar? Ainda assim, algo não batia.

— Como Sua Majestade ficou sabendo? Sobre o convite, digo? Eu não vi nada.

Rozie hesitou por meio segundo. Sir Simon lia todos os e-mails, via todos os registros de todas as ligações, todas as mensagens, de qualquer tipo que fosse. E, mesmo que não tivesse visto, poderia conferir agora. Provavelmente, não se daria o trabalho, mas e se desse?

— Eu fiquei sabendo do irmão de Lady Hepburn por Lady Caroline. — Ela improvisava à medida que falava. Sir Simon não tinha muita intimidade com a dama de companhia da rainha. Ela só precisava torcer para que ele não perguntasse nada à mulher. Na verdade, Rozie *havia* tido uma breve conversa com Lady Caroline sobre Lady Hepburn pela manhã, mas não foi esse o rumo que tomou: Rozie tinha arquitetado tudo quando se deu conta de que ambas moravam perto uma da outra, em Henley. Ela se perguntara se seria muita presunção de sua parte presumir que vizinhos ricos e com títulos de nobreza se conheciam; mas não, acabou que era verdade e as duas eram amigas.

— O irmão de Lady Hepburn morreu há algumas semanas, não foi? Um ataque cardíaco no Quênia. — Sir Simon sabia *tudo*.

— Foi. E Lady Caroline comentou que Lady Hepburn ainda estava muito abalada. — (Não comentou nada.) — Quando mencionei o fato à rainha, ela me pediu que mandasse suas sinceras condolências e, quando fiz isso, Lady Hepburn a convidou para o lanche e Sua Majestade aceitou.

Aquilo era sequer possível? Essas coisas aconteciam? Rozie prendeu a respiração. Seu coração batia tão rápido no peito que ela tinha certeza de que Sir Simon conseguia ver o palpitar sob seu vestido.

Sir Simon franziu o cenho. Aquilo era muito estranho. A rainha gostava de visitar Fiona Hepburn, mas não de improviso. A Chefe não era uma pessoa impulsiva. Que estranho... Talvez fosse um sintoma da velhice. E não de demência, certo? Não, aquilo não fazia sentido. Mas havia alguma coisa em Rozie que não...

Ele a encarou por um instante. Rozie não *inventaria* algo, inventaria? Com que objetivo? Ele fez uma anotação mental para confirmar com a rainha se ela queria mesmo fazer aquela visita de condolências e voltou para a sua mesa.

Cerca de uma hora depois, o coração de Rozie se acalmou. Ela não sabia se devia se sentir orgulhosa de si mesma ou extremamente envergonhada. Havia acabado de mentir para seu chefe imediato sobre as palavras e as ações de duas senhoras da aristocracia e da monarquia britânicas. Na privacidade do banheiro feminino, ela mandou um Snapchat para a irmã com vários emojis de carinha de surpresa. Fliss não faria ideia do que se tratava, mas aquilo ajudou.

O fim de semana foi difícil. A rainha já começava a notar as primeiras ondas geradas pela pedra atirada pelo MI5 em seu lago doméstico.

A criada que lhe servia chá e biscoitos na cama esta manhã estava com uma expressão insegura e mordia o lábio, indicando grande inquietação e necessidade de tranquilização. Se a rainha já não soubesse do que se tratava, teria perguntado e iniciado uma conversa. Em geral, era possível cortar um problema pela raiz com rapidez. Mas, hoje, não tinha como tranquilizá-la.

Da mesma forma, o pajem que lhe serviu seu chá Darjeeling mais tarde na sala de desjejum o fez com um olhar queixoso. Ela conhecia o homem havia anos (Sandy Robertson; começou como batedor em Balmoral; viúvo com dois filhos, um dos quais estudava astrofísica na Universidade de Edimburgo) e podia ler com facilidade a mensagem implícita naqueles olhos: *Eles me interrogaram. E não só a mim. Estamos todos preocupados. O que está acontecendo, senhora?*

O olhar que ela lhe devolveu foi igualmente fácil de traduzir: *Lamento. Está fora do meu alcance. Não há nada que eu possa fazer.* Ele assentiu, triste, como se tivessem, de fato, trocado palavras, e, fora isso, se comportou com a eficiência serena de sempre. Porém, ela sabia que ele levaria essa informação aos aposentos dos empregados e ao clube social, e as notícias não seriam boas. Como disse Shakespeare em "Hamlet", "há algo de podre no reino da Dinamarca", e nem mesmo a Chefe podia garantir que ficaria tudo bem.

Pelo restante do dia, ela sentiu a sombra do medo e da incerteza cobrir o castelo. Ela e sua equipe trabalhavam à base de um código de absoluta lealdade: tanto deles em relação a ela quanto dela em relação a eles. Eles não fofocavam, não vendiam histórias para o *The Sun* ou o *Daily Express*, não pediam nem esperavam por salários exorbitantes que poderiam demandar de gente da laia do Sr. Peyrovski, não faziam perguntas impertinentes nem permitiam que as inevitáveis desavenças em seus andares ou os problemas pessoais interferissem no bom andamento das tarefas relacionadas a ela — pelo menos, não com frequência. Em troca, ela os respeitava e protegia, valorizava os sacrifícios que faziam e recompensava uma vida de serviços com medalhas e outras honras que eram muito mais valiosas que ouro.

Dignitários estrangeiros, presidentes e príncipes admiravam a precisão e a atenção aos detalhes dedicadas a todos os aspectos de suas visitas por esses homens e mulheres. Alguns integrantes de sua família tinham inveja, tentavam roubar frequentemente algumas das estrelas de maior destaque e, de vez em quando, conseguiam. De Balmoral ao Palácio de Buckingham, de Windsor a Sandringham, o exército de funcionários, centenas de indivíduos, *eram* da família. Eles haviam cuidado dela por quase noventa complicados anos, sido o escudo contra as marés de insatisfação que, às vezes, seus súditos sentiam prazer em demonstrar, e se esforçado incansavelmente para fazer um trabalho muito difícil parecer fácil. Eles trabalhavam com uma confiança mútua, e agora o Serviço de Inteligência estava abalando aquele laço pelas beiradas, com um interrogatório traiçoeiro atrás do outro.

Ainda assim, a pergunta que não queria calar era: uma pessoa de sua equipe *tinha* matado Brodsky? E, se sim, por quê? Até que ela mesma pudesse responder a essa pergunta, precisava deixar que Humphreys conduzisse a investigação do jeito dele.

* * *

No domingo, a rainha estava muito feliz em fugir da atmosfera pesada e aceitar o convite gentil de Lady Hepburn para o chá da tarde em Dunsden Place, sua pequena propriedade alguns quilômetros a oeste, em Henley-on-Thames. A amizade das duas atravessara décadas, passando pelo casamento tempestuoso de Fiona com Cecil Farley, nos anos 1950 e 1960, por sua fascinante solteirice nos anos 1970, quando ela viajou pelo mundo nos braços de inúmeros bons partidos, por seu segundo e discreto casamento com Lorde Hepburn, nos anos 1980, chegando agora à sua viuvez.

Fiona era uns bons dez anos mais nova que a rainha, mas amigos de idade tão avançada eram raros hoje em dia — especialmente aqueles que ainda tinham dentes —, e era uma dádiva poder conversar com alguém que havia sobrevivido à guerra e compartilhava dos mesmos valores que tinham ajudado o país a se reerguer.

Ela também cuidava do jardim. A casa — no estilo Rainha Ana, com um toque jacobino desnecessário em uma das extremidades e uma expansão vitoriana malsucedida na outra — precisava de certa modernização, mas o jardim era lindo. Fiona as guiou pela casa, bonita como sempre, com o cabelo loiro-acinzentado preso em um coque baixo e uma calça larga exibindo apenas leves vestígios de terra.

Hoje, na ventania de um fim de semana de abril, grandes vasos com tipos variados de narcisos cintilavam em amarelo e creme na frente delas, contra um fundo verdejante de buxinhos em cercas vivas e teixos topiados ondulantes, através dos quais era possível ter uma visão parcial do rio. A maioria das pessoas teria achado o dia muito frio para ficar ao ar livre, mas Fiona conhecia sua convidada e havia pedido que *scones* caseiros e uma geleia de framboesa digna de prêmio fossem servidos no terraço que dava vista para o jardim, com mantas grossas de caxemira para seus joelhos e um suprimento infinito de chá bem quente.

O motorista da rainha esperava na cozinha, e os seguranças dela se misturavam ao fundo, longe do alcance da voz, recusando todas as ofertas de bebida. As únicas outras pessoas do lado de fora eram a própria Fiona, Rozie Oshodi e um homem barbado na casa dos quarenta anos, com terno de tweed e gravata, sentado a uma grande mesa de madeira no terraço. Ele se levantou assim que as duas chegaram.

— Convidei Henry Evans — disse Fiona, animada, como se a ideia tivesse sido dela. — Creio que já se conhecem.

O Sr. Evans fez uma mesura. Quando endireitou o corpo e sorriu, a rainha de repente se lembrou da expressão doce e juvenil do homem e de como ele parecia encantadoramente inocente, tendo em vista sua especialidade.

— Sim, já. Boa tarde. Que bom ver o senhor!

— A senhora também, Vossa Majestade.

— Espero não ter causado nenhum transtorno ao pedir que viesse até aqui.

— Pelo contrário. É um prazer. Principalmente a viagem até Henley. A senhora tem uma casa linda, Lady Hepburn.

— Ah, Henry. Que gentil de sua parte. — Fiona sorriu. — Pegue um *scone*.

Eles batiam um papo amigável e cortês enquanto Rozie ocupava uma mesa próxima, fingindo estar absorta em suas anotações. Ela ficou impressionada com o fato de Henry Evans conseguir conversar animadamente sobre sua viagem até ali, vindo da Real Academia Militar em Sandhurst, onde trabalhava como professor, sem demonstrar o menor interesse pelo motivo de ter sido convocado. Rozie não fora capaz de explicar muito bem ao telefone — além de mencionar o quanto ela, pessoalmente, tinha gostado de suas palestras quando havia completado o treinamento militar na instituição. Mas aquilo não era relevante para o encontro de hoje, então se contentou com um breve sorriso de reconhecimento e se manteve reservada.

Depois de certo tempo, Lady Hepburn inventou alguma desculpa sobre consultar a senhora do vilarejo que estava ajudando na cozinha, e eles ficaram sozinhos.

— Agora, Sr. Evans, gostaria de lhe perguntar uma coisa — disse a rainha, quase sem pausa.

— Pois não?

— A morte suspeita de russos em solo britânico. O senhor estuda isso faz tempo, não estuda?

— Algumas décadas, senhora.

— O senhor contribuiu para o relatório que recebi ano passado. Lembro-me de o senhor ter acompanhado o ministro até o palácio.

— Isso mesmo.

— E o senhor acredita que o Estado russo vem matando seus inimigos aqui, na Grã-Bretanha, impunemente?

— Não exatamente o Estado, senhora. Putin e seus aliados, especificamente. Mas sei que ele parece encarnar o Estado. É tudo muito confuso.

— A lista incluía algum jornalista?

— Apenas Markov, que trabalhava na BBC. Aquele escritor búlgaro dissidente, morto com uma bala de ricina, disparada de um guarda-chuva em 1978. Antes da era Putin, lógico... mas abre um precedente.

A rainha assentiu.

— Na Ponte de Waterloo, eu me lembro.

— Exatamente, senhora. Parecia quase Le Carré demais para ser verdade.

A rainha assentiu ao ouvir a referência. As pessoas supunham que ela não lia — sabe-se Deus por quê. Ela provavelmente lia mais em um mês do que a maioria das pessoas na vida inteira, e adorava uma boa história de espionagem. Henry Evans a compreendia melhor que muitos de seus ministros.

— Quantas mortes ocorreram desde então?

67

— Em solo britânico? Cinco ou seis. A primeira foi Litvinenko, em 2006. Aquele ex-agente da FSB, envenenado com polônio-210. Uma coisa horrível.

— Verdade. E, mesmo assim, ninguém foi preso nem acusado por nenhuma dessas mortes.

— Não, senhora — confirmou Evans. — Não desde aquele agente que tentamos extraditar pelo envenenamento de Litvinenko.

— Os americanos sempre dizem ao meu embaixador como estão zangados conosco.

Ele abriu um sorriso irônico.

— Que fiquem à vontade para fornecer provas.

Houve uma pausa enquanto ele tomava um rápido gole de chá. Rozie reparou na naturalidade com que a rainha pegou a chaleira para completar a xícara dele. Ela era uma pessoa surpreendentemente prática para alguém que possuía centenas de criados e um exército inteiro à disposição. (Como Rozie sabia por experiência própria, o exército britânico jurava lealdade a ela, não ao governo, e seguiam o juramento à risca.)

Depois de outro gole quente, ele continuou:

— Putin está melhor agora. Desde o deslize com Litvinenko, que foi mal executado, todas as mortes que vieram depois têm sido muito profissionais. E ainda há um ponto de interrogação sobre Boris Berezovsky ter sido assassinado ou cometido suicídio.

— O que o senhor acha?

— Ah, assassinado, com toda a certeza. A coloração do rosto, a costela quebrada, o formato da ligadura... Mas alguém pode, lógico, argumentar, como os russos fizeram, que ele foi encontrado em um banheiro trancado e, sem dúvida, estava deprimido. O caso de Berezovsky é capcioso. Ele era um dos críticos mais importantes de Putin, o mais rico até o processo Abramovich levá-lo à falência, o homem mais almejado pela mira de Putin. Tudo o que posso dizer é que quem quer que tenha forjado o suicídio, se *foi* forjado, fez um excelente trabalho. E as outras mortes se mostraram ainda mais difíceis de ligar a Moscou.

— Prossiga.

— Bem, Perepilichnyy morreu de ataque cardíaco enquanto corria, há quatro anos. Foram encontrados vestígios de veneno em seu organismo, mas nenhuma prova de como ele o ingeriu. Gorbuntsov foi vítima de uma tentativa de assassinato em Mayfair no mesmo ano. Ele sobreviveu, mas o suposto assassino escapou. Scot Young, aquele ligado a Berezovsky, estava deprimido quando caiu nos trilhos. Não é que não suspeitemos de envolvimento russo. Só não queremos começar um conflito diplomático sem provas incontestáveis dos motivos pelos quais nutrimos a nossa suspeita.

— Naturalmente. Todos morreram ou em casa ou em locais públicos?

— Sim. — Ele pareceu surpreso com a pergunta.

— E todos tinham ligações com pessoas do alto escalão em Moscou? Creio que seu relatório dizia isso.

— Exato. Foram desavenças sobre delações ou dinheiro. Era a natureza da ameaça deles a Moscou.

— Diga-me uma coisa, o que o senhor acha da possibilidade de essas pessoas matarem alguém simplesmente para dar um recado?

— Que tipo de recado?

— Apenas para provar que podem. Alguém de pouca relevância. A pessoa errada no lugar errado, digamos assim.

Henry Evans refletiu sobre a pergunta. Encarou as nuvens cinza-chumbo, cujo contorno espelhava o dos teixos ondulantes abaixo. Ele considerou as duas décadas de pesquisa sobre mortes suspeitas por trás da velha Cortina de Ferro e, mais tarde, aqui na sua terra, desde que se interessou pela primeira vez pelo assunto, enquanto se preparava para o vestibular na escola em Manchester.

— Não é o estilo de Putin — respondeu, por fim. — Não consigo pensar em nenhum exemplo. A senhora tem algo em mente?

A rainha ignorou a pergunta.

— Suponha que tenham mudado de tática. De que não se trata de *quem*, mas de *onde*.

Evans franziu o cenho.

— Não estou entendendo.

A rainha tentou encarnar Gavin Humphreys da forma mais imparcial que conseguiu.

— Eles usaram veneno no passado, não usaram? Às vezes um veneno raro, radioativo, como se quisessem deixar claro que são eles os culpados, mesmo que não possam ser responsabilizados.

— Sim, mas por vingança. Vingança contra indivíduos por ações específicas e para mandar um recado a outros indivíduos a fim de que não façam o mesmo. Não vejo como isso funcionaria se só o *local* importasse. — Ele ainda parecia atônito com a linha de raciocínio da rainha.

— E se o local fosse muito... específico? Pensado para mostrar como podem ser ousados quando querem?

— É só que... Eu... — Ele se calou. Sentia-se frustrado. Queria genuinamente apoiar a soberana, compreender seu argumento e endossá-lo, se possível. Jamais a imaginara defendendo o que, em outro círculo, seria chamado enfaticamente de "balela", então estava muito surpreso pelo que ela sugeria. Onde já se ouviu falar em assassinato baseado em *localização*? O que ela estava querendo dizer?

— E o senhor disse que o assassinato de Litvinenko teve um deslize — acrescentou a rainha. — Agentes nem sempre agem com o devido profissionalismo. Costumam entrar em pânico? Já se deparou com algo assim?

De novo, ele a encarou e tentou não parecer rude.

— Pânico, senhora?

— Sim. O caso Berezovsky também. O senhor disse que eles tiveram problemas com as marcas de ligadura.

— Bem, parece que tinham um formato errado: circular, e não em "V", como se esperaria de um enforcamento. Mas quem quer que tenha feito isso, *se* o fez, conseguiu deixar a porta do banheiro trancada pelo lado de dentro, o que não sugere exatamente pânico...

— E Litvinenko?

— Eu diria que também não houve pânico ali, senhora. Eles envenenaram o homem no restaurante de um hotel, a sangue-frio, e foram embora. — Ele deu de ombros. — O deslize aconteceu antes, ao deixarem resquícios de radiação em vários locais que visitaram de antemão. Provavelmente não estavam familiarizados com quão rastreáveis essas coisas são. Polônio não é exatamente comum no programa de treinamento de armas... — Ele se deu conta de que, mais uma vez, reunia provas contra o argumento da rainha, o que não parecia nem um pouco educado. Ele parou de repente de falar, ainda confuso.

— Obrigada — agradeceu ela. O que o confundiu ainda mais.

— Lamento, senhora. Não creio que eu...

— O senhor foi muito prestativo, Sr. Evans.

— Realmente não acho que...

— Mais do que imagina. Posso só pedir...?

— Lógico.

— Bem, foi muito agradável vê-lo de novo. Mas esse é um assunto muito delicado e eu ficaria extremamente grata se, quando for perguntado sobre o dia de hoje...

Ela hesitou para escolher as palavras com cautela, e, antes que pudesse encontrar as certas, ele a interrompeu:

— Nada aconteceu, senhora.

— Obrigada.

— Eu nem estive aqui.

— Você é muito gentil. — Ela assentiu e sorriu, agradecida. Do seu assento próximo, Rozie captou o acordo tácito entre eles. Por experiência própria, conseguia traduzi-lo agora: Henry Evans não diria nada, independentemente de quem perguntasse, mesmo que fosse o comandante de Sandhurst e seus contatos no MI5 e MI6. Aquela conversa foi totalmente privada.

Rozie se perguntou por um instante por que havia sido tão fácil para o Sr. Evans fazer aquele pacto de silêncio, enquanto, para ela, parecera mais complicado. Mas ela concluiu que, para ela, *era* mais complicado. Evans simplesmente devia lealdade absoluta à rainha, e era isso. O homem de quem Rozie tinha que esconder aquela conversa — para quem tinha que mentir, se necessário — era o próprio braço direito da rainha, e aquilo tornava o segredo tão inusitado e incômodo. Não que a rainha não confiasse em Sir Simon, Rozie tinha certeza de que ela confiava. Ela testemunhara o relacionamento caloroso e de longa data dos dois em primeira mão. Era outra coisa... O quê? Não fazia ideia.

Enquanto isso, por algum truque telepático, Lady Hepburn retornou bem na hora com um bule de chá recém-preparado e um bolo de café com nozes que ela mesma fizera naquela manhã. A conversa foi parar no críquete, esporte no qual a Inglaterra estava se saindo bem na Copa do Mundo. A rainha, que antes vinha se comportando como de costume, agora lançava um olhar para a amiga como se um peso enorme tivesse sido tirado de suas costas. Ela estava radiante.

— Gostaria de ver os vasos? — sugeriu Fiona. — Consegui uns narcisos lindos com Sarah Raven, e eles estão se adaptando muito bem.

Elas foram acompanhadas pelos golden retrievers da anfitriã, Purdey e Patsy, que desceram correndo pelos degraus do terraço até o jardim. Henry, cujas esposa e mãe cuidavam do jardim, ficou surpreendentemente interessado nas sutilezas do método de plantio chamado "lasanha". Já Rozie, cuja mãe era capaz de matar um tomateiro cultivado numa varanda a dez passos de distância, não. Mas se animou quando Lady Hepburn se virou para a rainha com um sorriso repentino e mudou de assunto.

— Ouvi dizer que se divertiu muito segunda à noite.

— Como? — A rainha parecia surpresa.

— Caroline me disse. Conversávamos ao telefone sobre o funeral de Ben. Ai, meu Deus, o que me faz lembrar... Claro, havia aquele jovem. Ouvi algo a respeito... um ataque cardíaco, não foi? No dia seguinte. Nada a ver com o jantar com pernoite, espero? Presumo que não fosse um convidado? Ninguém do seu círculo?

— Não, não — respondeu a rainha com cautela. A amiga não estava sondando, só tentava não se meter onde não era chamada... o que acabara fazendo. Entretanto, era correto afirmar, teoricamente, que o jovem Brodsky não era um convidado. E ninguém podia alegar conhecer o homem. Não exatamente.

— Ah, graças a Deus. É horrível como esses jovens saudáveis parecem morrer sem nenhum motivo hoje em dia. Ou, pelo menos, de inesperados problemas cardíacos ou o que quer que tenha sido. Talvez sempre tenha acontecido e não se ouvisse falar tanto disso. Enfim, pensando pelo lado bom, Caroline disse que a noite foi um sucesso tremendo. Muita dança depois do jantar. Eu adoro dançar, você não? Nem consigo me lembrar da última vez que dancei de verdade. E, aparentemente, tinha esse belo jovem russo que dançou com todas as mulheres presentes.

— Sim, tinha.

— Ele dançou com você?

— Na verdade, dançou.

— Ah, que maravilha! Ele era tão bom quanto Caroline disse?

— Bem... — A rainha pensou no quão efusiva a descrição de sua dama de companhia havia sido.

— Rá! Posso ver pela sua cara que era. E, depois, ele tirou o chão daquela outra mulher.

— Que mulher? — perguntou a rainha. — Ele dançou com uma bailarina, pelo que me lembro.

— Caroline disse que ele dançou com as duas. Perfeitamente... como no *Strictly Come Dancing*. Mas, em seguida, ele fez par com outra mulher, uma das convidadas, e eles simplesmente *arrasaram*. Talvez tenha acontecido depois que você saiu. Ela comentou que não foi exatamente a dança. Foi um tango, mas havia algo entre os dois.

Eletricidade. — Lady Hepburn girou os pulsos e abriu os dedos. — Quase íntimo demais para assistir. Como Fonteyn e Nureyev.

— Ah, duvido! — zombou a rainha.

— Bem, quase. Pensando bem, Caroline talvez não tenha mencionado Nureyev, mas é como gosto de imaginar.

— Sua imaginação sempre me impressiona, Fiona. Veja só, as orelhas do coitado do Sr. Evans estão queimando.

Agitado, Henry tentava em vão negar.

— É a única coisa que me mantém viva hoje em dia — opinou Fiona. — Isso e o jardim. E visitas de acadêmicos encantadores. Prometa que irá voltar, Henry. Você é sempre bem-vindo.

— Obrigado, Lady Hepburn.

— Precisamos ir.

A rainha dirigira aquelas palavras a Rozie, que olhou para o relógio de pulso e viu que exatos sessenta minutos haviam se passado desde sua chegada. Ela não tinha flagrado a Chefe consultando um relógio em nenhum momento, mas sua pontualidade era lendária.

— Vou chamar o carro, senhora — disse ela, e logo estavam a caminho de casa mais uma vez, a rainha sentada ereta no banco traseiro do Bentley, as mãos pousadas sobre o colo, olhos fechados tremulantes, na definição perfeita de uma soneca.

Capítulo 8

Pela manhã, Sir Simon estava de ótimo humor quando chegou com as velhas caixas vermelhas que continham a papelada oficial para a rainha ler naquele dia.

— Vossa Majestade ficará feliz em saber que os interrogatórios dos funcionários vão até hoje ou amanhã — avisou ele, pousando as caixas na mesa.

— Que notícia boa! Estão alterando a linha de investigação?

— Não, senhora, nem um pouco. Aparentemente, eles descobriram dois integrantes da equipe com ligações surpreendentes com a Rússia que dormiram no castelo naquela noite. Foi sorte, de certa forma, que isso tenha acontecido. Sei que foi trágico para o pobre Brodsky, lógico. Mas quem sabe o estrago que poderiam ter causado com o tempo.

— Minha nossa. Quem são eles?

Sir Simon pegou uma pasta pequena sob seu braço esquerdo e consultou suas anotações.

— Alexander Robertson, seu pajem, e um arquivista chamado Adam Dorsey-Jones. Ambos alocados no Palácio de Buckingham, mas Sandy Robertson está aqui com a senhora para a Corte da Páscoa, obviamente, e Adam Dorsey-Jones visitava a Torre Redonda para consultar a biblioteca. Ele está trabalhando no programa de digitalização dos documentos da era georgiana. Creio que tenha sido incorporado ao projeto há cerca de cinco anos. Posso confirmar, se quiser.

— Sim, por favor.

— Senhora. — Ele fez uma anotação rápida e continuou: — Eles foram afastados de suas funções e colocados de licença enquanto a polícia confere seus álibis e o Caixa verifica os antecedentes. Eles querem interrogar mais algumas pessoas, só por garantia, mas o Sr. Humphreys tem certeza de que eles acharam o cara certo.

— Não o Sandy! — exclamou ela, exasperada. — Você o conhece, Simon. O pai dele era ajudante de caça em Balmoral. Estão conosco desde que Andrew era criança.

— Sim, senhora. Mas isso talvez o tenha transformado no alvo perfeito. Pelo que parece, a mulher dele esteve doente por um bom tempo. Muitas despesas médicas.

— E o Serviço Nacional de Saúde?

— Talvez ela tenha viajado para se tratar? Não sei. Era tudo que havia no relatório que Humphreys me mostrou. É tudo muito recente. E Adam Dorsey-Jones... — Ele consultou suas anotações de novo. — Estudou História e Russo na universidade, e o colega que mora com ele comercializa arte russa.

— Entendi.

— Ele pediu para vir a Windsor no último minuto, para que pudesse dar uma olhada em algumas cartas, e a teoria é que foi instruído para vir até aqui quando eles descobriram que Brodsky faria parte da comitiva de Peyrovski.

— "Eles" seriam seus supervisores russos?

— Sim, senhora.

— Você disse que o Sr. Dorsey-Jones foi admitido há cinco anos?

— Exato.

— Cinco anos — ponderou ela. — Simon, você não acha muito estranho que um jovem músico com um site anônimo fosse alvo de uma conspiração tão elaborada?

Sir Simon pensou no comentário por uns bons segundos antes de responder:

— Isso está fora da minha alçada. O Caixa sabe o que faz. Temos os melhores especialistas do mundo em política russa e diplomacia.

— Sim, mas Humphreys está *consultando* esses especialistas?

— Com certeza, senhora. Se temos um infiltrado em ação, ele está fazendo o que é preciso para encontrá-lo.

Ele se esforçou para tranquilizar a soberana, embora pudesse sentir sua resistência. Era compreensível: ela era dedicada aos seus funcionários. Devia ser um choque constatar que a traição pudesse existir debaixo do seu nariz; embora, e Deus é testemunha, isso já tenha acontecido antes.

Sir Simon era um ávido historiador, capaz de, num piscar de olhos, citar duas dúzias de cortesãos ingleses desleais ao longo dos séculos. A rainha se sentia segura porque tinha pessoas como ele para servi-la e protegê-la. Ele pensou, e não foi a primeira vez, no quão delicada ela parecia, como uma porcelana frágil. Ele daria, com o maior prazer, a própria vida para salvá-la. Gavin Humphreys também o faria, ele tinha certeza.

Empolgado e, no fundo, ávido por uma poça de lama sobre a qual pudesse estender sua capa (será que um paletó da Savile Row serviria?), ele passou mais cinco minutos explicando os planos recém-elaborados para uma verificação mais completa dos antecedentes de futuros funcionários. Mas ele sentia que a rainha, na realidade, não o escutava. Longe de tranquila, ela parecia preocupada.

— Pode mandar Rozie na hora de pegar a papelada? — pediu ela. — Não vou demorar.

— Eu sempre posso vir e...

— Tenho certeza de que está ocupado, Simon. A Rozie vai dar conta do serviço.

— Senhora.

Enfim só, a rainha observou, pela janela da sala de estar, um avião em trajetória de pouso contra um céu azul-anil. Ela estava furiosa e frustrada e, poucas décadas antes, talvez tivesse criticado a própria impotência. Mas não mais. Havia aprendido a lição. Ela não podia fazer sempre a coisa certa, mas pelo menos podia tentar.

Rozie estava começando a se acostumar com a sensação do coração disparando no peito. Estava escurecendo. Ela olhava para além dos pingos de chuva tamborilando no para-brisa do Mini, procurando pela placa que dizia "Kingsclere" e rezando para não estar prestes a cometer o maior erro de sua vida.

Ela dissera a Sir Simon que a mãe dela, de volta ao apartamento da família em Londres, havia caído da cama e quebrado a bacia. Com imensa elegância e gentileza, ele tinha lhe mandado correr para o hospital, fazer o que fosse necessário e não pensar nem por um segundo em voltar às pressas. O que, na linguagem da realeza, significava que Rozie tinha, mais ou menos, vinte e quatro horas.

A mãe continuava sã e salva em Lagos, visitando a vasta rede de tias e tios, com uma saúde de ferro. Uma parte de Rozie se perguntava se Sir Simon ia conferir os inúmeros voos dos últimos dias e descobrir tudo. Ela se repreendeu por ser tão paranoica. Sir Simon era um amor, o chefe ideal em vários aspectos. Não era culpa do homem que ela estivesse frequentemente inventando histórias para enganá-lo. Mas tudo tem um limite: ela precisava pelo menos saber *por que* estava fazendo aquilo.

Logo cedo, a rainha havia lhe pedido para fazer mais pesquisas sobre a noite do jantar. Rozie tinha três entrevistas marcadas para amanhã no centro de Londres. E nada daquilo deveria ser mencionado a Sir Simon.

Sua mente estava a mil. A Chefe tramava algo. Com certeza, essas missões deveriam ser dadas a especialistas, e não confiadas a uma ex-bancária com três anos de experiência na Real Artilharia Montada, certo? A rainha tinha todo o MI5 e a Polícia Metropolitana à sua disposição. Ou o primeiro-ministro. Ou, se preferisse ficar em sua zona de conforto, o próprio Sir Simon ou seu ajudante de ordens.

Por que eu?

E então ela se lembrou de um comentário espontâneo de sua antecessora durante a passagem do cargo alguns meses atrás. Katie Briggs tinha sido a assistente do secretário particular da rainha por cinco anos, antes de sucumbir a questões de saúde mental, sobre as quais ninguém entrou em detalhes. Rozie admirava o fato de a privacidade de Katie ter sido preservada do começo ao fim, de Sir Simon e a rainha nunca terem sido nada além de gentis ao falar da mulher, e de lhe ter sido providenciada acomodação em Sandringham, de modo que não sofresse com a preocupação de onde morar enquanto se recuperava. Durante o último dia da transição, quando ficaram sozinhas por um instante, Katie dissera:

— Um dia, ela vai lhe pedir para fazer algo estranho. Quer dizer, *todo dia* será estranho, mas você vai se acostumar com isso. Um dia, vai ser superestranho. Você vai saber.

— Como?

— Só vai. Confie em mim. E, quando acontecer, procure Aileen Jaggard. Ela foi assistente antes de mim. Os dados dela estão na agenda de contatos. Ela me explicou tudo e fará o mesmo por você.

— Não estou entendendo. Você não pode me contar agora?

— Não. Eu perguntei a mesma coisa. Precisa vir dela... Da Chefe, digo. Quando acontecer, procure Aileen. Encontre-a pessoalmente se possível. Apenas diga "aconteceu", e ela vai entender.

Naquele instante, Sir Simon as havia interrompido a fim de convidá-las para o almoço, e Katie fizera questão de fingir que estavam conversando sobre o sistema de anotações no calendário. O que quer que aquilo fosse, Sir Simon não fazia parte.

A chuva do lado de fora caía com mais força, ricocheteando no capô do carro. À frente de Rozie, seus faróis pousaram por um instante na placa que procurava. O GPS do Mini jurava de pés juntos que não havia uma entrada ali, mas uma bifurcação na pista provava o contrário. Rozie saiu da estrada principal e seguiu por uma estradinha estreita e mal iluminada, em uma leve subida, até alcançar as ruas residenciais do vilarejo de Kingsclere. O *cottage* de Aileen ficava no meio da rua principal, de onde dava para ver a torre de uma igreja de pedra. Rozie estacionou o carro em frente à igreja e se surpreendeu ao ver, enquanto voltava a pé, que o endereço que lhe fora dado era de uma galeria de arte. Espiando as telas por trás das janelas georgianas, deu para ter um vislumbre das pinturas modernas penduradas em paredes brancas imaculadas. Ela tocou a campainha e esperou.

— Ah, você chegou.

A mulher que abriu a porta era alta, muito esbelta e de aparência mais jovem que os sessenta e um anos informados em sua página da Wikipédia. O cabelo com luzes estava preso num coque por um par de hashis, e ela usava o que parecia ser uma calça de ioga de caxemira e uma camisa de malha larga. O rosto estava sem maquiagem, e os pés, descalços.

— Espero não estar atrapalhando — disse Rozie, ciente de que devia estar.

— Imagina! Que bom te ver. Entre e venha tomar uma taça de vinho comigo. Deve estar precisando depois dessa viagem de carro. Então você é a nova garota. Me deixe dar uma olhada em você.

Rozie ficou no corredor estreito enquanto a mulher mais velha fez uma pausa, sorrindo discretamente, observando sua aparência: o cabelo curto picotado, a maquiagem perfeita no contorno das sobrancelhas, o corpo atlético coberto por uma saia lápis e um blazer justo, os sapatos de salto.

— As coisas mudaram desde a minha época — disse ela, ainda sorrindo.

— Para melhor? — devolveu Rozie, com um certo tom de desafio na voz. Ela havia dirigido muitos quilômetros na chuva e no escuro, e a última coisa de que precisava era uma amostra de racismo estrutural... do qual, sendo justa, ela não costumava ser alvo no Gabinete Privado. Os sites de fofoca tinham publicado algumas matérias sobre a "nova assistente peculiar" da rainha, tomando todo o cuidado para não se esquecerem de mencionar sua "aparência exótica". Nos palácios reais, ela estava acostumada com o olhar ocasional de espanto e a educação exagerada, mas ninguém no Gabinete Privado havia comentado sobre sua aparência, exceto quando Sir Simon tinha salientado que ela talvez achasse difícil andar rápido com uma saia justa. (Ela realmente não conseguia.) Aileen era a primeira pessoa a se dirigir a ela sem rodeios.

— É claro que para melhor — concordou a mulher mais velha. — Venha. Cuidado com esses saltos na escada, só não os deixe agarrar no carpete. Eu moro em cima da loja. A rainha costumava dizer isso, sério, muito engraçado. Aqui estamos.

Elas chegaram a uma sala ampla, com iluminação suave, mobiliada em branco e creme, e decorada com o mesmo tipo de quadros do andar de baixo. A televisão exibia Netflix no mudo. Sem perguntar, Aileen andou devagar até a cozinha pequena que ficava em um dos cantos do espaço e serviu um terço de uma garrafa de vinho tinto em uma taça enorme, que entregou a Rozie.

— Como eu estava dizendo, as coisas mudaram. E já estava mais do que na hora, na minha opinião. Mas e aí, o que está achando?

— Tranquilo, até agora. Muito tranquilo, na verdade. Até que, do nada, ficou tudo muito confuso. Katie Briggs me mandou dizer que "aconteceu".

Aileen arqueou as sobrancelhas.

— Me conte tudo. — Ela apontou para um sofá creme aconchegante em outro canto, sentando-se de pernas cruzadas no chão perto dele, segurando a própria taça de vinho.

— Não sei ao certo quanto eu posso contar.

— Olha, eu entrei para a Casa Real há séculos — disse Aileen — e exerci a mesma função por mais de dez anos. Não há nada que tenha acontecido em uma daquelas residências que eu não saiba. Nenhum escândalo ou divórcio ou desastre. E sei das outras coisas também. As coisas que ela não conta a Simon. Ela está trabalhando em um caso, não está?

— Ela... O quê?

Aileen sorriu. Ela apontou para a mesinha ao lado do sofá, que continha, tentadoramente, tigelas de Doritos e guacamole. Rozie, de repente, se deu conta de como estava com fome.

— Pode pegar. Você veio até aqui porque ela pediu que você tentasse descobrir alguma coisa, não foi?

Com a boca cheia de Doritos e abacate, Rozie assentiu.

— Você meio que sabe que não deve contar a ninguém, mas se sente como se estivesse fazendo algo terrivelmente errado?

Rozie assentiu outra vez.

— É sobre o jovem que morreu no Castelo de Windsor?

Rozie engoliu em seco.

— Como ficou sabendo?

— Na verdade, tinha esperanças de que não fosse — admitiu Aileen, tomando um gole do Merlot. — Vi uma notícia bem discreta sobre um ataque cardíaco e torci para que fosse só isso. Mas, quando você me ligou hoje de manhã...

— Ele não morreu de causas naturais.

— Que droga! Em Windsor!

— Por que em Windsor especificamente?

— Porque é o castelo favorito da rainha. Como a polícia está se saindo?

— Não parecem estar chegando a muitas conclusões. É o MI5 que... Olha, tem *certeza* de que podemos falar sobre o assunto?

Aileen lançou um olhar compreensivo para Rozie e deu de ombros.

— Você me ligou. Não há escutas aqui. Katie avisou a você que algo estranho aconteceria, não avisou?

— Avisou.

— E aconteceu, e aqui está você. Precisa decidir se quer confiar em mim, mas, lembre-se, eu sou você. Se não pudermos confiar uma na outra, em quem vamos confiar?

Rozie já havia refletido sobre isso. Ela abafou o pânico que a Lei dos Segredos Oficiais sempre despertava nela e respirou fundo.

— O chefe do MI5 acha que Putin encomendou o crime, mas a rainha está seguindo um raciocínio completamente diferente. A vítima é uma das pessoas que se apresentaram no jantar com pernoite. Ela quer que eu converse com um ou dois dos convidados.

— E o Caixa?

— Suspeitam dos funcionários. Agentes adormecidos.

— Ai, meu Deus, ela vai *odiar* saber disso!

— Acho que já odeia.

— E, deixe-me adivinhar, Simon está lidando bem com isso.

— Parece que sim. Quer dizer, é um pesadelo organizar os inter-rogatórios de todo mundo, e o clima está pesado, o que é estressante, mas ele está se virando.

— Deve estar, sim — disse Aileen, com um ar conclusivo.

Rozie ficou confusa.

— Acho que sim. Por que não estaria?

Aileen encarou a própria taça por um instante.

— Não sei, na verdade. Mas sei que, se a Chefe acha que essa é uma péssima linha de investigação, então provavelmente é. Ela já buscou uma comprovação disso?

— Hum... Bem, sim. — Finalmente o encontro com Henry Evans fez sentido. — Ela se encontrou com um homem que estuda o assunto há anos — explicou Rozie. — A morte em Windsor não parece se encaixar no padrão. A vítima não tinha relevância nem uma rede de contatos, como a maioria costuma ter fora da Rússia. Ele não estava na própria casa. E o assassinato foi displicente. Ela parecia saber que as peças não se encaixavam.

Aileen riu.

— Sim. Ela não confia só em seus instintos, confia em seus especialistas. E ela é a melhor em saber quais consultar. É o que acontece, não é, depois de setenta e tantos anos fazendo isso?

— Acho que é — respondeu Rozie. — Sessenta e quatro anos, na verdade. Oficialmente.

— Ah, ela vem fazendo isso há muito mais tempo.

— Como assim?

Um sorriso enigmático se abriu no rosto de Aileen. Ela fechou os olhos rapidamente e alongou os ombros, girando-os em círculos. Em seguida, pousou a taça no chão e encarou Rozie fixamente.

— A rainha desvenda mistérios. Reza a lenda que ela solucionou o primeiro aos doze ou treze anos. Sozinha. Ela enxerga coisas que outras pessoas não enxergam, geralmente porque estão todos olhando para ela. Ela sabe muito sobre tantas coisas. Tem olhos de águia, faro aguçado para mentiras e uma memória fabulosa. Os funcionários deveriam confiar mais nela. Pessoas como Sir Simon, digo.

— Mas ele confia totalmente nela!

— Não, não confia. Ele acha que confia, mas também acha que sabe mais. Todos os secretários particulares pensam assim. Sempre pensaram. Acham que são geniais, o que, sendo justa, geralmente são, e acham que os outros homens de seu círculo são geniais, e que os chefes de grandes empresas que estudaram em Oxford e Cambridge com eles são geniais, e que são todos geniais juntos e que ela deveria apenas ficar sentada e agradecer.

Rozie deu uma gargalhada. Ela gostava muito de Sir Simon, mas aquilo o descrevia perfeitamente.

— Ok — concordou ela.

— Eles deviam confiar *nela*. Mas não confiam. Ela é, para todos os efeitos, uma das mulheres mais poderosas do mundo, mas passa a droga do tempo todo tendo que dar ouvidos a eles, e eles não dão ouvidos a ela. Isso a leva à loucura. Quer dizer, a rainha cresceu assim. Era uma menina na década de trinta... a dominação masculina era normal. Nossa, aposto que você também sofre com isso, mesmo nos dias de hoje, mas pelo menos sabemos que é errado. Ela precisou descobrir sozinha como era boa, o que era capaz de fazer. E o que ela consegue fazer é notar certas coisas. Saber quando tem alguma coisa errada. Descobrir o porquê. Desvendar o problema. Ela é tipo um gênio, na verdade. Mas precisa de ajuda.

Rozie mordeu o último Doritos coberto de molho verde e olhou com pesar para a tigela vazia.

— Ajuda feminina — disse ela, pensativa.

— Sim. A ajuda de alguém que não tente agradá-la o tempo todo. Alguém discreto. Uma ouvinte. *Nossa* ajuda. Ah, então, você ainda está com fome, não está? Vou colocar a água do macarrão para ferver.

Elas foram até a cozinha, e Rozie fez uma pequena salada com as folhas e os tomates que Aileen colocou diante dela enquanto a anfitriã empratava um tagliatelle com molho branco e salmão defumado, o que não pareceu demorar quase nada.

— Você a ajudou muitas vezes? — perguntou Rozie, enquanto as duas se sentavam uma em frente à outra diante da bancada da cozinha e Aileen acendia uma vela e completava as taças.

— Algumas vezes. Graças a Deus, mistérios não surgem todos os dias. Mas Mary, a antecessora da minha antecessora, lá pelos anos setenta, poderia lhe contar uma dezena de histórias de arrepiar sobre embaixadores desaparecidos e joias roubadas e sabe-se Deus o que mais. Eram um verdadeiro time, aquelas duas. A rainha deve sentir falta dela. Deve ser estranho pensar que seus cinquenta anos foram há mais de quarenta, né?

Rozie deu de ombros. Faria cinquenta dali a vinte anos. Mal conseguia imaginar como seria ter essa idade, na verdade, quanto mais como seria a vida depois disso. Além do mais, se perguntava outra coisa.

— Então como é que, se ela solucionou mesmo todos esses mistérios, ninguém toca nesse assunto? Quer dizer, nem no palácio? Nem um pio.

O rosto de Aileen iluminou-se.

— Ah, ótimo! Estou tão feliz que perguntou isso. É porque essa é a dinâmica dela. Minha parte favorita. Ela te faz correr pra lá e pra cá como uma barata tonta, descobrir informações, mentir na cara dura se for necessário, e então, quando chega a hora da verdade... é como se nada tivesse acontecido.

— Como assim?

— Você vai ver. Precisa se divertir no processo.

— Mas eu... Eu realmente não entendo.

— Você vai entender. Confie em mim. Ah, eu sinto um pouco de inveja de você. — Aileen estendeu a mão para o pé de sua taça e a ergueu até o bojo brilhar o vermelho-sangue contra a luz das velas. — À verdadeira rainha do crime.

Rozie também ergueu a dela.

— À verdadeira rainha do crime.

— Deus a salve.

Capítulo 9

A rainha analisava as roupas separadas para ela hoje. Depois do almoço, ela trocaria a saia confortável e a camisa por um vestido rosa de lã e um broche de diamantes, porque mais tarde compareceria a uma reunião do Conselho Privado. Windsor não era só sombra e água fresca.

Mas seus pensamentos estavam em Londres, onde ela sentia que a resposta para a morte de Maksim Brodsky se encontrava. Se Henry Evans estivesse certo, não existira nenhum complô envolvendo o castelo para assassinar Brodsky — então ele deve ter sido morto por uma das pessoas que viajou com ele, certo? Ou por alguém que ele conheceu no jantar com pernoite. Os comentários de Fiona Hepburn sobre aquela dança tarde da noite a tinham deixado com a pulga atrás da orelha. Será que Brodsky já conhecia a mulher? Eles se encontraram depois? Era uma ideia interessante. Ela queria saber mais.

E quanto a Peyrovski? Ele insistira muito com Charles para levar Brodsky naquela noite, embora fosse atípico um convidado sugerir uma das atrações. Praticamente inédito, na verdade. Poderia ser uma coincidência que o artista em questão tivesse acabado morto? Qual era a relação de Peyrovski com ele? Havia tanta coisa que ela precisava descobrir, e tivera esperanças de que Rozie pudesse ajudar, discretamente, nesse ponto, mas, ontem à noite, Sir Simon havia lhe enviado uma mensagem para avisar que a assistente tinha tirado o dia para visitar a mãe, que não estava muito bem.

Era tão frustrante! Que péssima hora. Mas não havia o que fazer. Ela teria de ver o que a menina conseguiria fazer quando voltasse.

Às 8h30 da manhã, uma semana após a descoberta do corpo, Rozie estacionou na área de carga e descarga em frente a uma pequena fileira de lojas, perto de Ladbroke Grove. Num dia normal, ela nem sonharia em deixar o Mini num lugar que obviamente lhe renderia uma multa, mas ela não tinha vinte minutos sobrando para poder procurar uma vaga de verdade. E aquela era sua área. Havia crescido ali, conhecia cada rua secundária — e sabia que àquela hora, numa manhã de terça-feira, tais vagas eram tão raras quanto um convite para um jantar com pernoite.

Com uma rápida olhada no espelho para ver se o lenço que havia enrolado na cabeça para proteger o cabelo da chuva estava impecavelmente preso, ela saltou do carro e atravessou a rua até o Costa Coffee, onde seu primo Michael a esperava a uma das mesas. Ele a viu de imediato e sorriu.

— Oi, bebê! Há quanto tempo. Você está um arraso.

Ela sorriu, um tanto constrangida, conforme se esgueirava para sentar-se em uma cadeira livre à mesa do primo.

— Conseguiu?

— Óbvio. — Ele tirou da mochila um celular preto, pequeno, barato e de plástico e o entregou a ela. — Bloqueado e com créditos. Cinquenta libras. Mais as cinquenta que custou. — Ele a observou guardar rapidamente o telefone na bolsa. — Imagino que nem vale a pena perguntar para que você quer isso. Uma moça boa e bem-criada como Rosemary Grace Oshodi? Ex-Forças Armadas de Sua Majestade? Ex-Banco Esnobe de Investimentos de Riquinho? Virou traficante ou o quê?

— Acertou em cheio — ironizou Rozie. — A rainha está me fazendo contrabandear chá pelos fundos do Windsor Great Park.

— Não acho que seja assim que se fala, prima. Quais programas tem visto? Tirei folga no trabalho só para conseguir isso para você.
— Ele parecia levemente magoado, com um tom mais de brincadeira, e Rozie se deu conta do quanto havia sentido saudade.

Havia três níveis de primos na vida de Rozie. No círculo mais distante, estava a família na Nigéria e nos Estados Unidos. A recém-casada Fran estava entre eles, administrando um estúdio de ioga em Lagos, enquanto o marido Femi cuidava das diversas baladas em que Rozie e a irmã Felicity tinham dançado a noite inteira na viagem de casamento. No círculo central, ficava a galera de Peckham, que cresceu na zona sul de Londres, onde ela e Fliss nasceram. E então havia Mike e o irmão dele, Ralph.

Eles eram do círculo mais próximo, e Rozie os considerava como irmãos. Suas mães sempre foram unha e carne. Tinham se mudado juntas de Peckham para Kensington quando tia Bea se casou com tio Geoff. Foi uma tragédia para a família. Tio Geoff não fazia parte da igreja; não era nativo de Peckham; não falava iorubá. E ele era branco. Mas era um grande artista e músico, amava tia Bea, e, quando a mãe de Rozie se mudou com a própria família para ficar perto deles, Rozie aprendeu o significado de amor e lealdade. Enquanto crescia nas ruas perigosas de Notting Hill, Mikey e Ralph tomaram conta dela e de Fliss e salvaram a vida de Rozie uma ou duas vezes, antes de suas habilidades de defesa pessoal se equipararem à sua língua afiada.

Ele também tinha mudado o penteado, Rozie notou: três linhas foram desenhadas em um corte baixo. Rozie sentiu inveja. Em sua época pré-exército, era conhecida por pintar a parte de cima do cabelo de loiro. Agora os fios voltaram ao preto natural e, apesar do novo corte, ela sentia falta da dramaticidade.

— Obrigada por fazer isso por mim. É muito bom te ver, Mikey.
— Ela pegou a carteira e tirou cinco notas de vinte libras, que sacou

de um caixa eletrônico do lado de fora de um minimercado em Kingsclere, naquela manhã. — Aqui está.

— Legal.

— Como vai o trabalho? — perguntou ela, respirando um pouco mais aliviada.

— Ótimo. Ontem passei quatro horas numa sala sem janelas, falando sobre metas de vendas.

— Ui.

— Quando fui promovido, pensei que minha vida seria feita de fins de semana prolongados em hotéis chiques, e não de quatro horas seguidas olhando slides de PowerPoint num porão fedorento da Earls Court Road. Depois, voltei para a loja e um cara me perguntou sobre uma smart TV na qual você pode conectar o PC e jogar videogame, e essas coisas. Então passo meia hora explicando tudo, daí ele entra na Amazon e compra a parada bem na minha frente, pelo celular. Bem na minha cara! Para economizar cem paus. Bacana, cara. Vá em frente e me use como uma Wikipédia ambulante.

— Sinto muito, Mikey.

— Não é culpa sua. Aposto que você pelo menos sai da loja antes de comprar coisas com o Jeff Bezos.

— Eu...

— Tô te zoando. Mas não precisava de mim pra isso. — Ele apontou para o telefone barato escondido na bolsa de Rozie. — Quer dizer, qualquer um pode comprar um celular pré-pago. Você podia ter conseguido um sozinha, sabe.

— Não quero que seja rastreado até mim.

— Então pediu ao seu *primo*? Que trabalha na PC World?

— Eu estava com pressa. — Rozie sabia que aquilo dificilmente configurava uma técnica de espionagem perfeita... mas pelo menos uma ligação para Michael não levantaria suspeitas no seu registro de telefonemas. — Devia se sentir lisonjeado por eu confiar em você.

— Com seu *celular pré-pago*.

Ele arqueou uma sobrancelha e sorriu. Rozie decidiu que era hora de mudar o rumo da prosa. Mikey estava fazendo faculdade à noite e estava com uma nova namorada, que ela ainda não havia conhecido porque eles não tinham conseguido bancar as passagens aéreas para ir ao casamento de Fran. Eles tinham muito papo para botar em dia.

— Como está...? — perguntou ela, hesitante.

— Janette?

Era aquele o nome da namorada? Ela assentiu.

— Ela é legal. Sempre ocupada. Você ia gostar dela.

— Tenho certeza disso.

— E Fliss? — perguntou ele. — Está indo bem? Como está a Alemanha?

Rozie se esforçou para manter o sorriso no rosto. A recente mudança da irmã para Frankfurt doía como uma ferida aberta.

— Ela está ótima. Ama a cidade.

Era verdade. Fliss trabalhava como terapeuta de família. No ano passado, tinha se apaixonado por um alemão em um de seus cursos. Havia tanta demanda para suas habilidades que ela podia trabalhar onde quisesse, apesar de não dominar bem o idioma na época — mas agora, sendo Fliss, era praticamente fluente.

Rozie se lembrou de como o chão tinha sumido sob seus pés no dia em que Fliss lhe contou seus planos. "Mas você tem seu novo trabalho", havia insistido a irmã. "Sua carreira importante. Nem vai notar que não estou aqui." Aquilo foi no Natal, alguns meses depois de Rozie começar a trabalhar no palácio. O pior Natal de que ela podia se lembrar. O resumo da ópera foi que... ela notou. E também notou que Mikey não tinha perguntado se ela mesma estava saindo com alguém. E ele fez bem em não se dar o trabalho de perguntar: não havia a menor chance de isso acontecer. Não com esse emprego.

Mikey encarou as mãos de Rozie, e ela se deu conta de que estava brincando com a chave do carro.

— Tenho um desses também — comentou ele. — Fran me mandou, para me lembrar de seu amor perfeito. — Com um sorrisinho, ele enfiou a mão no bolso e mostrou a Rozie um chaveiro idêntico ao dela, a foto em formato de coração do casal no grande dia. Rozie se lembrou do Mini. Fez uma careta e se levantou.

— Foi mal, eu preciso ir. Estou parada em local proibido. Mande lembranças para tia Bea. Queria ficar, mas...

— O dever chama — terminou ele por ela, com sua melhor imitação de sotaque elegante. — Rainha e pátria.

Ela assentiu. Mikey a puxou para um abraço apertado.

— Dê um high-five em Sua Maj e no duque por mim.

— Pode deixar.

De volta ao carro, Rozie pensou no telefone em sua bolsa aos pés do banco do carona, como uma bomba não detonada.

Um celular descartável! Pelo amor de Deus! Ela estava se transformando em Jason Bourne.

Ela havia conversado sobre isso com Aileen ontem, tarde da noite, se perguntando como as "assistentes" tinham se virado sem que fossem descobertas por seus respectivos Sir Simons, antes da era dos telefones pré-pagos. Era mais fácil antes, aparentemente. As inúmeras residências eram cheias de cômodos nos quais se podia entrar, sem ninguém ver, todos com uma linha fixa que se podia usar e ninguém para dizer, com certeza, quem fizera a ligação. Não mais. Smartphones eram ótimos, mas você pagava o preço da conveniência com rastreabilidade.

Por ora, Rozie já tinha feito o máximo que ousava pelo celular corporativo, que era o único que possuía. Se questionada, ela poderia improvisar uma desculpa para cada ligação que fizera até o momento, mas daqui em diante tudo pareceria suspeito. E, se interrogada, ela sabia, jamais colocaria a Chefe no meio daquilo. Ela levaria a culpa, e *aí* quem é que ia parecer uma agente adormecida para o MI5?

Ela pilotava habilmente por estradas familiares, passando por prédios em construção, por luxuosos edifícios residenciais novos em folha e outros velhos revestidos com materiais caros, repassando mentalmente a lista de ligações e mensagens que precisava enviar antes de sua primeira reunião propriamente dita. Aquele não era o trabalho que Sir Simon havia lhe explicado tão graciosamente naquele dia glorioso, no Palácio de Buckingham. Ela podia fazer piada com Mikey sobre ser traficante, mas era o que parecia. Durante toda a sua vida, Rozie tinha tentado fazer a coisa certa e ficar longe de encrenca. Agora... estava literalmente usando a família para se manter um passo à frente do Serviço de Inteligência.

Não era de admirar que a rainha tivesse lhe lançado aquele olhar inusitado, naquele dia no escritório, quando havia mencionado pela primeira vez Henry Evans. Ela soube que aquilo levaria, inevitavelmente, a dias como este.

Westbourne Grove não ficava longe de Ladbroke Grove, mas nunca havia ocorrido a Rozie encontrar Mikey ali. Cafeterias decoravam suas modernas cadeiras da metade do século com mantas de pele de ovelha, o único brechó estava cheio de itens de segunda mão de designers e todas as butiques independentes se empenhavam em atrair as mulheres que almoçavam e viviam em casas de tons pastel de muitos milhões de libras perto dali. O número de rostos negros em meio aos brancos diminuía a cada rua. Daquele ponto de vista, era meio como estar de volta ao trabalho.

Rozie acabou encontrando uma vaga — dessa vez, uma de verdade — e olhou para o relógio. Dez minutos adiantada. Ela massageou as mãos com um pouco de manteiga de karité e consultou o caderno forrado com tecido ankara que havia comprado como suvenir em um passeio com Fran e Fliss, em Lagos.

Depois de algumas páginas de péssima poesia para despistar um potencial leitor, toda informação relacionada ao caso Brodsky foi registrada à moda antiga, a lápis e no papel pautado do caderno, por medo de deixar qualquer rastro digital. Felizmente, Sir Simon não tinha essas preocupações no escritório, e todos os nomes, endereços e números de telefone das pessoas que haviam sido convidadas para dormir no castelo naquela noite estavam fielmente registrados em uma planilha que a polícia pedira ao mestre da Casa Real para providenciar. Rozie tinha acessado a pasta e copiado os arquivos ontem de manhã. Ela ligou para um dos números agora (ninguém havia atendido ontem) e falou com um jovem que concordou em encontrá-la no fim da tarde. Seria a quarta entrevista do dia. Depois, era hora de se dirigir ao apartamento de Meredith Gostelow, em Chepstow Villas.

A mulher que a encontrou no topo da escada parecia nervosa e distraída. Usava uma longa túnica verde-esmeralda e um tênis vintage de solado grosso. Mechas rebeldes de cabelo escapavam de seu extravagante turbante vermelho. A única maquiagem no rosto era uma linha de batom vermelho combinando com o turbante. Mas havia olheiras sob os sonolentos olhos azuis, adornadas com resquícios do rímel de ontem, e ela evitou o olhar de Rozie enquanto a convidava para entrar.

— Por aqui. Eu não tenho... Eu não sabia o que você queria.

Ela a guiou por um corredor de azulejos pretos e brancos até uma cozinha pequena e bagunçada, que se abria para um jardim.

— Chá?

— Ótima ideia. O sabor que você tiver.

Meredith pegou duas canecas de bolinhas em uma prateleira, pescou dois sacos de chá de uma velha lata amassada e despejou água de uma chaleira. O leite veio de uma geladeira cujas prateleiras exalavam o cheiro de algo que já estava fora da validade fazia muito tempo. Rozie se preparou para a entrevista a seguir e não ficou nem um pouco surpresa ao sentir uma coisa roçar seu tornozelo, e então baixou o olhar para ver um gato escama de tartaruga encarando-a com impassíveis olhos verdes. Claro que a velha bruxa teria gatos.

A arquiteta pegou uma das canecas e voltou pelo corredor. Rozie pegou a outra e a seguiu, bem a tempo de vislumbrar a túnica esmeralda desaparecendo por uma porta aberta. Ela continuou e parou... impressionada.

O cômodo era comprido e largo, com janelas emolduradas por extravagantes cortinas de seda cor-de-rosa. As paredes eram pintadas com um delicado azul-porcelana, mas estavam na maior parte escondidas por uma miscelânea de pinturas, litografias e tecidos em molduras diversas, por um grande espelho antigo e por prateleiras que iam do chão ao teto recheadas de livros, arrumados de modo impecável. A mobília era simples e geométrica, mas evidentemente cara. Uma dupla de aparadores exibia uma coleção de jade e pequenos bronzes. O efeito era de tirar o fôlego, e tinha a ver com a iluminação indireta, o hábil uso das cores, o modo como o olhar era constantemente atraído para os diferentes detalhes, para a ousadia e o acabamento perfeito de tudo.

Meredith Gostelow simplesmente não ligava para cozinhas, percebeu Rozie. Ou para fazer chá. Ela se importava com espaços de lazer e era um tanto genial em criá-los.

— Desculpe a bagunça — disse ela, pegando um livro da poltrona, o único objeto fora de lugar, e se acomodando entre as confortáveis almofadas. O gato escama de tartaruga foi se deitar ao seu lado. Rozie se sentou no sofá de mesmo estilo em frente a eles e pousou o chá na mesa de centro entre elas, que era por si só uma obra de arte em bronze e vidro.

— Eu não estava esperando isso — admitiu ela.

— É? E o que você esperava?

— Não sei. Não conheço nenhum arquiteto. Algo branco e minimalista?

Meredith suspirou.

— Todo mundo espera isso. Como se a arquitetura tivesse parado em Norman Foster. É tão monótono. E que tal *maximalista*? Choque de culturas, memórias vívidas. Não é alegre? É pelo que meus clientes me pagam. — Mas ela não parecia alegre. Parecia desolada.

— Está trabalhando em algo no momento? — perguntou Rozie.

— Em várias coisas, como sempre. México... São Petersburgo... Você teve sorte em me achar no país. Saio para o Heathrow às sete. Veja bem, vamos acabar logo com isso, certo? Imagino que esteja aqui por causa de Maksim. Você é do MI5?

— Definitivamente não — assegurou Rozie, bastante assustada. — Pelo contrário, na verdade.

— Você disse que trabalhava no Gabinete Privado da rainha...

— Sim.

— Então quem a mandou?

Aquela era uma pergunta legítima, e Rozie percebeu que lhe seria feita com frequência — se tivesse a sorte de continuar na função depois do dia de amanhã. Ela precisava de uma resposta pronta.

— Sua Majestade. — Não havia resposta pronta. Tudo o que tinha era o pó mágico da Chefe.

— Puta merda. — Meredith se sentou direito. — Está falando sério? Mesmo?

— Sim. — Rozie viu o olhar cético de Meredith se transformar em fascínio.

— Por que ela quer falar *comigo*?

— Não posso responder abertamente, mas posso dizer que qualquer coisa que me falar ficará em sigilo absoluto. Ela quer saber o que o Sr. Brodsky fez depois da festa. Pelo modo como estavam dançando, você pode ter se aproximado mais dele. Talvez ele tenha conversado com você naquela noite. Ou já o conhecia?

A expressão da arquiteta era um emaranhado de emoções conflitantes. A ansiedade se debateu com a cautela, e então ambas foram substituídas por algo mais calmo. As linhas de seu rosto se suavizaram. Ela se reclinou no assento outra vez.

— Não, eu não o conhecia. Como já disse ao simpático policial que me interrogou depois que ele morreu. Dançamos tango, e só.

— Mas não foi só isso, foi? — perguntou Rozie, com gentileza.

— Não, não foi.

Houve um breve silêncio enquanto Rozie refletia sobre o que dizer. Os pensamentos se voltaram para Lady Hepburn.

— Ouvi dizer que foi uma dança linda.

— Obrigada. — Meredith aproveitou a deixa. — Também achei. Aprendi na Argentina.

— Foi muito admirado.

— Mas a rainha não estava presente na ocasião. Ela havia se retirado.

— Verdade — concordou Rozie.

— Então por que ela...? Por que isso é importante?

— Posso apenas dizer que é muito importante. Ela não perguntaria se não fosse o caso.

Meredith se levantou, foi até uma parede coberta de obras de arte, depois seguiu até a janela, de onde olhou para a flor de cerejeira lá fora.

— Se eu lhe contar, tenho sua palavra de que vai ficar entre nós?

— Você o matou? — Rozie se sentia como se estivesse vivendo em um universo paralelo. Como era possível estar proferindo aquelas palavras e não estar brincando?

— Não, é óbvio que não! — exclamou Meredith. — Isso não tem nada a ver com a morte dele. Não seja ridícula!

— Então dou minha palavra. Fica entre nós — disse Rozie. Ela permitiu que o silêncio subsequente preenchesse o cômodo.

Meredith ficou parada por um instante, emoldurada pela luz.

— Você dança, senhorita...?

— Oshodi. — Ela pronunciou o nome como faziam em sua casa: O-xou-dii.

— Você dança, Srta. Oshodi?

— Um pouco — admitiu Rozie.

— Bem, eu danço muito. Não com frequência, mas, quando danço, danço com a alma. Fiz balé quando era mais nova, passei por todas as certificações. Queria ser bailarina profissional, e qual menina não quer, né? Mas aí esses aqui começaram a crescer... — Meredith apontou para os seios. — E fiquei muito alta, e e e... Todos temos nossas desculpas. Saí do país, viajei pela América do Sul, conheci um homem...

Rozie assentiu, mas Meredith obviamente imaginou que ela não estivesse prestando muita atenção. A voz da arquiteta ressoava com intensidade enquanto ela atravessava a sala e afundava no assento ao lado da visitante.

— Ele me ensinou a dançar tango. E, Srta. Oshodi, sou muito boa nisso. Havia me esquecido de como era boa, com o passar dos anos, tentando de novo com diferentes parceiros e jamais capturando completamente o toque, a dramaticidade, a faísca. — Meredith gesticulava com um dos braços, e Rozie a imaginou num palco, comandando uma plateia. — Desisti. Meus pés se aposentaram. E, então, lá estava Maksim. Evidentemente, ele era *lindo*... todo mundo deve ter lhe dito isso. E ele dançou com aquelas criaturas lindas e jovens, e eles foram perfeitos, mas não *sentiram* a dança com a alma, não se entregaram a ela por completo. E, não sei, Maksim deve ter visto algo em meu olhar. Ele me convidou para a pista da Sala de Visitas Carmesim, e eu disse não. Como alguém poderia ficar à altura daquelas bailarinas? Mas ele insistiu e insistiu, e alguém fez um comentário encorajador ao meu lado, e, quando dei por mim, ele estava me abraçando e falando algo com o pianista, e quem quer que ele fosse iniciou uma versão *brilhante* de *Jalousie*, e lá fomos nós.

— Queria ter estado lá.

— Eu queria *não ter* — grasnou Meredith. Ela se levantou outra vez e começou a dar voltas no tapete. — Aquela dança despertou a jovem de dezoito anos em mim e, ao mesmo tempo, algo atemporal em Maksim. Dava até para acreditar que ele tinha mil anos em vez de vinte e quatro, ou qualquer que fosse sua idade. Entende? Não sei nem a idade dele! Não trocamos nenhuma palavra durante o jantar. Mesmo naquele momento, foram nossos corpos que mais falaram, e sim, quando dizem que dançar é a expressão vertical de um desejo horizontal...

Rozie pressentiu o rumo daquela conversa, mas não podia acreditar. Ela se esforçou para manter a expressão impassível. Seria mesmo possível...?

— E então se tornaram mais íntimos? — sondou ela.

— Nós nos entrelaçamos completamente. O tango é algo muito físico, seja juntos ou separados. Quando ele me puxava... era óbvio que me desejava. Era claro que eu o queria. Digo... que absurdo, né? Posso ver em seu rosto que acha isso.

— Perdão. Não pretendia...

— Uma velha de cinquenta e sete anos e um homem de vinte e poucos. Uma mulher como eu. — Meredith lançou um olhar desdenhoso para seus seios e barriga. Rozie havia enxergado estilo quando viu pela primeira vez a túnica esmeralda e os tênis, mas Meredith enxergava apenas os treze quilos que havia acumulado desde a menopausa. Ela se movia mais devagar, sentia dores com frequência, tinha que se esforçar mais a cada dia para não se sentir invisível.

— Só quis dizer que... Como conseguiu? No castelo? — perguntou Rozie.

— Dormir com ele? — O sorriso de Meredith era tanto irônico quanto triunfante. — Já passou por uma dessas experiências, Srta. Oshodi, em que precisa desesperadamente estar com alguém, mesmo que não faça sentido e com certeza seja errado, mas que nada mais importa?

Rozie engoliu em seco.

— Você sabe. Você sabe! Bem, Maksim e eu nos demos conta, na pista de dança, que aquele tango era apenas o início. Tínhamos que continuar. Foi totalmente insano e a sensação mais revigorante que experimentei em anos. Ele sussurrou obscenidades no meu ouvido e, quando as sussurrei de volta, Maksim riu. Não via nossa idade, meu... *Isso*... simplesmente não importava. Ele me perguntou onde eu estava dormindo e, quando contei onde ficavam os aposentos de visitantes, ele disse que daria um jeito. Trocou uma palavra com aquela mulher incrivelmente linda de sobrenome Peyrovski que, óbvio, ele conhecia muito bem, e eu a vi sorrir e murmurar uma resposta. Então ele me disse que me encontraria em meu quarto dentro de uma hora. Que era só para eu esperá-lo lá.

— Hum, então foi para o seu quarto que você voltou, e não para o dele?

— Sim? — respondeu Meredith. Ela pareceu intrigada, em vez de ansiosa por ter sido flagrada em uma mentira.

— E você foi ao quarto dele em algum momento?

— Não, é claro que não! O meu era muito melhor. Eu tinha uma suíte fabulosa, com mobília do período regencial, e imagino que ele tivesse um buraco em algum lugar. Por que eu iria para lá?

— Desculpe, eu a interrompi. Você voltou para o seu quarto.

Meredith assentiu.

— Desejei boa noite a todos e, propositalmente, subi desacompanhada. Tinha certeza de que o encanto passaria assim que estivesse sozinha, mas não passou: eu simplesmente vibrava. Ali estava eu, no Castelo de Windsor, e cada célula do meu corpo estava viva. Eu queria rir e fazer amor a noite toda. Eu me sentia... — Meredith fez uma pausa para encontrar as palavras certas, e a desolação mais uma vez tomou suas feições. — Eu me sentia como eu mesma. Como no poema *Les neiges d'antan*. Como não acontecia fazia muito tempo.

— E ele apareceu?

Meredith olhou para Rozie e abriu um sorriso.

— Pode-se dizer que sim. Ele bateu à porta cerca de trinta minutos depois. Segurava uma garrafa extra de champanhe. Bebemos um pouco, e... Você sabe.

Rozie baixou o olhar para a pilha de livros de arte na mesa de centro. Não conseguia encarar Meredith.

— Um-humm.

Meredith deu uma gargalhada.

— Ele ficou uma hora mais ou menos. Ou duas... não faço ideia. E isso é tudo o que vou lhe contar. Espero que seja suficiente. O telefone dele tocou uma hora. Era uma mensagem. Ele rolou para longe, a leu e, com relutância, disse que precisava ir, e assim o fez. Eu sorri e não disse nada. Tinha certeza de que o veria novamente. Não como um amante fixo, não me entenda mal, Srta. Oshodi. Não pensei que era o início de um lindo relacionamento. Uma amizade, talvez. Mas, quando vi, ele estava morto, e estava tudo... — A desolação estava de volta. Ela parecia oca. — Acabado.

— Sabe o que ele fez enquanto você subia para o seu quarto?

— Não exatamente. Mas, pensando bem, ele estava com outra roupa quando apareceu com o champanhe. Um terno. Me lembro de pensar que era uma pena, porque ele estava tão lindo de smoking, mas, enfim, ele não ficou de terno por muito tempo.

— Teve a impressão de que ele ia encontrar alguém depois que foi embora do seu quarto?

Meredith mordeu o lábio enquanto pensava.

— Não. Na verdade, não. Mas poderia. Ele apenas disse: "Não conte a ninguém sobre isso." Mas ele falou rindo, não foi como se estivesse envergonhado, e sim como se quisesse que fosse um segredo nosso.

— Obrigada por ser tão sincera.

— Sei que devia ter contado à polícia, mas, até onde sei, aquelas foram suas últimas palavras. E não prometi em voz alta, mas, na minha cabeça, sim. E eu cumpro minhas promessas aos mortos.

Porém, ela havia contado a história agora. Foi obra do pó mágico da rainha. Rozie sentiu o peso da confiança que Meredith depositara nela. Não via como aquilo ajudava a explicar a morte de Brodsky, mas talvez a Chefe notasse algo que ela havia deixado passar. Rozie se levantou e agradeceu à arquiteta mais uma vez.

— Na verdade, você *me* ajudou — disse Meredith. — Não havia me dado conta até ter falado sobre isso. Pensei que eu tinha feito uma coisa terrível e sido punida por isso, mas, sério, foi ótimo.

Rozie sorriu.

— Fico feliz.

— Tirando a cistite.

Houve um segundo instante de silêncio enquanto seus olhares se cruzavam, e Rozie tentou engolir a risada que brotava em sua garganta, mas não conseguiu. Então Meredith riu também, jogando a cabeça para trás e gargalhando.

No fim, elas se abraçaram. Meredith acompanhou sua convidada até o hall de entrada.

— Meu Deus, imagine você contando à rainha sobre minha vida sexual — comentou ela, abrindo a porta.

— Serei seletiva — prometeu Rozie. — Contarei apenas os detalhes pertinentes.

— Faça isso com brio — insistiu Meredith. — Faça jus a mim. Não se esqueça do tango.

Capítulo 10

A reunião foi longa e maçante. Os integrantes do Conselho Privado, escolhidos a dedo ao longo dos anos, formavam um grupo decente cujos conhecimento e apoio haviam se provado indispensáveis em tempos difíceis. A rainha presidia as reuniões de forma implacável, sempre de pé, e jamais permitia que tais encontros se estendessem, mas, infelizmente, havia uma série de preparativos para a celebração de seu próximo aniversário, e, de alguma forma, eles se viram debatendo a programação. Na verdade, tudo o que ela queria era uma visita de seus bisnetos, cartas carinhosas e uma boa cavalgada no Home Park. Em vez disso, ela acenderia um farol, participaria de intermináveis eventos de diversas naturezas, a maioria a pé, e, na data oficial, em junho, assistiria a uma missa televisionada na Catedral de St. Paul. Ela estava acostumada com tudo isso, lógico. E feliz com uma nação que se sentia grata. Mas francamente...

Enquanto isso, seus pensamentos se voltavam para Rozie. Ela retornaria naquela noite, conforme tinha dito a Simon? Quando ela voltasse, teria muito o que fazer, e a rainha ainda não sabia se ela estava preparada. Havia se saído bem com Henry Evans, mas aquilo não tinha sido tão difícil. E, se as coisas se complicassem, ela talvez não tivesse tempo de fazer o acompanhamento de todas as ideias possíveis.

Sempre podia contar com Billy MacLachlan também, lógico. Depois de ter trabalhado em sua equipe de segurança, chegou a inspetor-chefe.

Ele já a havia ajudado tantas vezes e, além de ser totalmente discreto, também era extremamente criativo. O homem era bom em passar despercebido quando fazia perguntas. Ela sabia que a aposentadoria o entediava. Talvez fosse gostar de um trabalho como aquele. Mesmo que Rozie se saísse bem, ele sempre poderia ajudar. Algo para se ter em mente, pelo menos.

A próxima visita de Rozie era o bar decorado em tons de mel de um hotel sofisticado e sem graça em Mayfair. Ela tomava um café em um canto sossegado, atrás de um arranjo de orquídeas brancas. A mulher que chegou dez minutos depois tentou disfarçar a aparência com óculos escuros masculinos, um casaco de moletom preto e largo e um boné, mas qualquer um que a conhecesse imediatamente identificaria o beicinho característico, a mandíbula bem definida e as pernas finas cobertas por leggings da Lululemon.

Masha Peyrovskaya sentou-se na cadeira diante dela e olhou por cima do ombro para uma mesa afastada, na qual dois guarda-costas fortes pareciam à vontade.

— Você é a mulher que me ligou?

Rozie assentiu.

— Sou.

A russa tirou os óculos escuros e encarou Rozie por um instante, inclinando a cabeça. Rozie sustentou o sorriso confiante que exibia em tais situações. Aquele que dizia: *Sim, sou a mulher do Gabinete Privado da rainha. Talvez um pouco mais jovem do que você imaginava?*

— Então — disse Masha, por fim, encolhendo levemente os ombros. — Eu disse a eles que você está me entrevistando para um blog de arte. — Ela apontou para os guarda-costas. — Seja rápida. Preciso estar em casa em trinta minutos.

Rozie se perguntou como se puxava assunto com bilionários. Talvez fosse simplesmente impossível.

— Ok. É sobre a noite do jantar com pernoite.

De todos os convidados daquela noite, Masha e a criada dela pareciam ser as mais íntimas de Maksim Brodsky. Rozie tinha marcado o encontro para ver se Masha ou o marido poderiam lhe dar alguma luz em relação ao que acontecera com o rapaz. Mas agora ela sabia com certeza, por Meredith, que Masha estava envolvida. Ela queria a história completa.

— Pelo que entendi, você conhecia o Sr. Brodsky relativamente bem...

— *Relativamente* bem. Ele me dava aulas de piano.

— Você o ajudou naquela noite.

— Não o ajudei — rebateu Masha, exibindo um olhar desafiador.

Rozie esperou para ver quem piscava primeiro. Ela brincava disso desde o ensino fundamental.

— Você disse que não tem muito tempo — observou ela. — E não estou perguntando se ajudou Maksim, estou afirmando que o ajudou. Você mexeu os pauzinhos para que ele pudesse se encontrar com Meredith Gostelow sem que os funcionários do castelo e a polícia ficassem sabendo. E você mesma o viu depois.

Masha piscou com força. Tinha bancado a indiferente até então, mas agora demonstrava sinais de revolta.

— Isso não é verdade! — censurou ela. — Quem te falou isso?

— Você o chamou pelo telefone, ele foi.

Rozie estava jogando verde, esperando uma reação, mas aquela não era a que tinha imaginado. Masha se levantou um pouco, se inclinou sobre a mesa e sibilou no rosto de Rozie:

— Você não sabe de nada! Foi a velha que te disse isso? Ela mente! Está com inveja! Ela acha que dormi com Maks, todo mundo acha. Até meu marido. Entende? Ele pode me matar! — Ela afundou de volta na cadeira e começou a arranhar furiosamente a mesa com a pedra de seu magnífico anel de noivado, resmungando. — E, mesmo assim, assumi um risco por Maks, como amiga, e por aquela vaca. Porque queriam passar a noite juntos. Ele estava rindo... Estava desesperado. Ele disse: "Você pode me colocar lá em cima, no quarto dela, sei que pode. Faça acontecer." E eu fiz.

— Como conseguiu? — perguntou Rozie, com mais delicadeza que antes. Aquela era uma mulher que precisava ser bajulada, percebeu. E calibrou o tom.

Os olhos de Masha brilharam.

— Bolei o plano em segundos. Disse a ele para ir até o quarto se trocar e escolher roupas que Vadim costuma usar. Vadim é o valete de Yuri. Ele usa ternos finos, mais finos que os de Maks, mas acho que os funcionários da rainha não sabem disso. Maks devia dizer que era Vadim e ir até o pé da escada que levava aos Aposentos de Visitantes, onde eu ia encontrá-lo e explicar aos empregados que precisava da ajuda dele. Dei a ele uma garrafa de champanhe que encontrei. Subimos a escada juntos. Yuri estava lá fora com o amigo Jay a essa altura, fumando charuto, bebendo vinho do Porto e conversando sobre a viagem ao espaço que ele vai fazer e todas as outras coisas que costumam debater...

— *Viagem ao espaço?* — interrompeu Rozie, incapaz de se conter.

— Sim. Ele quer entrar em órbita. Pagou por um voo daqui a dois anos. Custou dez milhões de dólares. — Masha encarou Rozie como se aquela fosse a parte mais óbvia e enfadonha de seu relato, como se tivesse dito que Yuri queria adotar um cachorro ou comprar uma passagem de avião para Nova York. — Mas eu não sei por quanto tempo eles conversaram, e talvez ele tenha mesmo chamado Vadim quando subiu, então eu disse a Maks que ia avisar quando Yuri fosse dormir. E foi o que eu fiz. E é isso. — Ela praticamente cuspiu a última frase.

— E Maksim viu isso como uma deixa para voltar ao próprio quarto?

— Suponho que sim.

— Não havia perigo de ele cruzar com Vadim na escada? O que ele teria dito?

— Isso era problema dele. — Masha deu de ombros. — Ele teve tempo suficiente para pensar.

— E Vadim apareceu, afinal?

— Sim. Yuri estava tão bêbado que não conseguiu se despir sozinho. — Masha parecia impassível quanto à embriaguez do marido. — Mas ele não o chamou de imediato. Tentou fazer amor comigo antes.

Ela sustentou a expressão inalterada, como um desafio a Rozie, que devolveu a indiferença.

— Entendo.

— Não o impedi. Ele se aproximou da cama e disse todas aquelas coisas clássicas, e declamou poesia russa para mim. Pushkin. Conhece?

— Na verdade, não.

— Deveria. Lermontov também. Deixei-o recitar os versos e descer as alças da minha camisola, mas aí ele olhou para mim como se tivesse ficado enojado do nada, e então deu meia-volta. Foi quando chamou Vadim.

Rozie tinha a estranha sensação de que estava sendo usada como terapeuta de mentirinha por aquela mulher hostil e furiosa. Ela queria esticar o braço, segurar sua mão e perguntar o que realmente havia de errado. Em vez disso, perguntou:

— Você acha que tinha algo a ver com Maksim? Ele suspeitou de alguma coisa?

Os olhos de Masha faiscaram.

— Não aconteceu nada! Por que ele suspeitaria?

— Acredito em você, mas...

— Yuri não confia em mim. E, mesmo assim, fica surpreso quando encontro alguém que me trata como ser humano. Mas isso é tudo o que faço. Eu *toco piano* com esse homem. Rachmaninov. Satie. Debussy. Nós rimos, porque ele é um amor. Há sempre alguém com a gente na sala, *sempre*. Pergunte àqueles homens ali. Estão comigo o tempo inteiro. Se eu fosse infiel, eles saberiam... Vou embora agora. Estou atrasada.

— Espere!

Masha estava se levantando, colocando os óculos escuros.

— O quê?

— Sabe qualquer coisa sobre o que Maksim fez depois?

— Lógico que não, já disse.

— E Yuri?

— Ele pegou no sono ao meu lado. Roncando como um porco. O que mais ele poderia fazer?

— Vadim... Ele não foi interrogado sobre ter visitado seu quarto naquela noite?

— Acho que sim. Pedi a ele que falasse que havia subido duas vezes. Eu não queria a polícia mencionando o fato para Yuri. Dois russos jovens e bonitos parecem a mesma pessoa com um uniforme de trabalho, certo? Vadim é gay, então pelo menos quando estou com *ele* Yuri confia em mim.

E foi aí que Rozie se deu conta: Masha driblou as medidas de segurança para os hóspedes de uma das monarcas mais bem protegidas do mundo, em um castelo milenar, repleto de tecnologia e com uma segurança máxima de várias etapas. Com um balançar de rabo de cavalo, Masha se levantou e foi embora, desviando das mesas, o casaco de moletom largo evidentemente falhando em esconder seu andar empertigado.

Parecia difícil imaginar que Yuri não estivesse, de algum modo, por trás do que aconteceu a Brodsky depois, embora, se Masha estivesse falando a verdade, ele não poderia ter feito aquilo sozinho. Talvez tivesse encomendado o crime com antecedência. Será que um homem mataria por uma mulher como Masha Peyrovskaya?

Sim, pensou Rozie. Um certo tipo de homem com certeza mataria.

Capítulo 11

Na manhã seguinte, Sir Simon devia ser o responsável pela agenda da rainha, mas ela lhe pediu que cooperasse com o gabinete do primeiro-ministro em uma questão diplomática delicada envolvendo o sultão de Brunei, e então foi Rozie quem apareceu para pegar as caixas.

— Soube que estava de folga ontem — disse ela, erguendo o olhar. — Lamento muito pelo que houve com a sua mãe.

— Minha mãe está perfeitamente bem, obrigada, Vossa Majestade.

— Bem, fico feliz em saber.

— Tive um dia muito cheio em Londres. Me pergunto se estaria interessada em ouvir sobre ele.

A rainha ficou totalmente maravilhada. Então a mãe doente havia sido uma farsa. Ela subestimara Rozie. Aquilo lhe deu uma ideia, antes de irem direto ao que interessava.

— Eu me pergunto se você gostaria, talvez, de conhecer uma de suas antecessoras. Aileen Jaggard. Sinto que vocês têm muito em comum.

— Eu a conheci há duas noites, senhora. Katie me falou dela. E a senhora tem razão, nós temos.

— Ah, sei.

O sorriso da Chefe lhe iluminou o rosto com um entusiasmo juvenil. Rozie já tinha visto aquela expressão, mas nunca dirigida exclusivamente a ela. Deixou a alegria tomar conta. Era difícil retomar o tom profissional, mas Rozie sabia que não tinham muito tempo.

— Tive uma conversa com a parceira de dança do Sr. Brodsky e descobri o que ele fez naquela noite.

— Prossiga.

Rozie relatou as conversas com Meredith e Masha, esquivando--se do sexo, mas notando que a Chefe não parecia nem um pouco abalada por nada daquilo, apesar de surpresa e, às vezes, entretida.

— Foram generosas ao disponibilizarem o tempo delas — comentou a rainha. — Acredita no que lhe contaram?

— Acredito, senhora. Não sou especialista, mas elas não *precisavam* ter me dito nada. Acho que queriam que a senhora soubesse a verdade. Meredith me pediu para guardar segredo. Queria que eu contasse apenas para a senhora.

— E você prometeu?

— Sim, senhora.

A rainha franziu o cenho.

— Isso complica um pouco as coisas.

— Ah, complica? Perdão. Eu...

— Cuidaremos disso mais tarde. Prossiga.

— Encontrei as bailarinas depois do ensaio. Na verdade, não revelaram nada que já não tivessem contado à polícia. Uma delas já tinha esbarrado com Brodsky, socialmente, mas não o conhecia muito bem. Mais uma vez, não sou especialista, mas não me pareceu que mentiam. Estavam ambas bem abaladas com a morte, como era de esperar.

— E o jovem russo? — perguntou a rainha. — Além de seu interesse por tango, descobriu algo mais sobre ele?

Rozie tinha tentado. No fim da tarde, havia visitado o apartamento de Maksim em Covent Garden e falado com o amigo que morava com ele, a quem ela conseguira contatar com o celular pré-pago. O apartamento ficava no último andar de um prédio acima de um restaurante, não muito longe da praça. Uma ótima localização, com janelas que se abriam para as ruas cheias de vida abaixo, para os sons dos artistas de rua e de pessoas caminhando até os teatros. Por outro lado, era simples por dentro, pintado de branco e mobiliado com achados de segunda mão e peças malfeitas da Ikea, que estavam cobertas, sem seguir nenhuma lógica, por roupas e embalagens de pizza, e com um odor masculino almiscarado. Não cheirava a dinheiro no exterior nem a contas bancárias clandestinas, como chegara a pensar.

Rozie havia alegado ser da embaixada russa (estava ficando mais à vontade em sua nova função), interessada em descobrir se o Sr. Brodsky tinha alguma dívida, como aluguel, pendente, com a intenção de ajudar, se possível, em tempos tão difíceis. Mas o colega com quem dividia o apartamento, Vijay Kulandaiswamy, lhe assegurou que o aluguel estava em seu nome e era pago com o emprego que tinha no centro financeiro de Londres. Na verdade, ele estava à procura de alguém para ocupar o lugar de Brodsky e cobrir as despesas extras, embora tivesse que bancar essas também com frequência. Maksim estava duro desde o primeiro dia morando juntos.

Rozie ficou surpresa.

— De acordo com nossos registros, ele frequentou um colégio interno caro.

Vijay soltara uma gargalhada.

— Eu também. O mesmo colégio. Foi como nos conhecemos. Mas isso não quer dizer muita coisa. Eu acho que o bancavam. Mas pararam quando ele saiu. E quem quer que tivesse pagado os estudos dele não ficou para contar a história. Algum chefe ou amigo de seu pai, eu acho. Maksim não tocava muito no assunto. Eu tinha a impressão de que ele ficava meio agradecido e meio irritado. Ele gostava da vida aqui e amava música, mas se sentia deslocado, como se não pertencesse de verdade a lugar nenhum. O que o tornava um tanto impaciente.

Maksim achava que um dia, talvez, viraria escritor, disse Vijay, mas, enquanto isso, tentava sobreviver como músico profissional, complementando a renda com lições de piano e aulas particulares de matemática e de computação para adolescentes ricos. Passava muito tempo na internet, como todo mundo.

Não, Vijay não fazia ideia de que ele administrava um blog até a polícia lhe contar. Maksim não era hacker, muito menos superespecialista em tecnologia. Não era necessário ser um para ensinar ciência da computação no ensino médio: a grade curricular ainda estava na Idade das Trevas. Vijay tinha amigos no trabalho que eram mestres em tecnologia, e eles diziam que o rapaz não estava nem de longe no mesmo nível.

Maksim não havia falado muito sobre a Rússia, exceto no contexto de Putin e seus capangas. Era definitivamente engajado. Mesmo na escola, onde cursava algumas séries abaixo de Vijay, era conhecido por seus discursos sobre a repressão de políticos de oposição em Moscou e a morte de um monte de jornalistas. Ele estava montando um dossiê. A verdade era um jogo perigoso na Rússia, dissera ele. "Se uma árvore cai na floresta e não há ninguém por perto para ouvir, ela faz barulho? E se um jornalista cai de uma janela? Alguém se importa?" Ele costumava ficar bem abalado com isso.

A um dado momento da conversa, Vijay havia se lembrado de que estava falando com uma funcionária da embaixada e se calou. Rozie também fora forçada a voltar para seu disfarce.

— Veja bem — pedira ela —, há mais alguém com quem precisemos entrar em contato? Uma namorada, por exemplo? Ele tinha alguém especial? Alguém com quem devemos conversar sobre esse incidente lamentável?

Vijay dera de ombros. Havia várias garotas, mas nenhuma que se destacasse. Maksim era um cara popular, mas tinha terminado um longo relacionamento alguns meses antes e estava com dor de cotovelo, e era muito gente boa para se envolver com outra pessoa assim tão cedo.

— Sinto falta dele, sabe? — dissera Vijay. — Eu só... Era bom tê-lo por perto. Sinto falta do som do piano. Sinto falta da pasta de amendoim acabando justamente quando eu precisava dela. Sinto falta dos telefonemas das garotas e de ter de dizer a elas que ele estava ocupado porque não tinha interesse. Ele me devia, tipo, centenas de libras em contas da casa e coisas assim, e eu simplesmente não estou nem aí. Ele teria me pagado algum dia. Enfim, não importa. Ele era... — Vijay respirou fundo, parecendo um pouco perdido. — Como eu disse... era muito gente boa. Ninguém merece morrer assim. Ele se cuidava, parecia saudável. Eu não fazia ideia de que tinha problema de coração.

Ocorreu a Rozie, então, que um ser humano de verdade havia partido naquela noite, não era apenas um "caso". Ela não sabia se representantes da embaixada russa davam abraços para consolar as pessoas, mas decidiu que, naquela situação, davam sim.

Rozie relatou os principais pontos da conversa para a rainha.

— Eu estava tentando descobrir quem no passado de Brodsky, ou em sua vida pessoal, poderia querer vê-lo morto — revelou ela. — Além, talvez, do Sr. Peyrovski. Mas não descobri nada, senhora. A não ser que acredite que deixei passar alguma coisa?

— Não — concordou a rainha. — Desse ponto de vista, temo que Humphreys tenha razão e que o motivo esteja aqui, em algum lugar.

— Sir Simon me disse hoje de manhã que o Sr. Robertson e o Sr. Dorsey-Jones estão de licença e foram colocados meio que em prisão domiciliar. Deve estar sendo difícil para eles. — Rozie se lembrou da conversa da rainha com Henry Evans e do que ela evidentemente pensava sobre a teoria de Humphreys.

A rainha apenas assentiu.

— Imagino que sim. Tenho outra tarefa para você, Rozie. Você aceita? Entendo que não faz parte das suas atribuições. Talvez tenha que trabalhar no seu dia de folga.

— O que desejar, senhora.

A rainha lhe passou instruções rápidas. A garota nova estava se saindo melhor do que havia esperado. Não poderia ser outra Mary, poderia? Mary Pargeter estava em outro patamar quando se tratava desses pequenos mistérios. Mas Rozie Oshodi — que era uns bons dez anos mais nova que Mary quando esta começou — prometia.

Capítulo 12

Mais tarde, houve uma investidura na Câmara de Waterloo. A rainha sempre gostou de realizá-las em Windsor. Embora a câmara fosse ampla, dominada pelos retratos pintados de reis e políticos que se uniram para derrotar Napoleão, era mais informal que o salão de bailes do Palácio de Buckingham. Qualquer coisa era mais informal que o palácio. Contudo, havia certa solenidade, já que ela fazia as honras aos merecedores sob o olhar amoroso de suas famílias, com a presença dos oficiais da Guarda Gurkha e dos Yeomen da Guarda.

Depois que a cerimônia terminou, ela dava graças a Deus pelo chá e pela fatia de bolo de biscoito de chocolate em sua sala de estar privativa enquanto se inteirava do resultado das corridas pelo Channel 4. Às vezes, ela gostava de tirar uma soneca antes dos afazeres da noite, mas hoje tinha outras coisas em mente. Pediu ao lacaio que avisasse à camareira de seu plano. A rainha fazia o que bem entendia no próprio castelo, mas os funcionários não gostavam de surpresas em áreas que consideravam suas. Ela lhes deu alguns minutos para arrumar as coisas.

Fazia tempo que não colocava os pés nos corredores do sótão, acima dos Aposentos de Visitantes. Ela escolheu os cães mais jovens que, ansiosos por exercício, passeavam à sua frente, farejando as soleiras. O trajeto pelo Corredor Principal, dos Aposentos Privados até os Aposentos de Visitantes na Ala Sul do Quadrilátero, levou uns bons dez minutos, na velocidade dos dorgi.

Ela conhecia bem os quartos de hóspedes principais, aparecendo com frequência para dar uma olhada no estado da mobília ou para se assegurar de que estava tudo em ordem para a chegada de um visitante importante. Mas, nos sótãos, o buraco era mais embaixo. No passado, eles haviam abrigado pardais e uma família de gralhas, assim como móveis abandonados e várias fantasias vitorianas. Philip fora muito útil ao providenciar a limpeza deles, cinquenta anos atrás, quando ficou evidente que a família passaria a maioria dos fins de semana ali. Quando você é a rainha e sua casa, um castelo, este vinha acompanhado por uma quantidade absurda de empregados, e eles precisam de espaço. Os criados, os criados que os hóspedes levavam e outros visitantes que nem eram criados, mas eram importantes para a administração do castelo e não podiam ser hospedados em outro lugar da propriedade. Quanto mais quartos disponibilizavam, mais pessoas pareciam precisar de espaço. E, em algum lugar por ali, encontraram um cômodo para Maksim Brodsky.

Havia chegado a hora: ela queria ver com os próprios olhos.

O corredor do último andar era esbranquiçado e enfeitado por gravuras eduardianas consideradas inapropriadas para os cômodos abaixo. Os quartos eram simples e funcionais, recém-decorados em verde e tons de bege, com o toque casual de roxo em um cobertor ou na capa das almofadas. Philip, quando foi ver como a reforma tinha ficado, dissera que parecia algo saído de um hotel de beira de estrada (como ele saberia?) ou Gordonstoun ou — dado o esquema de cores — Wimbledon. Ela não tinha certeza se aquelas analogias eram problemáticas, embora não tivessem sido pensadas como um elogio. De qualquer forma, os visitantes não ligariam.

No percurso, ela passou por várias camareiras, lacaios e um acendedor de lareiras, todos ocupados com alguma tarefa ou a caminho de outra. Um copeiro, que segurava uma bandeja tampada, foi bruscamente abordado pelos cães, mas reagiu bem, desviando-se com agilidade, mal perdendo a passada. A camareira-chefe, a Sra. Dilley, a aguardava na seção do corredor que abrigava o quarto do Sr. Brodsky. À esquerda, havia uma porta com um sinal indicando o banheiro. Atrás dela, a rainha ouviu o burburinho de conversas triviais vindo de outro quarto. Ela ficou feliz por quem quer que estivesse do lado de dentro não saber de sua presença: aonde quer que fosse, todas as conversas morriam, e, às vezes, era agradável ouvir os funcionários agindo naturalmente.

— É este o quarto, senhora — anunciou a Sra. Dilley, indicando o caminho. Ela enfiou uma pequena chave na fechadura e abriu a porta com um empurrão. Era uma porta perfeitamente comum, envernizada com uma imitação horrorosa de mogno e com o número 24 gravado em uma pequena placa de bronze. Havia um aviso plastificado na frente, dizendo "NÃO ENTRE". Em sua última visita, a rainha tinha certeza de que os quartos trancavam por dentro com um trinco antiquado, se desejado, mas a verdade é que muitas das portas ficavam abertas. O castelo antigamente presumia que seus ocupantes respeitariam as pessoas e os bens uns dos outros, e era muito acolhedor assim. Agora, todo mundo esperava o pior, e portas se fechavam com o clique de uma trava; pertences ficavam seguros, mas a atmosfera de informalidade havia desaparecido.

Provavelmente, Brodsky conhecia seu assassino, refletiu ela ao entrar no quarto. A não ser que tivesse deixado a porta encostada, ele precisaria abri-la. Por que destrancá-la no meio da noite para um estranho?

A Sra. Dilley se colocou ao lado da cabeceira da cama de solteiro, esperando pacientemente enquanto a rainha olhava ao redor. Não havia muito o que olhar. Uma janela pequena à direita da Sra. Dilley exibia apenas uma estreita faixa cinzenta de céu por trás das cortinas roxas. Toda a roupa de cama e quaisquer objetos restantes tinham sido retirados. Havia um colchão sem lençol no estrado de madeira à sua esquerda, em frente à parede ao lado da porta. Em seguida, vinha a parede com a janela, sob a qual foram colocadas uma mesa de cabeceira e uma cadeira. Diante delas, havia uma parede com uma pequena cômoda sem metade dos puxadores (alguém deveria consertar aquilo). E, entre esses móveis, na parede diante de onde a rainha estava agora, tinha um guarda-roupa estreito e moderno, que se encontrava aberto, revelando... nada. Não havia manchas, nenhum sinal de vida nem de morte, nenhuma indicação de que algo importante havia acontecido naquele lugar.

A rainha estudou com mais atenção a porta aberta do guarda-roupa cuja maçaneta em formato de D tinha abrigado o segundo nó. A coisa toda parecia frágil — dificilmente forte o suficiente para sustentar um homem, que dirá enforcá-lo. Que tipo de pessoa olharia para tal objeto e pensaria *perfeito para matar alguém*?

Ela pigarreou.

— Deve ter sido muito difícil para a camareira que o encontrou.

A Sra. Dilley ergueu o olhar.

— A Sra. Cobbold? Sim, terrível, senhora. A princípio, ela não conseguiu entrar. Precisou ir até sua sala para pegar a chave-mestra. Então abriu a porta, e lá estava ele, bem diante dela, com a porta do guarda-roupa aberta e as pernas para fora. Ela quase desmaiou. Mas está bem melhor agora, senhora.

Todos sempre buscavam *tranquilizar* a rainha. Exceto Philip: ele era o único de quem ela podia esperar a verdade. Estaria de volta amanhã, Sir Simon havia lhe dito. E na hora certa.

— Fico feliz em saber. Ela já voltou a trabalhar?

— Ah, não, senhora. Na próxima semana, provavelmente. — Mas a Sra. Dilley parecia em dúvida.

Não tão melhor então. Bem, nada que a surpreendesse.

— Obrigada, Sra. Dilley.

— Senhora.

— Espero que não tenha sido um incômodo muito grande, a polícia aqui o tempo todo.

— Não, senhora. Foi apenas um choque. Para todos nós.

A Sra. Dilley encontrou o olhar da rainha e o sustentou, de mulher para mulher, e havia grande empatia ali. Ela sabia o quanto aquilo devia lhe custar, uma tragédia dentro da sua casa. A rainha desviou o olhar e chamou os cães, que estavam perambulando pelo corredor. Eles se aproximaram, circundando suas pernas e dando ao cômodo um leve ar de normalidade.

— Candy, Vulcan, vamos.

A caminhada ao andar de baixo e pelo Corredor Principal pareceu ter levado o dobro do tempo na volta. Ela a fez devagar. Não tinha se preparado para o choque que sentiu. Não pelo que encontrara no quarto, mas pelo que *não* encontrara, ou seja, nenhum vestígio da vida que foi perdida. Brodsky havia desaparecido do mundo, aparentemente sem deixar rastros, e a rainha se sentia, de certa forma, responsável.

Sir Simon teria lhe dito para não ir, se o tivesse consultado, o que, lógico, foi em parte o motivo de não tê-lo feito. Ele teria dito não ser necessário, o que, francamente, era mentira, e que poderia ser perturbador, o que se provou irritantemente correto. A ideia a incomodava, embora não tivesse dado a ele a chance de se expressar. Ela afastou aquele pensamento. Como a rainha Mary sempre lhe dizia quando era menina, não é bom ficar remoendo as coisas.

Em vez disso, ela pensou na porta do corredor que não podia ser aberta sem uma chave. Brodsky havia ficado fora até as primeiras horas da manhã, então quem quer que ele tivesse deixado entrar, ou quem quer que tivesse entrado com ele, deve ter esperado até tarde para matá-lo. Um espião poderia ter mandado fazer uma chave-mestra, ela supôs. Tudo parte daquele grande plano no qual Humphreys insistia em acreditar. E, no entanto, o fracasso em atar o segundo nó sugeria um ataque improvisado. Não poderia ter a ver com nenhuma rixa antiga, já que Brodsky não conhecia ninguém ali. Nem parecia ter ligação com sexo. O jovem rapaz havia feito o suficiente no andar de baixo e havia um número limitado de amantes não convencionais que alguém poderia conquistar no Castelo de Windsor em uma noite. Até Philip concordaria, não?

Então... quem fizera aquilo?

Não foi Putin. Gavin Humphreys era um imbecil com uma obsessão, e cada célula de seu corpo lhe dizia isso.

Não foi Charles, que, naquela noite, voltara para Highgrove com Camilla. (Ela tentava ser objetiva e considerar todas as possibilidades; afinal, Charles tinha organizado o evento.) O reitor de Eton também havia voltado para casa, na escola, a uns oitocentos metros de distância. Mas as aventuras de Brodsky com a arquiteta haviam provado que, com um pouco de engenhosidade, era possível transitar entre os aposentos dos funcionários e dos hóspedes sem dificuldade. Àquela altura, a lista de suspeitos se tornou quase cômica, incluindo Sir David Attenborough e o arcebispo de Canterbury. Não... sinceramente, não. Se a rainha não pudesse confiar nesses homens, era melhor desistir logo.

Entretanto, mesmo excluindo-os, o leque de possibilidades permanecia desconcertantemente amplo. Não havia motivo para desconfiar do ex-embaixador, mas não parecia impossível que sua vida na Rússia tivesse criado laços com o jovem Brodsky dos quais ela não tinha ciência. A polícia não havia descoberto nenhuma conexão entre o jovem e a escritora, ou a professora — mas Blunt fora um acadêmico. Obviamente, a maioria dos professores universitários eram modelos de conduta, mas nunca se sabia ao certo... E então havia a própria arquiteta — a mulher com quem ele tinha dançado o último tango. A rainha refletiu por um minuto, tentando pensar em qualquer motivo a partir do relato de Rozie, mas tudo naquela história trágica sugeria o contrário. A pobre mulher estivera encantada. Logo, restavam Peyrovski, sua mulher, seu amigo gerente de fundos de investimento e os criados deles. Era *neles* que a polícia deveria estar focando, certo?

Àquela altura do caminho, ela passou por um policial que vigiava a entrada dos Aposentos Privados e, ao assentir para ele, a rainha foi lembrada do absurdo de toda a situação. Se você tem contato diário com um homem que odeia, por qualquer que seja o motivo, por que escolher o castelo como o local do assassinato? É verdade que a segurança reforçada do perímetro — sem contar com a dela — não costumava lhe trazer problemas. E, uma vez lá dentro, o que os convidados escolhiam fazer com os próprios criados, ou um com o outro, depois de se recolher, era da conta deles. Também era verdade que o culpado havia se safado até aquele momento. Mas fora a mais arriscada das estratégias. Uma vez que o crime fosse descoberto, todos os detetives de alto escalão e chefes de espionagem do país estariam propensos a serem nomeados para o caso. Por que atacar ali, quando um inimigo poderia agir com muito mais facilidade em Mayfair ou Covent Garden?

Nesse caso, fazia sentido o assassino ser alguém que *não* conhecesse Brodsky muito bem — o que abria a gama de suspeitos para qualquer um que estava perto da Ala Superior, ou dentro dela, naquela noite.

Ela havia enfim chegado a seus aposentos e sentiu que havia feito pouco progresso em suas reflexões. Na verdade, havia retrocedido, acabando com mais incertezas que nunca.

Algo estranho acontecera na noite do jantar com pernoite. Não durante o evento, mas antes. Uma lembrança pairava em um canto da sua mente, instigando-a de vez em quando. Enquanto os cães seguiam para a sala de estar, a lembrança quase veio, mas escapou de novo.

Ela fez uma anotação mental para pedir a Rozie a lista completa dos hóspedes que dormiram em todo o perímetro do castelo na última segunda-feira. E para pressionar a embaixada russa por mais notícias sobre a família de Brodsky. Doía-lhe pensar que uma pessoa que vivia tão intensamente não estava mais entre eles — e que não tinha ninguém para lamentar sua morte.

Sir Simon a aguardava com um maço fino de papéis para serem assinados. Ao seu lado, havia um lacaio com uma bandeja na qual repousavam um copo, gelo e limão, uma garrafa de Gordon's e outra de Dubonnet. Ela passou o olho pelo primeiro, mas ficou mais interessada no segundo. Mais cinco minutos e então, pelo menos por um breve instante, a rainha poderia relaxar.

Capítulo 13

— **B**om dia, Repolho. Tudo sob controle?

Sentado à mesa do café na manhã de quinta-feira, parecia que Philip não tinha ido a lugar nenhum.

— Achei que chegaria hoje de manhã.

— Cheguei ontem à noite. Foi um jantar rápido com alguns amigos em Bray. Meu Deus, você está péssima. Tem conseguido dormir?

— Tenho, obrigada.

Ela tentou soar ofendida, mas ele exibia um sorriso tão grande no rosto. Havia sempre um toque de travessura em seu olhar, exceto quando estava furioso com alguém. Ele se vestira impecavelmente para o dia, como sempre, com uma camisa quadriculada e uma gravata. O rádio estava ligado, havia torrada na mesa outra vez e o lugar já parecia ter voltado à vida. Ela não conseguiu evitar um sorriso.

— Trouxe meu fudge?

— Droga. Esqueci. Você viu as fotos de William e Kate nos jornais? Estão em todas as páginas praticamente. Eu avisei a William que ele ia amar a Índia. Você viu os dois naquele safári, com os elefantes e rinocerontes? Que sortudos... Melhor que prender medalhas no peito alheio.

A rainha se recusou a morder a isca.

— Como estava o salmão?

— Uma delícia. Peguei quatro. Eu os trouxe comigo em um isopor. Pensei que o chef podia fazer algo com eles para seu aniversário.

— Obrigada.

— Eu sei que eles provavelmente decidiram o cardápio há seis meses.

Eles tinham decidido.

— Mas podem sempre mudá-lo — refletiu ele.

— Hum.

Aquilo não ia acontecer, mas ela pensaria em algo. Estava mesmo muito comovida por ele ter pensado em seu aniversário. E por ele ter achado que quatro peixes enormes fossem um presente adequado para a data em questão — o que, sem dúvida, eram. Salmão vivia sendo recomendado para sua dieta. É bom para o cérebro, aparentemente. E era uma lembrança agradável de dias passados à beira de um riacho caudaloso.

Um silêncio amigável reinou por um instante, exceto pelo rádio ao fundo, até que ele ergueu o olhar da torrada e disse:

— Aquele maldito russo. Tom disse que foi homicídio.

O escudeiro de Philip, tenente-comandante Tom Trender-Watson, era muito amigo de Sir Simon e, em geral, ficava a par de todas as informações do castelo. Também era alguém em quem podia confiar de olhos fechados, graças a Deus.

— Já encontraram o sacana que fez isso? — perguntou Philip. — Não ouvi nada.

— Não, não encontraram — respondeu ela. — O Serviço de Inteligência acha que foi Putin.

— O quê? Em pessoa?

— Não. Pelas mãos de um servo real.

— Que burrice.

— Também acho.

— Tem alguém em mente?

Ela encarou o chá e suspirou.

— Não exatamente. O lugar estava cheio naquela noite, mas não vejo por que alguém aqui ia querer matá-lo.

— Metade das mulheres presentes ia querer exatamente o oposto, pelo que fiquei sabendo.

— Hum. Sim. — Ela ficou tentada a lhe contar sobre as peripécias de Brodsky com a arquiteta depois da meia-noite, mas sabia que ele ia adorar e compartilhar a história com direito a todos os detalhes com sua equipe, que, tirando o escudeiro, estaria propensa a espalhá-la como fogo na floresta. No momento, nem mesmo ela deveria saber sobre o caso, então se manteve calada.

— Bem, eles precisam solucionar isso rápido — comentou Philip. — Não faz bem a ninguém ficar se perguntando se está ou não convivendo com assassinos. E, pelo amor de Deus, isso precisa ser solucionado antes que tudo caia nas mãos da imprensa. Seria um prato cheio.

A rainha, que já sabia de tudo aquilo, apenas se forçou a responder com outro "hum".

— Você devia ter uma conversa com o policial joão-ninguém encarregado do caso. Ignore o Caixa. Putin! Pah!

Dito isso, ele empurrou a cadeira para trás e abriu o jornal. A rainha estava, em igual medida, furiosa por ter sido instruída a fazer o que estava prestes a fazer e aliviada por ele estar em casa, para ser tranquilizada por palavras como "Putin! Pah!"

Sinceramente, ele a mantinha lúcida.

Ravi Singh se lembrou, mais que qualquer coisa, de quando venceu a competição de debate do nono ano, na escola. As mãos tremiam de leve, da mesma forma, e ele sentia a veia latejando na cabeça. Foi a única vez que fora chamado para ver a Sra. Winckless, a diretora, que se escondia em uma sala revestida de painéis de madeira no fim de um longo corredor de azulejos, na ala chique do labiríntico terreno de sua escola secundária. A mesa dela tinha um vaso de flores em cima, ele se recordava: flores pálidas, arredondadas, que havia aprendido mais tarde a chamar de hortênsias. E um vestido azul royal, cobrindo seus seios que eram tão avantajados que deixavam os adolescentes sem graça.

O Salão de Carvalho, onde a rainha lhe concedera uma audiência, não se parecia nada com aquela sala com painéis de madeira, óbvio. Ele era maior, com um formato singular, devido à localização em um tipo de torre. Tinha paredes brancas, sofás confortáveis e uma lareira com fogo crepitante com detalhes inesperados, como uma das TVs de Sua Majestade. Mas a sensação de estar na mesma sala que uma mulher poderosa de quem se tinha, sem saber ao certo o motivo, um pouco de medo e de se sentir culpado, embora tivesse feito algo bom, até onde ele sabia, era idêntica.

Sou o comissário da Polícia Metropolitana, lembrou a si mesmo enquanto se sentava. *Cheguei ao cargo mais alto da minha profissão. Ela não vai me repreender.*

A rainha se sentou diante dele, em um pequeno sofá perto de uma janela enorme e vistosa, que se abria para o Quadrilátero por onde ele havia acabado de passar. Na verdade, ela era só sorrisos e ofertas de biscoito para acompanhar o chá. Os cães se colocaram à vontade a seus pés. Ele não estava encrencado.

Ele pensou no olhar atravessado que Humphreys havia lhe lançado quando soubera da reunião solicitada.

— Certifique-se de me contar tudo. Palavra por palavra. Precisamos saber o que ela está pensando.

Mas a rainha, toda educada, parecia apenas querer se inteirar da investigação em termos gerais. O que parecia justo — era o castelo dela.

— Evidentemente, o MI5 está com seus especialistas cuidando das investigações, mas a lista geral de suspeitos, sinto dizer, continua longa, senhora. Muitas pessoas tiveram acesso ao corredor naquela noite. Ah, a senhora viu, não viu? Nós conduzimos interrogatórios com todas elas. Evidentemente, é difícil quando você não quer que saibam que se trata de uma investigação de assassinato. Também fica mais complicado fazer um teste de DNA com o cabelo que encontramos no corpo. Evidentemente, quando tivermos um potencial suspeito, nós faremos.

Ele se deu conta de que havia repetido "evidentemente" três vezes. E estava transpirando por baixo do terno. Sua Majestade era uma mulher adorável que não havia feito uma única pergunta capciosa sequer, mas aquilo parecia pior que participar do programa *Today*, da Radio 4.

— Tenho certeza de que está fazendo tudo o que pode.

— Sim, senhora. Evid... Quer dizer, obviamente estamos focados nas pessoas que conheciam Brodsky, ou que tinham ligações com a Rússia. O valete, que ocupava o quarto ao lado, a criada, as bailarinas, embora o histórico do computador sugira que o álibi do FaceTime se sustente. Há uma bibliotecária que é especialista em história russa, mas ela mora em um alojamento do outro lado da propriedade. O arquivista... Bem, o Sr. Humphreys pode lhe dizer mais sobre ele, imagino.

— E o Sr. Robertson? Alguma novidade sobre ele?

— Nada ainda, senhora. Nada concreto. Parece que ele tem uma explicação para alguns dos pagamentos, que eram motivos de preocupação, mas a investigação está em andamento.

— Entendo. E isso é tudo? Com quem mais você falou?

O comissário consultou suas anotações.

— A equipe de comunicação estava tendo algum tipo de reunião, senhora, então havia mais ou menos cinco pessoas do palácio visitando, mais aquelas que já trabalham aqui. Vários funcionários que se hospedam regularmente. Um grupo de convidados do governador.

— E meus convidados no andar de baixo.

— Eles estão fora de questão, senhora. Não é possível transitar entre as suítes de hóspedes e os aposentos dos empregados visitantes sem passar pelas duas barreiras de seguranças, e estes não viram nada.

A rainha abriu um sorriso que, se não viesse de Sua Majestade, ele teria classificado como irônico.

— Ah, existem algumas histórias muito surpreendentes que aconteceram ao longo dos anos, comissário. Hoje mesmo pela manhã, Philip me lembrou de quando um embaixador francês conseguiu levar para sua suíte uma artista de cabaré disfarçada de camareira por causa de uma aposta.

— Não dessa vez, senhora — assegurou Singh, arquivando a história na memória para compartilhá-la com seus amigos da New Scotland Yard.

— Bem, isso é um alívio.

A rainha sabia que, àquela altura, era seu dever informar a ele o que Rozie descobrira com Meredith Gostelow e Masha Peyrovski — mas, ao mesmo tempo, Rozie havia prometido guardar segredo. A rainha não tinha achado a promessa muito inteligente. Nunca se sabia o que poderia precisar fazer ou dizer. No entanto, contar qualquer coisa ao Sr. Singh envolveria Rozie na história — e, em última instância, a si mesma —, o que, lógico, ela precisava evitar a todo custo. Se o comissário estivesse munido com a informação sobre a possibilidade das travessuras entre funcionários e hóspedes, talvez acabasse descobrindo sozinho. Por ora, ela aceitou graciosamente a garantia dele.

— E há notícias da embaixada?

— Senhora?

— Sobre a família de Brodsky? Alguém apareceu para reclamar o corpo?

Singh hesitou por um instante. Ninguém havia feito aquela pergunta recentemente.

— Não, senhora. Imagino que ainda esteja no necrotério. Gostaria que eu trouxesse atualizações do que já sabemos?

— Sim, por favor. Seria muito gentil da sua parte. E, conte-me, como os novos coletes de proteção estão se saindo?

Diante da pergunta, Singh seguiu a deixa dela e mudou bruscamente de assunto, falando sobre o novo uniforme que sua equipe havia recebido, a respeito do qual a rainha parecia estar bem inteirada. *Ela não deixava passar nada*, pensou ele. Naquele momento, ela o lembrou sua bisavó Nani Sada, que era, se é que isso era possível, mais assustadora que a Sra. Winckless em sua sala revestida de painéis de madeira. Mas, pelo menos, ele poderia dizer a Gavin que ela estava satisfeita com o modo como a investigação progredia.

Capítulo 14

O prédio residencial era largo e baixo, quatro andares de tijolos marrom-avermelhados. As varandas seguiam a mesma estética da construção; já as janelas eram maiores, mais modernas e de vidro. Deve ter sido construído nos anos 1960, pensou Rozie, embora ela não fosse nenhuma especialista em arquitetura. Não era um prédio bonito em si, mas a vista era o diferencial: ao lado do rio Tâmisa, de onde dava para ver a imensa Usina Termelétrica de Battersea entre as árvores.

Tratava-se de Pimlico, lar de muitos integrantes do Parlamento londrino e uma estranha mistura de casas sofisticadas com fachada de estuque e prédios do pós-guerra, como aquele. Deve dar uns trinta minutos andando daqui até o Palácio de Buckingham, calculou ela. Uma caminhada agradável, numa manhã ensolarada. E um lugar lindo para onde retornar, com aquela vista.

Ela pegou uma cesta de vime pintada com a inconfundível logomarca F&M da Fortnum & Mason do banco detrás do carro. Havia sido um trajeto enervante desde Piccadilly, percorrendo o trânsito da hora do rush matutino, sabendo que tinha duas entregas a fazer e ainda estar de volta às três. Um "dia de folga" no Gabinete Privado da rainha, na verdade, significava metade do dia, e se atrasar não era uma opção. Ela fechou a porta do carro com o joelho, trancou-a com o chaveiro pendurado nos dedos e carregou a cesta até a entrada mais próxima.

A porta do apartamento 5 foi aberta por um homem com barba por fazer e cabelo grisalho, usando shorts largos de ginástica e uma camiseta suada, com uma toalha ao redor do pescoço. Ele só atendeu ao terceiro toque da campainha. A princípio, ela ficou horrorizada ao pensar em a que ponto a preguiça dele havia chegado, mas então se deu conta de que o homem estivera se exercitando. Aquilo era encorajador.

— Sr. Robertson?

— Sim? — Ele encarava a cesta, que tinha a mesma largura que o banco traseiro do Mini e parecia deslocada no hall estreito, com iluminação tubular, tinta descascando e placas de carpete faltando, no qual ela pisava agora.

— Estou aqui em nome do Gabinete Privado. — Ele saberia de qual Gabinete Privado ela estava falando. — Isso aqui é para o senhor.

— Como assim? — Ele secou a lateral do rosto com a toalha. — É melhor você entrar.

Ela o seguiu pelo pequeno hall que conseguia, de alguma forma, parecer imaculadamente organizado, apesar das duas bicicletas speed, do cabideiro, das diversas fotografias emolduradas e da sapateira com vários tênis de corrida. O próximo cômodo era a cozinha, que era a metade da de Meredith Gostelow, em Westbourne Grove, mas com a vantagem da vista livre para as icônicas chaminés da usina terme-létrica desativada. As superfícies eram brancas ou de aço inoxidável, e brilhavam.

— Aceita alguma coisa? — perguntou ele.

— Não, obrigada. Vai ser rápido.

Ela pousou a cesta na bancada ao lado da pia e sorriu para o pajem real.

— Meu nome é Rozie. Eu... O Gabinete queria lhe dar isso como prova do nosso reconhecimento por tudo pelo que está passando. Devo enfatizar que é do *Gabinete*. Não de Sua Majestade em pessoa.

Lady Caroline, ao passar a mensagem da rainha, havia sido bem enfática em relação a isso. Além do mais: ela não devia se desculpar.

A rainha não pedia desculpas pelas coisas que seus funcionários públicos, como os do Serviço de Inteligência, faziam em seu nome. Seria hipócrita e equivocado de sua parte.

Sandy Robertson passou a toalha na lateral da cabeça mais uma vez, parecendo confuso.

— Você precisa enfatizar isso, não precisa? — ecoou ele. A voz era grave, com um leve sotaque escocês, e muito agradável de se ouvir. Rozie o imaginou servindo drinques à Chefe, puxando a cadeira para ela, se assegurando de que tudo estava de acordo com o que ela desejava. Ele parecia o tipo de pessoa que você gostaria de ter por perto. — Bem, vamos ver o que tem aqui.

Ele desamarrou o laço da cesta e levantou a tampa. Dentro, havia vinho e uísque, vidros de marmelada e latas verde-água de biscoito amanteigado, chá e bolachas de gengibre. Também havia um cartão, branco e sem assinatura, exibindo a imagem em aquarela de uma camélia branca.

Sandy lançou um olhar incisivo para Rozie, que não disse nada, depois baixou os olhos novamente para os itens na cesta. Ele correu os dedos pelo vidro de marmelada, pegou uma lata de biscoitos para estudá-la e a pôs de volta na cesta. Em seguida, pousou o indicador no cartão, sem o pegar, e encarou Rozie de novo.

— A flor favorita da rainha-mãe, a camélia branca. Sabia?

Havia lágrimas em seus olhos, percebeu Rozie.

— Não, não sabia.

— Da minha mulher também. Eu contei a ela, há sete anos, quando Mary morreu.

— Ah. — Rozie fez um rápido cálculo de cabeça. A rainha-mãe tinha morrido em 2002, Sandy não estava se referindo a uma conversa com ela.

— Uma vez — repetiu ele, o dedo ainda no cartão. — Há sete anos. Que mulher...

Rozie tossiu.

— Como eu disse, nós do Gabinete apenas queríamos... Provavelmente, não deveríamos... mas nós...

— Agradeça a ela por mim — interrompeu ele, com seu sotaque
das Terras Altas da Escócia. — Muito obrigado.

Rozie se deu conta de que estava com um nó na garganta. Ela assentiu, incapaz de controlar este gesto, e disse que era melhor ir embora.

A visita ao apartamento de Adam Dorsey-Jones correu um pouco
diferente. Para isso, ela dirigiu ao sul do rio, até uma fileira de casas
georgianas reformadas, em Stockwell. Não houve um cartão com uma
camélia branca dessa vez, mas o homem de jeans e suéter de lã verde
que a convidou a entrar reagiu de modo semelhante à insistência de
Rozie de que a rainha não estava envolvida.

— Lógico que não está — disse ele. — Você fez isso porque tem
um bom coração.

— Pode-se dizer que sim.

— Bem, muito obrigado, moça-assistente-do-secretário-particular-
-que-nunca-vi-na-vida.

— De nada.

— Você é muito gentil.

Rozie tentou não sorrir.

Ele colocou a cesta na mesa de centro da sala de estar repleta de
arte e disse:

— Você obviamente não acha que, por eu ter um namorado que
esteve em São Petersburgo, eu seja um espião russo.

— Não sou capaz de opinar — disse Rozie, impassível.

— E... essa cesta.

— É só... do Gabinete.

Ele a convenceu a se sentar e lhe contou sobre os dois anos durante
os quais tinha se dedicado ao projeto de digitalização de que fora
encarregado. Ele se lembrou da emoção em descobrir documentos
de George II que estavam perdidos havia muito tempo, das noites
em que trabalhara até tarde para cumprir os prazos que tinham lhe

dado, de ter perdido a festa de aniversário do namorado para ir até o Castelo de Windsor e conseguir a informação final de que precisava, antes de dar um relatório de progresso às autoridades que estavam presentes no castelo, quinze dias atrás.

— Eles não me dizem o que acham que eu fiz — argumentou ele. — Mas é óbvio que, pela linha de interrogatório, acham que sou da KGB ou da FSB, ou seja lá o que for. Parecem acreditar que, se você gosta de literatura russa, deve ser fã do Kremlin. Escrevi minha tese sobre Soljenítsin. Se quer mesmo ver como eles torturaram o espírito humano, leia *Pavilhão de cancerosos*. A galeria de Jamie é especializada em arte do início do século XX, quando os russos foram os precursores em arte abstrata e experimentalismo. Os revolucionários odiavam. Eles matavam ou exilavam praticamente todo mundo, ou então faziam da vida deles um inferno. Não é com essa atitude que o Estado conquista o povo. Mas quem sou eu para falar?

— Isso vai passar — argumentou Rozie. Ela sabia que não tinha o direito de lhe garantir nada. Podia se ver como uma personagem secundária em uma análise histórica dali a vinte anos: a ingênua funcionária do palácio que se apiedou do espião. Mas ela sentia a amargura do homem pelo modo como havia sido posto de lado e pensou que aquilo poderia ser um perigo maior. — Sinto muito por isso.

Ele olhou para ela do outro lado da mesa de centro.

— Sim, acredito em você.

No caminho para casa, ela ouvia a Radio 4 enquanto dirigia pelo trânsito intenso da Cromwell Road. *The World at One* estava cheio de notícias da viagem dos Cambridge pela Índia. Rozie mal podia acreditar que, em poucas semanas, os encontraria pessoalmente no castelo e, com certeza, ouviria algumas de suas aventuras em primeira mão.

Entre outras matérias, havia a notícia de dois analistas financeiros encontrados mortos por overdose de cocaína. A jornalista, com a voz repleta de urgência, jogava questionamentos para o público: "O uso recreativo de drogas na Square Mile está atingindo um nível perigoso?

E quão responsáveis são os usuários de drogas de classe média por alimentar um comércio que dizima comunidades na América do Sul?"

Mas, àquela altura, Rozie não estava mais prestando atenção. A repórter tinha dado o nome dos dois analistas: um homem de trinta e sete anos chamado Javier-alguma-coisa, que trabalhava no Citibank, e uma mulher de vinte e seis anos, Rachel Stiles, que trabalhava em uma pequena empresa de investimentos chamada Golden Futures.

"Rachel Stiles" e "Golden Futures" eram nomes familiares a Rozie: ela os havia visto na planilha que listava todos os convidados que foram hospedados no castelo no dia do jantar com pernoite. Aquela que o mestre da Casa Real tinha providenciado para a polícia e que a rainha havia pedido. "Golden Futures" chamara sua atenção, pois Rozie tinha achado o nome muito promissor.

E agora, aos vinte e seis anos, a garota estava morta.

Parte 3

Cinturão e Rota

Capítulo 15

— Não teve nada a ver com os russos — assegurou Sir Simon à rainha naquela noite, depois de Rozie ter mencionado a coincidência. — O inspetor-chefe Strong confirmou com o departamento de investigação criminal de Shepherd's Bush, onde a Dra. Stiles morreu. A moça tinha problemas com álcool.

— Meu Deus. É mesmo?

— Pelo visto, é o preço que se paga no mundo financeiro. Ela tomou vários comprimidos, e depois veio a cocaína para finalizar. Eles têm quase certeza de que foi um acidente. Que tragédia...

Ele foi sincero. Sir Simon e a esposa não tinham filhos, mas a sobrinha estava com vinte e sete anos. Ela também havia trabalhado no mercado financeiro, no centro de Londres, antes de abrir a própria empresa, o que aparentemente significava que ela trabalhava de casa o dia todo em seu laptop.

Ela era filha única e uma mulher linda, com um futuro brilhante pela frente. Sir Simon sabia que o irmão e a cunhada jamais iam superar se algo lhe acontecesse.

— O que essa jovem moça fazia no castelo, mais precisamente? — perguntou a rainha. — Refresque minha memória.

— Ela era convidada do governador — explicou Sir Simon. — Ele estava organizando uma pequena reunião sobre inteligência estrangeira para o Ministério das Relações Exteriores.

— Ah, sim. O rapaz do Djibuti.

— Senhora?

— Lembro que o governador estava muito impressionado com um homem que havia chegado de avião da África Oriental. Embora eu tenha pensado que o encontro fosse mais sobre a China. Vou perguntar a ele qualquer dia desses.

— Sim, senhora. Na verdade, faria sentido. A Dra. Stiles era especialista em economia chinesa.

— Ah, era?

— Ela tinha um Ph.D. em financiamento de infraestruturas chinesas. A Golden Futures tem vários investimentos nos mercados asiáticos. A jovem era uma estrela em ascensão.

— Você está muito bem informado, Sir Simon.

— Eu tento, senhora. Tem mais uma coisa.

— Sim?

— A senhora perguntou ao comissário sobre a família do Sr. Brodsky, se alguém veio reclamar o corpo. Bem, eles foram confirmar com a embaixada, e não, ninguém fez isso até agora. Eles acham... A embaixada acha que a mãe dele está em um hospital psiquiátrico. Ele tinha um meio-irmão, que, ao que tudo indica, morreu em exercício no exército. O exército deles, não o nosso. Sabemos do pai também. A senhora deve se lembrar de que ele morreu quando Brodsky era um menino. Isso parece ser tudo. Imagino que os russos vão repatriar o corpo eventualmente.

— Obrigada, Simon.

Ela parecia chateada outra vez, pensou ele. Bem, ela era mãe de meninos. Essas conversas nunca eram fáceis.

— Anime-se, Lilibet — insistiu Philip. — Ninguém *morreu*. Ah.

Eles estavam no carro, a caminho de um jantar privativo com um treinador que conheciam desde que William era bebê. Os cavalos dele haviam derrotado os dela duas vezes no último ano, mas ela não guardava mágoas. Seria um prazer conversar só sobre corridas de cavalo a noite inteira. Além disso, o filho mais velho dele administrava uma propriedade em Northumbria, então Philip poderia conversar sobre criação de gado, avanços em cultivo orgânico e os caprichos da temporada de caça.

Ela tinha passado o dia todo ansiosa por esse jantar e estava radiante com aquele traje prateado de renda e com seu novo batom cor-de-rosa, no qual depositou grandes expectativas. Philip, é óbvio, parecia ter saído de uma revista, mesmo com seus noventa e quatro anos. Ela jamais conhecera outro homem que ficasse tão bem de farda ou com um smoking. Ele fora considerado o melhor partido da Europa quando se casaram. Ela se sentira sortuda na época e agora — embora ele a tirasse do sério na maior parte do tempo.

— Ninguém veio buscar o corpo — disse ela, explicando seu semblante.

— Bem, com certeza virão em algum momento.

— Não estou totalmente convencida.

— Esse já não é um problema seu, não é?

Ela suspirou.

— Sinto como se fosse.

— Pera lá, Lilibet. Você não é responsável pelo mundo todo, você sabe. Dançou uma vez com o homem. Isso dificilmente configura um encontro.

— *Philip*. Francamente...

Ela olhou pela janela, para os carros ultrapassando o Bentley, que se mantinha estável em resolutos 110km/h e que deslizava tão facilmente que mal parecia estar andando. Aquele carro era um luxo. Eles reservavam o Bentley para ocasiões especiais, então o interior cheirava a couro novo, em vez de a cachorro velho e ao produto de limpeza que usavam para encobrir o odor de cachorro — com êxito limitado. Por outro lado, era tão silencioso que chegava a ser desconcertante. Era como ficar dentro daquelas cabines isoladas acusticamente que tinham nas lojas de discos na sua época.

— Vá, desembuche. Por que está assim?

Ela não sabia ao certo o que a incomodava, até se virar para Philip e ver o reflexo da luz em seu cabelo loiro-acinzentado, a curva de seu maxilar, a maneira confiante como se sentava, mesmo estando relaxado dentro do carro, como se estivesse pronto para qualquer coisa.

— Ele me lembrava você — confessou ela, sem conseguir se segurar.

— Quem? O russo? É mesmo?

— Quando você era mais jovem.

— Pah! Muito obrigado.

Philip era um dos homens mais bonitos que já conhecera, mas não o mais sensível. Ele a conhecia dos pés à cabeça, e uma das coisas que ela mais amava nele era que ele não a reverenciava, como a maioria das pessoas fazia. Ele a via como "Lilibet", assim como ela mesma se via. Ele era objetivo e pouco sentimental. Então não era a melhor pessoa para quem explicar o que estava sentindo em relação ao jovem russo, apesar de ele ser o responsável por esses sentimentos.

Sem que ela se desse conta, Maksim Brodsky a levara de volta àqueles dias em Valeta, nos quais tinha dançado a noite toda com as outras esposas da marinha e se regozijado com a liberdade, na companhia de seu par glamouroso, despreocupada com a certeza de que seu pai era rei e de que seria um monarca sábio e seu conselheiro pessoal por muitos anos. Ele morreu um ano depois. Aqueles meses em Malta estavam preservados em âmbar.

Agora ela sabia por que a imagem do jovem naquele guarda-roupa era tão difícil de assimilar. E saber disso não tornava a situação mais fácil, mas, pelo menos, agora ela compreendia.

— Está se sentindo melhor? — perguntou Philip, sem de fato encará-la.

— Estou. Obrigada — respondeu ela.

Ele pegou sua mão e a apertou. O carro os transportou pela noite de Berkshire.

* * *

Sir Peter Venn, quando foi convidado para um drinque antes do almoço na manhã de sábado em Windsor, aceitou na mesma hora. Ele e sua esposa tinham planejado ir a uma exposição na National Gallery com uns amigos que fizera na época em que trabalhava em Roma, mas ele cancelou sem pestanejar. Se a rainha lhe convida para tomar um drinque, você vai.

Não havia um motivo óbvio para ter sido convidado, e, com a discrição de um cortesão, ele não perguntou. Como governador do castelo, já estava familiarizado com o salão — nesse caso, o Salão de Jantar Octogonal, na Torre Brunswick, com vista para o parque. Ele confraternizou com Lady Caroline Cadwallader, com o capelão da Capela de São Jorge, que ficava do lado do castelo, descendo a rua, e com alguns integrantes antigos da Casa Real espalhados pelo local. Sua Majestade estava bem-disposta, ansiosa pelo Windsor Horse Show que ia acontecer dali a um mês, um de seus eventos favoritos da vida. Ela comentou sobre suas expectativas para Barbers Shop, seu cavalo, que ela havia inscrito na categoria de adestramento. Ao contrário de outros do pequeno grupo que havia se aglomerado, Sir Peter não era um cavaleiro e não tinha muita certeza do que se tratava o adestramento (os cavalos de competição não eram todos adestrados?), mas, com certeza, era algo importante, já que a rainha estava animada com a possibilidade de ganhar.

— Sei que tem andado ocupado ultimamente, governador — disse ela, pousando aqueles olhos azul-claros sobre ele, o que o fez se perguntar se parecia inadequadamente entediado.

— Tenho?

— Aquela reunião que organizou. Você me apresentou a um jovem extremamente tímido do Djibuti.

Ela fez uma excelente imitação de um jovem evitando contato visual e olhando para os próprios sapatos. O restante do grupo, dono das mais aperfeiçoadas habilidades diplomáticas do país, se deu conta de que não era necessário naquela conversa e se dispersou. Sir Peter, que havia se sentido, de certa forma, desapontado por Kelvin Lo ter perdido sua chance de brilhar naquele dia, ficou grato pela oportunidade de poder falar um pouco mais sobre o rapaz.

— A senhora se lembra! Sim, Kelvin é praticamente um gênio. Começou a trabalhar para nós há alguns meses. Ele já descobriu inúmeras informações sobre o Cinturão e Rota.

— Cinturão e Rota?

— Sim. Esse foi o verdadeiro motivo da reunião. O grande plano da China para conectar a Ásia, a África e a Europa. É bem confuso, na verdade, porque "cinturão" se refere à parte terrestre, o que frequentemente envolve rotas, e "rota" se refere à parte marítima, o que não costuma envolver rotas. Exceto metaforicamente. Eu acho os chineses muito metafóricos.

— Ah, sim. — Aquilo lhe soava familiar. — É a mesma coisa que a Nova Rota da Seda? Conversamos sobre essa estratégia na última visita que o presidente Xi nos fez, no ano passado.

— Bem, pode ser um nome romântico, senhora, mas é tudo menos isso. Não sou nenhum especialista, mas fiquei feliz por ter sido capaz de sediar o encontro no castelo. Foi algo secreto, organizado pelo Ministério das Relações Exteriores, com a ajuda do MI6. Fazer a reunião aqui garantiu a todos a privacidade necessária, e foi conveniente para Kelvin, dada a proximidade com Heathrow. Ele pôde embarcar e desembarcar rapidamente a caminho de uma conferência na Virgínia, embora, lógico, seu voo estivesse atrasado devido ao tempo ruim, o que o fez se atrasar bastante para o evento. Adiamos a parte principal do encontro para o dia seguinte para que pudéssemos incluí-lo, porque ele tem uma visão muito intrigante sobre o que os chineses estão fazendo na África. Desculpe... estou dando mais detalhes do que gostaria, senhora?

— Não, está ótimo. Continue, por favor.

— Ele criou um programa que consegue mapear seus investimentos em infraestrutura no continente e nos países vizinhos pelo computador, e eles são muito maiores do que todo mundo havia previsto... ou do que os chineses estão alegando ser.

— São?

— Ah, se são, senhora. Eles estão construindo portos e ferrovias e superestradas do zero, e até foros para resolver as disputas comerciais.

— Tão diferente do século passado, quando eles mal falavam com alguém.

— Verdade, senhora. O presidente Xi está recuperando o tempo perdido. Mas há questões cruciais sobre o endividamento das nações-sede e sobre a possibilidade de a infraestrutura ser usada para fins militares. Quer dizer, meu Deus, não me deixe matá-la de tédio com isso agora. A senhora lerá tudo no relatório que o MI6 está preparando. E no outro que o pessoal do Ministério das Relações Exteriores está finalizando e que contém algumas de nossas preocupações mais estratégicas. Este último relatório foi o motivo da reunião.

— E quem participou exatamente? Todos pareciam tão jovens.

— E eram, senhora. Um pouco assustador, não é? Quando pessoas com a idade de seus netos de repente parecem estar governando o país. Tínhamos vários gênios do ramo de finanças, do meio acadêmico e do GCHQ. Eu diria que não tinha praticamente ninguém com mais de trinta e cinco anos. Kelvin tem vinte e seis, acredita?

Ela notou que, por trás do ombro de Sir Peter, Lady Caroline tentava chamar sua atenção. Os drinques estavam se estendendo demais, e o chef provavelmente estava preocupado com o peixe.

— Sim, bem... Que interessante, não é mesmo? — disse ela, girando a aliança de casamento em seu dedo para que Lady Caroline pudesse se intrometer e acabar com a conversa. Era uma pena, porque era *realmente* interessante e ela teria adorado conversar mais. Não tinha se dado conta de que a reunião de Sir Peter havia sido tão secreta e estratégica. Aquilo lhe rendeu um bocado de coisas em que pensar.

Capítulo 16

O restante do fim de semana foi muito relaxante. Edward e Sophie chegaram com as crianças no domingo depois da missa, e todos saíram para um passeio a cavalo. De volta ao castelo, eles folhearam os álbuns de Barbers Shop vencendo corridas como um capão e triunfante em vários eventos de adestramento. Seu treinador o estava trazendo de Essex para a mostra de cavalos. Aos catorze anos, ele teria apenas mais um ano de exposição. Todos sentiriam saudades. Ele fora uma estrela — nas pistas e nos circuitos. Foi ótimo ver Louise fazer perguntas inteligentes sobre a linhagem e o treinamento dele.

Sir Simon apareceu naquela noite com sua agenda toda organizada para a próxima semana, e, pela primeira vez em um mês, ela parecia atribulada: o Conselho Privado, o quingentésimo aniversário dos Correios, o seu nonagésimo, e, por fim, os Obama. Na verdade, este era o evento pelo qual ela mais ansiava. Eles tinham uma aura de glamour, aquele casal, que lembrava a dos Kennedy e a dos Reagan. Eram inteligentes e carismáticos, e se deram bem com toda a família na última vez em que estiveram lá. O encontro no Palácio de Buckingham tinha sido mais extravagante. Dessa vez, seria mais calmo e íntimo. Ela queria Windsor em todo o seu esplendor: de preferência, sem o assassinato não resolvido de um estrangeiro e a busca do próprio Serviço de Inteligência por traidores na equipe pairando sobre o castelo.

* * *

Ela se recolheu cedo, mas não conseguiu dormir. Pensamentos sobre a reunião do Cinturão e Rota fervilhavam em sua mente, deixando-a inquieta. Aquilo tinha a ver com *alguma coisa*. Alguma coisa que tinha acontecido naquela noite, quando ela fora até a Torre Normanda, onde o governador brindava com seus convidados em um coquetel exclusivo na sua sala de estar privativa e onde ela havia concordado em aparecer para dar um "oi".

Ela não tinha ficado por muito tempo. Havia cerca de oito deles na sala, ela se lembrou, a maioria ridiculamente jovem, e Sir Peter tinha feito as devidas apresentações. Eles eram, estranhamente, um grupo pouco unido. Ela havia culpado, em parte, o nervosismo, mas eles realmente não pareciam se conhecer de lugar nenhum. Era como se tivessem sido arrancados de suas respectivas organizações e instituições para aquele evento específico e ainda estivessem na fase do constrangimento social. Tão diferente das festas militares a que ela muitas vezes comparecera, onde o grupo dos oficiais era muito mais chegado, todos ansiosos por caçoar uns dos outros e fazer piadas.

Eles haviam se arrumado para a ocasião. Não com trajes de gala, obviamente, mas com black-tie e vestidos de festa. Todos, exceto por duas pessoas, eram homens, inclusive o oficial superior do Ministério das Relações Exteriores, que tinha organizado a reunião, e alguns espiões do MI6. Ela supôs que todos os outros eram analistas e acadêmicos. Uma das mulheres era muito bonita, com feições delicadas e o cabelo loiro com um corte joãozinho que a fez se lembrar de Twiggy. A outra tinha cabelo escuro, com uma franja lisa que lhe cobria metade do rosto. Era Rachel Stiles — a jovem que depois morreria de overdose. Será que alguém naquela sala a incentivara? Todo mundo deve ter dormido lá, já que a reunião principal fora adiada para o dia seguinte.

China e Rússia.

Poderia haver uma conexão? Geopoliticamente — como Sir Simon diria —, é lógico que poderia. Maksim Brodsky era algum tipo de espião russo? Ele fora plantado por Peyrovski para ficar a par dos segredos chineses? Será que Rachel Stiles o ajudava? Foi por isso que ambos tiveram que morrer?

Ah, pelo amor de Deus, ela estava parecendo o diretor-geral. Só de pensar nisso era um absurdo. Porém, sua mente insistia em se voltar para a pequena reunião na Torre Normanda. Havia algo *estranho*. Ela tinha percebido no dia e depois deixou para lá, mas agora sabia que devia confiar na sua intuição. Se pelo menos conseguisse se lembrar do que tinha desconfiado...

A rainha tentou visualizar os homens. Um deles possuía uma altura fora do comum, lembrou. Outro tinha um nome indiano. Outro havia falado com uma rapidez exagerada sobre algo relacionado a fórmulas de taxas de endividamento e, depois, ficou esperando que ela dissesse algo inteligente. Ela havia sorrido e respondido: "Que interessante!" O que mais deveria fazer?

Entretanto, se pretendia descobrir quem era o assassino antes da chegada do presidente na sexta-feira, ela teria de trabalhar muito mais rápido.

Na manhã de segunda-feira, Rozie apareceu para o trabalho usando uma calça de montaria e uma velha jaqueta de tweed por cima de uma camisa de manga comprida. Não era assim que uma assistente do secretário particular se vestia geralmente, mas haviam pedido que ela encontrasse a Chefe na porta dos fundos do Estábulo Real e estivesse pronta para uma volta a cavalo.

A rainha já estava lá, com seu casaquinho confortável e seu lenço de seda, sua marca registrada, amarrado na cabeça. Rozie não conseguia se lembrar se já a havia visto usando capacete alguma vez. Rainhas não caíam do cavalo, aparentemente. E, para ser justa, o pônei montanhês de pelagem lustrosa e escura parecia ser a mais tranquila das criaturas, aguardando pacientemente com o cavalariço no jardim impecável, ao lado de um baio cor de mogno com pernas curtas e fortes e uma sedosa crina preta, que ele balançava de modo sedutor na direção de Rozie.

— Ah. Olá! — cumprimentou a Chefe com um sorriso, apontando para o baio. — Pensamos em selar Temple para você. Ele tem o tamanho perfeito e uma personalidade dócil, contanto que você mostre a ele quem está no comando.

Rozie fez uma reverência, o que pareceu estranho com botas de montaria.

— Obrigada, Vossa Majestade.

A rainha parecia de bom humor, mas incisiva.

— Eu leio os relatórios. Sei que aprendeu a cavalgar no Hyde Park. Assim como eu. Vamos.

Elas montaram, e dois cavalariços as imitaram, um em um pônei preto quase idêntico ao da rainha, e o outro em um robusto Windsor Grey. O dia estava nublado, com nuvens inquietas e um sinal de chuva ao longe. A rainha olhou para o céu.

— Consultei o tempo na BBC. Temos mais ou menos uma hora, aparentemente.

Elas se dirigiram para o leste, pela grama e sob as árvores, em direção aos amplos espaços do Home Park, onde Temple se acomodou em um trote estável e Rozie exercitou seus músculos de cavalgada, relaxando ao entrar no ritmo e se dando conta do quanto precisava daquilo.

— Você não foi criada muito longe de onde eu fui — comentou a rainha, se referindo à casa de seus pais, em Mayfair.

— Não, senhora.

— Estou surpresa que tenha cavalgado no centro de Londres. Não deve ter sido fácil fazer as aulas.

Ela era muito educada para falar com todas as letras o que queria dizer, pensou Rozie, mas tinha razão: fora difícil para caramba. Garotas que viviam em conjuntos habitacionais não nasceram para montar cavalos. Sim, ficava perto do Hyde Park, mas uma coisa é morar em uma das mansões de Holland Park ou de Mayfair, e outra bem diferente é morar em um apartamento de dois quartos em Notting

Hill e seu pai trabalhar no metrô de Londres, lidando com passageiros mal-educados todos os dias, enquanto sua mãe ganha a vida como parteira e se voluntaria na comunidade para prestar os serviços que, de alguma forma, estavam ficando escassos. Tempo e dinheiro para cavalos não eram exatamente uma prioridade.

Mas talvez as duas tivessem uma coisa em comum além do Hyde Park, que era serem as filhas mais velhas, nas quais os pais depositavam grandes expectativas.

— Eu me virava, senhora.

— É? Como?

— Trabalhando nos estábulos.

O dia inteiro, começando cedo, e trabalhando até aos fins de semana — sempre que permitiam, para poder pagar pelas montarias. Muitas vezes, Rozie trabalhava uma hora antes da escola e mais algumas no final da tarde, dando um jeito de encaixar as lições de casa nesse meio-tempo, nunca sendo a melhor da turma, mas se mantendo acima da média academicamente, que fazia parte do acordo que tinha com sua mãe:

Se não tirar nota boa, pode dizer adeus aos pôneis.

Cavalos, mãe.

Tanto faz.

— E você competia?

— Sim, senhora. Pelo exército.

Rozie encarava tudo como uma competição. Depois de conciliar a escola e os estábulos, a faculdade pareceu moleza e ela se alistou no Centro de Treinamento de Oficiais da Universidade, e em primeiro lugar ainda. Ela não era a melhor hipista do mundo, nunca seria, mas era absolutamente destemida nas pistas de competição. Com um cavalo decente e um pouco de prática, ela poderia voar, nadar, o que fosse preciso.

Rozie também tinha uma mira boa e ficou entre os top 100 atiradores em Bisley. Ela sempre se sentiu deslocada nesses mundos, mas detonava os garotos mesmo assim. Não havia nada mais gratificante que vencer um playboy em algo em que ele era bom. Ela também havia aprendido muito cedo a mostrar que não se importava, o que deixava tudo melhor ainda. E lá estava ela agora, com um bom diploma, uma missão no Afeganistão e um trabalho relâmpago em um banco de mauricinho nas costas, trabalhando para a rainha.

Geralmente, ela deixaria tudo isso no passado e só se concentraria nos dias que viriam pela frente, mas o cavalo embaixo dela a levou de volta àquelas manhãs no Hyde Park. Como ela poderia imaginar que ia chegar até aqui?

— O que acha de Temple? — perguntou a rainha.

— Ele não está contente. — Rozie riu. — Posso sentir que ele quer continuar.

— Não o deixe.

— Ele parece bem encantado com ele mesmo, não é?

A rainha sorriu para ela.

— E com toda razão. Com essa aparência. Sim, Temple, você é lindo e sabe disso.

Elas percorriam um dos caminhos, ouvindo o canto dos pássaros por cima do barulho frenético dos jatos acima. Rozie jamais vira a rainha tão à vontade. Tinha a impressão de ter desbloqueado algum tipo de fase e agora ela, a garota do conjunto habitacional, era um deles: uma companheira de cavalgada, uma integrante do círculo exclusivo. Aquela cavalgada era uma recompensa pelo trabalho que havia feito em Londres? A rainha nunca confessaria, e Rozie jamais perguntaria, mas era o que parecia.

Elas conversaram sobre a recente viagem de Rozie a Lagos e quanto a cidade tinha crescido e hoje comportava seus vinte milhões de habitantes. Aquilo não era novidade para a rainha, que estava familiarizada com as principais cidades dos países da Commonwealth. Mas, para Rozie, aquela primeira visita fora uma surpresa. Ela percebeu o quanto havia sido preconceituosa sobre a Nigéria, pressupondo se tratar de um país que tentava ser igual à Inglaterra, só que ensolarado. Mas lá era o exato oposto — trilhando o próprio caminho com confiança, deixando esta pequena ilha no chinelo.

— E foram seus avós que vieram primeiro para Londres?

Foram. Rozie falou com orgulho sobre os pais de seu pai, que haviam imigrado nos anos 1960. O primeiro ganha-pão de seu avô fora lavar cadáveres em um necrotério. Era a única função que lhe permitiam ter, mas ele sempre havia trabalhado duro pela comunidade. Todos em Peckham conheciam Samuel Oshodi. Se havia algo de que você precisasse, ele descobria como conseguir e, de algum modo, fazia acontecer.

— Ele ganhou uma Medalha da Ordem do Império Britânico — acrescentou Rozie. — Eu era criança quando ele a recebeu, mas me lembro de ele ir ao palácio e depois todos nos reunirmos para comemorar. Ele encontrou a senhora naquele dia e... — Ela hesitou, ainda sorrindo com a lembrança. Ele tinha dito que Sua Majestade era "muito baixinha, mas deslumbrante. Até sua pele parecia brilhar". Fazia parte do folclore familiar agora. A intenção havia sido lisonjeira, mas Rozie não sabia ao certo como a mulher de carne e osso reagiria ao elogio.

A mulher de carne e osso lançava a Rozie o mais estranho dos olhares. Havia pronunciado as palavras em voz alta por acidente? Ela tinha certeza de que não. A rainha a encarava como se ela tivesse lhe feito uma pergunta difícil. Ou como se outra pessoa a tivesse feito e Rozie sequer estivesse presente...

Ela se recordou então, a lembrança que estava tão nebulosa.

A lembrança veio vividamente enquanto Rozie falava — tão vívida, inclusive, que ela estava surpresa por sequer ter se esquecido.

— Vamos voltar — decidiu ela, encurtando a cavalgada. — Parece que vai chover.

A rainha tinha razão. Nuvens cinza-chumbo deram lugar a outras com cor de pérolas do Taiti. A temperatura havia caído um grau. Não foi a primeira vez que a previsão do tempo da BBC havia sido otimista demais. Elas deram meia-volta e instigaram cavalos e pôneis a um trote.

Durante todo o trajeto, ela relembrou a expressão pura no rosto de Rozie enquanto mencionava a condecoração do avô. As medalhas causavam mesmo esse efeito. Ela devia ter pensado nisso quando estava na investidura que aconteceu na última quarta-feira, mas havia sido rotina, mesmo que agradável. Foi necessária a lembrança da euforia infantil de Rozie para reavivar a própria, e já meio enterrada, memória.

Prêmios eram uma coisa especial, pessoal e duradoura. Havia as raras pessoas que os esnobavam, mas aquelas que aceitavam os prêmios os valorizavam com muito orgulho. Elas se lembravam do dia que o receberam e tudo o que haviam feito para merecê-lo, assim como suas famílias. Ela tivera incontáveis conversas com esposas e viúvas orgulhosas, maridos e filhos, sobre as condecorações conquistadas em guerra e na comunidade. As pessoas podiam ficar tímidas em um primeiro encontro, mas jamais quando o assunto se tratava de medalhas. Bastava uma pergunta, e elas se abriam. Às vezes, pareciam arrebatadas pela emoção, se amigos ou companheiros haviam morrido durante uma ação corajosa, ou se as ostentavam em nome de um parente que tinha falecido. Mas nunca ficavam indiferentes, *nunca*.

Rachel Stiles usara um blazer justo sobre o vestido de festa. Na lapela, via-se uma cruz de prata em miniatura rodeada por uma coroa de louros. Ela não era a única pessoa no salão a exibir uma condecoração. Sir Peter tinha sete, decorrentes de sua carreira ilustre, e dois dos outros homens presentes tinham uma cada um. Mas a da Dra. Stiles, em particular, despertou o interesse da rainha, porque era a Cruz de Elizabeth, presenteada ao parente mais próximo de integrantes das forças armadas que foram mortos em combate ou em um ataque terrorista. Ela mesma a havia instituído, para reconhecer o sacrifício dessas pessoas, menos de dez anos antes.

— E para quem foi esta medalha? — Ela se lembrou de perguntar.

A garota parecera espantada.

— Meu pai.

As palavras haviam soado forçadas e quase como uma pergunta. Entretanto, a rainha prosseguiu:

— Onde ele estava?

Então, a garota pareceu confusa.

— Hum, no Palácio de Buckingham?

Ela parecera trêmula, notou a rainha; consumida pelo nervosismo. A rainha havia decidido não insistir e se culpara um pouco por ter feito uma pergunta tão vaga. Ela, logicamente, não quis perguntar: "Onde ele estava quando ganhou a medalha?" Porque ele devia estar morto para a família ter sido agraciada com a insígnia. Mas aquilo era óbvio, não era? Ela quis dizer: "Em que ataque ele morreu? Ou em que missão?"

Aquele era um assunto delicado, mas ela havia aprendido, ao longo dos anos, que as famílias ansiavam por compartilhar suas perdas. Talvez fosse porque ela era, de alguma maneira, a simbolização do motivo pelo qual haviam morrido. Talvez fosse porque ela se importava tanto e havia conhecido diversas outras famílias na mesma situação e, de fato, perdido muitos entes queridos para a guerra e o terrorismo.

Ela esperava um relato breve e, sem dúvida, trágico por trás da medalha — não uma resposta de quatro palavras sobre onde a Cruz fora dada a outra pessoa. Embora o Palácio de Buckingham fosse uma resposta incomum, nesse caso. A Cruz de Elizabeth era, em geral, presenteada por um lorde-tenente em cerimônias ao redor do país. Foram raras as vezes que ela entregara a Cruz a algum parente e que o fizera no palácio. Mas talvez tenha sido o motivo de a resposta ter se destacado.

Era uma situação complicada, ela tinha dito a si mesma no dia, no breve instante em que havia parado para pensar no lado da moça. A mulher estava emocionada e tímida. Aquilo explicava a resposta estranha. Evidentemente, ela não era muito eloquente. Foi dela que a insistência de Kelvin Lo em encarar os próprios sapatos no dia seguinte a fez se lembrar. Ela, que parecera tão indisposta, parada no grupo atrás dele.

Logo após seu breve diálogo naquela primeira noite, a rainha se dirigira da Torre Normanda até os Aposentos Privados e então se concentrou no evento *à la russe* com Charles. Ela não pensara mais naquilo.

Mas Rachel Stiles não havia se comportado de forma emocional. Sua confusão era real. A resposta tinha sido totalmente equivocada — sobre um evento que devia estar gravado a ferro e fogo em sua própria essência. Ela não era a dona da medalha. Não sabia o que ela significava. Estava usando o blazer de outra pessoa.

Ela sequer era Rachel Stiles?

Como uma resposta a sua epifania, houve um súbito estrondo de trovão no céu sobre o parque, e os primeiros pingos grossos de chuva começaram a cair. Emma, o pônei preto, balançou a cabeça ligeiramente e continuou em seu trote constante, mas Temple ergueu o olhar, como se tivesse ouvido um tiro, e disparou sem aviso, levando Rozie com ele.

— Vá atrás deles! — instruiu a rainha para o cavalariço montado no Grey. Temple se dirigia para as árvores a galope. Rozie podia ser derrubada por um galho se não tomasse cuidado.

Chovia muito agora. Praguejando contra a previsão da BBC, a rainha cavalgou o mais rápido que pôde.

Capítulo 17

Uma hora mais tarde, estavam de volta ao trabalho na sala de estar privativa. Rozie sentia as coxas doloridas, pois fazia muito tempo que não cavalgava, mas a emoção do passeio fez valer a pena. Ela ainda sentia uma energia boa ao se lembrar dele, especialmente do último trecho, correndo pelo Home Park a toda velocidade, até Temple enfim concordar em obedecer aos seus comandos e trotar de volta para casa como em uma competição de cavalos no Olympia. Ela já gostava muito dele. Era um danado, mas ela sabia lidar com ele. A rainha havia lhe dito que ela podia montá-lo sempre que tivesse um tempo livre. Rozie estava em uma bolha de felicidade.

A rainha, de caxemira e pérolas, e com a aparência de quem tinha passado metade do dia em um salão de beleza, segurava uma xícara de chá preto com mel. A tempestade não durou muito, mas deixou todo mundo ensopado antes de acabar. Ela subiu de imediato para se arrumar e colocar a cabeça debaixo do secador de cabelo. A última coisa de que precisava naquela semana era um resfriado.

Ela comunicou a Rozie o incidente com a Cruz de Elizabeth.

— Então... a senhora acha que ela roubou o blazer? — perguntou Rozie.

— Provavelmente. — *Ou até a identidade*, a rainha quis acrescentar. Mas não teve coragem de pronunciar as palavras. — Você pode verificar, por favor, se a família Stiles já ganhou alguma medalha? E posso ver uma foto da jovem?

— Sim, senhora.

— Ah, e Rozie?

— Senhora?

— Há um cavalheiro chamado Billy MacLachlan que mora em Richmond. Ele fez parte da minha equipe de segurança há muito tempo. Você consegue encontrar as informações dele para contato nos arquivos. Poderia pedir a ele, muito discretamente, que visse com o patologista se houve algo incomum na morte da Dra. Stiles? Creio que ele ainda tenha ligações com a polícia. Talvez consiga fazê-lo sugerir que certa fonte pensa que pode não ter sido uma simples overdose.

— Sim, senhora.

— E nem preciso dizer...

— Não, senhora, pode deixar. Agora, sobre quinta-feira. O príncipe de Gales e a duquesa da Cornualha chegam de Highgrove por volta do meio-dia...

A tarde foi reservada para um corte de cabelo e uma longa sessão com Angela, a estilista da rainha. Havia vários ajustes finais para serem feitos nos próximos dias, e o tempo parecia decidido a permanecer imprevisível. Havia também a escolha das joias, dispostas para análise em uma fila de caixas de veludo abertas. Era sempre bom passar o tempo com alguém que, em outras circunstâncias, ela teria considerado uma amiga íntima, mas, hoje, estava com muita coisa na cabeça. A rainha tentou se concentrar, mas estava tendo mais dificuldade que de costume. Precisou de uma paciência imensa para aguardar a chegada de Rozie à noite com a agenda do dia seguinte e as novidades de seus afazeres pela manhã.

As notícias eram confusas.

— O pai da Dra. Stiles, capitão James Stiles dos Engenheiros Reais, foi morto em um bombardeio no Kosovo, em 1999 — relatou Rozie.

— Rachel tinha dez anos. A Cruz de Elizabeth foi dada a sua mãe, que morreu logo depois de câncer no ovário, pelo lorde-tenente de Essex, no quartel de Merville Barracks, Colchester, em 2010. Rachel tinha um irmão mais novo, mas ela assumiu o direito de usar a medalha.

— Entendi.

— Tenho uma foto de Rachel aqui, senhora.

Rozie estendeu uma cópia do formulário apresentado à equipe de segurança do castelo para averiguação, com a fotografia do passaporte presa no topo. A imagem era pequena e comum, uma jovem com olhos azuis e uma franja de fios grossos e escuros.

— Procurei mais fotos, mas foi um pouco difícil de conseguir — admitiu Rozie. — Para uma millennial, até que ela não usa muito as redes sociais. Não havia foto no LinkedIn, a rede social voltada para a vida profissional, senhora, e ela não estava no Facebook nem em sites de relacionamento ou nada do gênero. — Havia poucas fotos de festas na Golden Futures, mas nada particularmente útil. As pessoas usaram uma foto embaçada da formatura dela em seus feeds para anunciar sua morte.

A rainha estudou a fotografia com a lupa que tinha na gaveta de sua mesa. De longe, sem a lente de aumento, ela diria que era a tal mulher. Mas logo percebeu que a semelhança dava-se, em grande parte, por causa do cabelo. O nariz era diferente do qual ela vagamente se lembrava. O da foto era maior e menos atraente, e o queixo, mais longo. Ou não? Se alguém lhe pedisse para jurar, naquele instante, que se tratava de outra pessoa (felizmente, isso nunca aconteceu), a rainha não seria capaz de fazê-lo. Ela *sentia* que sim, mas nada além disso.

Entretanto, Merville Barracks definitivamente não ficava no Palácio de Buckingham. Aquela conversa sobre a cerimônia da medalha não fazia sentido. Chegava a ser irônico a Cruz de Elizabeth ser uma das poucas condecorações *improváveis* de acontecerem no palácio. Não era todo mundo que atentaria de imediato a isso — mas ela fazia parte da minoria que atentou.

Aquilo convenceria mais alguém? Rachel nem fora a pessoa a receber o prêmio: tinha sido a mãe dela. Tão fácil alegar que uma menina podia não se lembrar direito, ou que havia se confundido por conta da emoção que é falar com a rainha.

Mas ela sabia. Ela *sabia*. A rainha simplesmente sabia, e fim de papo.

Rozie captou parte de seu raciocínio, mas pareceu ficar em dúvida.

— O pessoal da segurança não teria reparado se ela não fosse a pessoa certa?

— De fato, *é* o trabalho deles... — refletiu a rainha.

— E depois... Depois do assassinato, digo, quando a polícia interrogou todo mundo que havia estado aqui? Não teriam notado?

— Imagino que sim. — Ela suspirou e mudou de assunto. — Suponho que você não tenha tido notícias de Billy MacLachlan ainda? — perguntou, com um tom pouco esperançoso. Supostamente, Rozie o tinha contatado havia poucas horas, no máximo. Era difícil ele já ter descoberto algo.

— Não, senhora. Mas ele disse que nos informaria assim que descobrisse algo de útil.

— Ótimo.

A jovem continuou parada ali. Parecia nervosa, notou a rainha, e hesitante, o que não era a conduta usual de sua assistente.

— Há algo mais?

— Na verdade, sim, senhora. Acho que cometi um erro terrível. Me desculpe.

— Desembuche.

A rainha observou enquanto Rozie reunia coragem e erguia o queixo.

— Liguei para o escritório de Rachel e perguntei sobre a família dela. Imaginei que a senhora gostaria que eu conversasse com eles mais tarde. Enfim, disse que estava ligando da Sala da Camareira daqui e que ela havia esquecido um pertence e que só agora nos demos conta de que era dela e que queríamos devolvê-lo. E a mulher do escritório não fazia ideia de que Rachel havia estado no Castelo de Windsor. Eu me esqueci de que o encontro era altamente secreto, senhora... Ou, na verdade, presumi que pelo menos a equipe dela soubesse. Mas, enfim, eles não sabiam, ou pelo menos não a pessoa com quem falei.

— Ai, meu Deus. Você não mencionou o motivo da reunião, mencionou? — A voz da rainha soou impassível. Aquilo era inconveniente, mas não era trágico.

— Não, senhora, de forma alguma. Mas ela disse, essa mulher, que ficou surpresa por Rachel sequer ter vindo. Ela estava doente havia dias, e eles nem a viram. Perguntei por quanto tempo, e a mulher respondeu que por uma semana antes de sua morte, o que bate, mais ou menos, com o dia do jantar com pernoite.

— Obrigada, Rozie. — A rainha parecia pensativa.

— Quer que eu fale com alguém, senhora?

— Talvez você possa tentar descobrir com o inspetor-chefe Strong, despretensiosamente, se a equipe dele conseguiu interrogar todo mundo daquela lista de convidados depois da morte do Sr. Brodsky. Foi impressão minha que sim, certamente. E diga ao superintendente que estou preocupada com a segurança e que gostaria que ele examinasse os procedimentos daquele dia e do dia seguinte e se a autorização de todos foi conferida. Imagino que ele já tenha feito isso, e então poderá me dizer o que encontrou.

A rainha não era supersticiosa, mas já havia notado um padrão de que más notícias vinham em trio. No dia seguinte, depois do que parecia ser um relatório promissor, três contratempos aconteceram dentro de uma única hora.

Ela estava se preparando para outra reunião do Conselho Privado quando Rozie apareceu.

— Billy MacLachlan me respondeu, Vossa Majestade.

— Ah, ótimo. Algo interessante?

— Para falar a verdade, sim. Fizeram uma observação levemente estranha no exame toxicológico de Rachel Stiles. Além de cocaína e álcool, havia resquícios de um tranquilizante para o qual ela não tinha receita. Mas dizem que ela vinha lutando contra a ansiedade por um bom tempo. Ela perdeu os pais bem jovem, como já sabemos.

— Sei.

Contudo, as informações seguintes que Rozie trouxe puseram um fim à teoria em desenvolvimento da rainha. A equipe do inspetor-chefe Strong havia, de fato, interrogado todos que eram de seu interesse nos dias subsequentes ao assassinato — inclusive Rachel Stiles, que estava em seu apartamento em Docklands, feliz em ser questionada por dois de seus detetives, apesar de estar se recuperando de uma gripe. Então a jovem tinha, pelo menos, estado a par dos acontecimentos.

Além disso, o superintendente do castelo havia obrigado o chefe da segurança a verificar os procedimentos, e tudo seguira o protocolo. Se Stiles tinha conseguido alguém para se passar por ela, haviam feito um excelente trabalho.

Entretanto, o terceiro golpe foi o pior.

Humphreys relatou, com certo prazer, percebeu ela, a última descoberta do time da Torre Redonda. No ano anterior, Sandy Robertson havia comprado um par de calcinhas de renda pela internet idêntico ao que foi encontrado perto do corpo de Brodsky. O cerco estava se fechando.

O prazo que tinha estabelecido para si mesma estava se esgotando, e a rainha se perguntou se havia feito algum progresso. Ela tinha certeza de que estava no caminho certo, mas Strong e sua equipe haviam, inadvertidamente, sugerido o contrário. Por ora, no entanto, era importante se concentrar nos próximos dias, que seriam agitados o suficiente para mantê-la bem ocupada. História seria feita, e o mundo todo estaria assistindo. O pobre Sandy Robertson teria de esperar.

Ela não estava suportando aquilo, mas não havia nada que pudesse fazer.

Capítulo 18

Ainda criança, ao ser perguntada o que queria ser quando crescesse, a princesa Elizabeth respondera: "Uma mulher morando no interior, com um monte de cachorros e cavalos." Nas últimas semanas, ela tinha sido exatamente essa pessoa, mas, nos dias seguintes, ela precisava voltar a ser a rainha.

Faltava um dia para seu aniversário, mas, na quarta-feira, ela e o príncipe Philip comemoraram o aniversário de quinhentos anos do Correio Real com uma visita à agência postal de Windsor. Houve multidões e aplausos e bandeiras, e o tempo estava agradável. Angela fizera um ótimo trabalho com a escolha do casaco e do chapéu cor-de-rosa, que iam sair bem na foto com o sol que fazia. A agência postal seria rebatizada em sua homenagem, e havia uma exposição para avaliar o inevitável selo comemorativo.

O evento foi muito divertido, superado apenas, em sua essência britânica, pelo que veio em seguida: um passeio pelos Jardins de Alexandra, onde havia um novo coreto pronto para ser inaugurado e grupos de estudantes cantando enquanto outros interpretavam um trecho de *Romeu e Julieta* por conta do festival Shakespeare Schools Foundation.

De volta ao castelo, um tanto exaustos, ela e Philip tiraram um cochilo antes da hora do jantar privativo que iam oferecer à própria família, que já havia começado a chegar para o evento do dia seguinte.

Os Aposentos Privados se enchiam de filhos, netos e bisnetos. Ela não via a maioria deles desde que tinham posado para as fotos de família depois da Páscoa, pouco tempo antes do jantar com pernoite.

Aquelas fotos, tiradas por Annie Leibovitz, logo seriam divulgadas. A rainha estava bem satisfeita com o resultado, embora, na verdade, preferisse seus cliques. Ela gostava de surpreender as pessoas enquanto faziam algo bobo e se divertiam, e aquele dificilmente era o estilo de Leibovitz. Mas sua foto com Anne com certeza tinha algo especial. A que tirou com os cães nos degraus do castelo também ficou muito boa. E o público ia amar aquela com os pequenos Louise e James, os bisnetos e a bolsa. Sim, no geral, embora a americana tivesse chegado com sua equipe usual e uma quantidade exorbitante de equipamentos, e levado quatro vezes mais tempo do que estava nos planos da rainha, tinha dado tudo certo. Ela mostraria os resultados às crianças mais tarde.

Rozie observava a família a distância, com a rainha no centro de tudo, o rosto iluminado de prazer. Ela realmente brilhava, como Baba Samuel dizia. Tinha algo a ver com a pele, que era impecável, e com os olhos, que dançavam de felicidade sempre que algo a agradava. A constante presença de pérolas e diamantes não fazia mal, óbvio — mas Baba Samuel tinha razão: até de roupão, ela brilhava. Agora, com um vestido de gala de seda adamascada e joias antigas, ela parecia radiante.

Então Rozie decidiu que não ia estragar o momento, nem hoje nem amanhã, mencionando Vadim Borovik, o valete de Yuri Peyrovski, que havia sido encontrado gravemente ferido devido a um espancamento em um beco no Soho. Masha Peyrovskaya tinha ligado para Rozie naquela tarde, em um ímpeto de pânico e desespero.

— Yuri sabe que ele me ajudou! Foi ele que encomendou isso! Ele o puniu, e logo, logo será a minha vez!

Fora preciso tempo e toda a habilidade de Rozie para acalmá-la um pouco. Masha se recusava a acreditar na "versão" da polícia de que tinha sido um típico ataque homofóbico.

— É óbvio que vão dizer isso! Só porque ele é gay, tudo é possível!

— Ele vai ficar bem? — perguntara Rozie.

— Quem sabe? Talvez ele morra durante a noite.

Russos eram mesmo muito melodramáticos, pensou Rozie. Mas ela decidiu que procuraria saber do estado de saúde do valete amanhã, só por precaução. Caso conseguisse um tempo livre.

Amanhã deveria ser sua folga, mas o dia do aniversário significava que não haveria nenhum tempo livre. Vários nobres de toda a Europa estavam chegando para comparecer à festa de aniversário da rainha no castelo. E, nesse meio-tempo, o presidente dos Estados Unidos chegaria ao aeroporto de Stansted, antes de encontrar a rainha no dia seguinte. Ela e Sir Simon ficariam a postos o dia inteiro, recebendo ordens, solucionando problemas e supervisionando o evento. O mundo todo estaria de olho, a cada segundo do dia, para se certificar de que tudo fora feito no mais alto padrão já conhecido. A rainha Victoria chegara aos oitenta e um anos. Noventa era território novo para a monarquia. Era importante para a rainha começar a década seguinte da forma que pretendia continuá-la.

No dia seguinte, ainda não havia notícias da Torre Redonda. Mas era 21 de abril, e parecia que toda a cidade de Windsor saíra às ruas. A multidão se aglomerava atrás das grades de isolamento, e outros apareciam em suas varandas e janelas, acenando com bandeirinhas do reino e formando um mar delas. Os sinos da capela soaram, e ouviram-se cornetas e a banda da Guarda Real.

A rainha deixou de lado as especulações sobre a investigação e se concentrou no trabalho, que era ser ela mesma em público, algo que levou uma vida inteira para aprender. Durante a caminhada no sopé do castelo, praticamente todo mundo tinha um buquê de flores para lhe dar. Havia balões cor-de-rosa gigantes e outros nonagenários para conhecer, a "The Queen's Walkway" para inaugurar (ela era muito boa com cortinas de veludo e pequenas cordas) e um bolo de três andares com tons de roxo, branco e dourado feito pela moça que havia vencido um reality show de confeitaria da BBC, com uma gama extraordinária de sabores, que ela não teve oportunidade de provar.

No ano anterior, o pessoal da Land Rover tinha criado uma espécie de papamóvel com um Range Rover conversível, e ela havia ficado no banco de trás, com Philip ao seu lado, acenando para todos os bem-intencionados agitadores de bandeirinhas. O sol tinha decidido brilhar de novo, surgindo com decoro por entre as nuvens acinzentadas. Estava frio, mas não muito. De qualquer forma, ela se sentia aquecida pela atmosfera festiva do povo, que desatava a cantar trechos de "Feliz Aniversário" pelo caminho.

Ela pensou em sua homônima e nas melhorias reais que fez pelo país. O que teria a primeira Rainha Elizabeth achado do rainhamóvel, como Philip inevitavelmente o batizou? Ela teria ficado feliz com a multidão, sem dúvida. A rainha tentava não pensar nos atiradores de elite nos telhados, de olho no perigo, e agradecer por ainda poder fazer algo assim. Naqueles tempos, todos os vidros eram à prova de balas, e os veículos, blindados. Mas aquilo era para o primeiro-ministro. Se a monarca não podia ser vista, qual era a finalidade dela então? Isso explicava o traje de hoje, em verde-lima, uma homenagem à primavera e um agradecimento pelo tempo clemente e pela saúde de ferro, que ainda lhe permitia se sustentar em um carro conversível.

Mais tarde, o sol poente tingiu o tom acizentado do céu de rosa-perolado. Charles fez um curto e emocionante discurso e a convidou para acender um farol. Seria o primeiro de mais de mil por todo o Reino Unido, até Gibraltar, começando com uma esplêndida cadeia de tochas flamejantes pela Long Walk, brilhando intensamente com o cair da noite ao fundo. Aquilo a lembrou das celebrações pós-guerra e do modo como o reino havia espalhado as novidades depois da Armada. Enquanto isso, Sir Simon informava à rainha que mais de duzentos e cinquenta mil pessoas haviam lhe desejado feliz aniversário pelo Twitter. Graças a Deus, elas não tinham enviado cartões.

Ela havia pedido o mínimo de alarde possível naquele dia, e aquilo era o mínimo de alarde possível que o país poderia fazer. Foi cansativo, mas também muito divertido. Os dias em Windsor são tão especiais. Ela tinha a sensação de que compartilhara a data com toda a cidade, e vice-versa. Agora era hora do jantar no castelo — no estilo Charles, o que significava uma mesa de setenta lugares na Câmara de Waterloo, uma abundância de flores e discursos engraçados. E, ela esperava, todos ainda vivos pela manhã.

Se Putin *quisesse* mandar uma mensagem, pensou ela, deveria ter escolhido o dia de hoje.

Ela subiu para se trocar. Sobre o travesseiro, havia uma caixa de fudges artesanais escoceses com um bilhete de Philip. Ele não havia esquecido. Ela comeu um pedaço para encarar o restante da noite.

Capítulo 19

A sexta-feira amanheceu tranquila e cinzenta após uma noite de chuva. O presidente Obama estava em Londres e tinha uma visita marcada com o Sr. Cameron, em Downing Street, o que desviou a atenção da imprensa de Windsor por algumas horas — e o que fez com que a rainha se sentisse grata.

Os planos eram receber o presidente e a primeira-dama para o almoço, e embora — felizmente — ninguém tivesse aparecido para informá-la de que outra visita fora assassinada, o primeiro caso ainda estava sob intensa investigação. Com o passar das horas, ela havia esperado por um sinal de Sir Simon ou um pedido de reunião por parte de Gavin Humphreys para lhe contar sobre uma revelação bombástica, mas nada acontecera.

Mais tarde naquela manhã, Sir Simon, de fato, chegou com uma notícia que só serviu para deixar tudo mais confuso. Dada a similaridade do tipo de cabelo e a morte inesperada que veio em seguida, a polícia tinha comparado o DNA do fio encontrado no corpo de Brodsky com os de Rachel Stiles e descoberto que eram compatíveis.

Então a garota *estivera* ali. E, no entanto, ela não conseguiu explicar a medalha do próprio pai.

— A senhora parece surpresa.

— Na verdade, não estou — disse ela, recompondo-se. — Eles se conheciam?

— Até onde se sabe, não. Mas ela disse que haviam conversado rapidamente no corredor na noite anterior à morte do rapaz. Uma das camareiras confirmou o fato. Talvez tenha sido assim que o cabelo foi transferido. O inspetor-chefe Strong está trabalhando em conjunto com o Departamento de Investigação Criminal de Isle of Dogs, onde o corpo dela foi encontrado. Eles vão pedir que alguém investigue se os dois já se conheciam. Mas parece improvável, e, se ela o conhecia, não explica muita coisa. Ela só soube que dormiria aqui no fim da tarde, então dificilmente teria planejado matar alguém.

— Entendi. Obrigada por me avisar.

— Senhora.

Era só o que faltava. O presidente estava prestes a embarcar no Marine One para o voo até Windsor e toda a investigação sobre a morte de Brodsky havia regredido. Não a investigação do MI5, óbvio: esta continuava em andamento, visivelmente perdida. E sim a sua, que ainda estava pela metade e agora voltava à estaca zero.

Que seja. Ela teria apenas que, como Harry a havia atualizado fielmente das gírias atuais, "se virar nos trinta".

Depois de um vaivém entre gabinetes, ficara decidido que encontraria o presidente e a Sra. Obama pessoalmente quando eles pousassem no Home Park, perto do Terraço Leste. Não era o procedimento padrão, mas a rainha também não costumava comemorar seu aniversário com o presidente e a primeira-dama em seu castelo favorito. Ela ia buscá-los com o Range Rover. Philip ia dirigir.

Havia três helicópteros no total, e foi um alívio eles terem conseguido voar pelo espaço aéreo de Heathrow para que conseguissem aterrissar em segurança no campo de golfe. Ventava, e a rainha protegia a cabeça com um lenço enquanto Philip se mantinha aquecido com uma capa de chuva. Ao sair do Marine One, com a equipe de segurança a postos, o presidente exibia um sorriso de orelha a orelha.

No carro, surgiu uma pequena dúvida sobre quem se sentaria onde, mas ela logo foi solucionada. Os funcionários pareciam ter presumido que seria como em um jantar oficial, em que o cavalheiro convidado acompanhava a anfitriã, mas a rainha ficou com a impressão de que ficaria parecendo um ensaio fotográfico, e, obviamente, os homens gostariam de se sentar juntos na frente para que pudessem conversar melhor. Ela se sentou atrás com Michelle, que foi simpática como sempre — assim que seu nervosismo passou.

A primeira-dama era excepcionalmente alta. A rainha ficou com o pescoço dolorido de tanto olhar para cima. Entretanto, a mulher ainda irradiava aquela energia de estrela que ela tanto apreciava. Era bom não ser a única mulher de quem a imprensa queria fotos. Cada aparição pública da Sra. Obama era comentada e analisada, e ela estava acostumada a ser tanto adorada quanto difamada, e a nunca estar completamente sozinha. Elas tinham muito em comum — embora a rainha tivesse ocupado o trono quase uma década antes que o marido de Michelle Obama sequer houvesse nascido.

O castelo fervilhava com seguranças, câmeras e jornalistas àquela altura. Houve uma pequena coletiva de imprensa no Salão de Carvalho para deixar todos felizes, e, em seguida, finalmente puderam relaxar. Havia muito sobre o que falar, com o referendo e as eleições se aproximando e os planos do casal para a vida pós-Casa Branca. Ela sentiria saudades dos dois. Mas a possibilidade de uma presidente mulher nos Estados Unidos era interessante. Como o mundo havia mudado desde 1926. Quem poderia ter previsto na época que isso fosse acontecer?

Foi só depois do almoço, em uma caminhada até os carros para as despedidas, que o presidente se inclinou em sua direção e disse:

— Ouvi dizer que está tendo um probleminha local. Com um jovem russo. Se houver alguma coisa que possamos fazer para ajudar...

A rainha se virou para ele, séria, antes de abrir um sorriso breve e indiferente.

— Obrigada. O Serviço de Inteligência parece ter tudo sob controle. Acham que foi o mordomo.

— Isso seria o óbvio.

— Espero que não tenha sido ele. Sou muito apegada aos meus mordomos.

O presidente Obama se lembrou da casa da tia no Havaí e do alojamento de sua faculdade em Nova York, e, mais recentemente, dos diligentes funcionários da Casa Branca, que faziam todas as suas vontades, e então assentiu sabiamente, mas com um brilho malicioso no olhar.

— E não somos todos, senhora? Não somos todos?

Capítulo 20

Sentada no quarto com a luz acesa, Rozie tentava se obrigar a ir para a cama depois de ter tido o dia mais exaustivo de que podia se lembrar, mas ainda estava muito acelerada para dormir. Eram duas da madrugada. Praticamente todas as luzes dos aposentos do castelo estavam apagadas. Ela queria falar com Fliss, que estava em Frankfurt, pelo FaceTime, mas a irmã já devia estar dormindo, como todo mundo por ali — e, também como todo mundo ali, ela tinha que acordar cedo amanhã.

Menos de cinco horas até o despertador tocar. Rozie sabia que devia tomar um banho rápido e uma bebida quente e desligar aquela parte do cérebro que repassava o dia em intervalos de cinco minutos, avaliando cada decisão e reação de acordo com quão bem havia se saído. Em vez disso, ela foi até a bandeja com o decantador (tão comum em Windsor quanto uma chaleira elétrica em Notting Hill) e serviu-se de um copo de uísque. Já tinha comido todos os chips de banana que trouxera de Lagos, então serviu-se também de pequenos sanduíches de geleia, cortados do tamanho de bem-casados, que estavam guardados em uma Tupperware. Era o que tinha sobrado do lanche da tarde das crianças do dia anterior, distribuído pelas cozinhas. O que seu avô diria se soubesse que ela havia feito o príncipe herdeiro da Dinamarca rir com uma piada que ela contou e que estava comendo as sobras dos minissanduíches de geleia do príncipe George?

Seu laptop ainda estava aberto, e ela aproveitou para conferir a agenda do dia seguinte antes de navegar no Twitter, BBC, *FT*, *New York Times* e *Washington Post*. Depois, já no sexto minissanduíche de geleia, *Daily Mail*, *Daily Express* e alguns sites de fofoca que sempre postavam algo sobre a Família Real, para se certificar de que não haviam distorcido os eventos do dia com mais intensidade que o normal. Ela escolheu Art Blakey em sua playlist, na esperança de que um pouco de Blue Note jazz compensasse o pico de cortisol. Então, se perdeu pelo YouTube: "Presidente Obama chega ao Castelo de Windsor: AO VIVO", "Hillary Clinton fala abertamente sobre suas derrotas no Cold Open: SNL", "Os 9 comerciais mais divertidos de Julia Louis-Dreyfus para a Old Navy". (A essa altura, ela estava se odiando.)

No Facebook, ela stalkeou o perfil de sua irmã e o das primas, antes de procurar aleatoriamente pessoas que conhecia. O relógio na tela lhe dizia que eram quase três horas da manhã. Se ela não desligasse o computador logo, ia... Estava cansada demais para pensar sobre o que poderia acontecer no dia seguinte, mas não seria nada bom. Dane-se. Ela comeu outro minissanduíche de geleia e digitou o nome de Meredith Gostelow, mas não surgiu nenhum perfil com esse nome na tela. Que estranho... A mulher não tinha vida? Então, ela tentou Masha Peyrovskaya, na esperança de encontrar infinitas fotografias de férias exóticas e mulheres empoderadas em almoços. Mas, apesar de haver um perfil, era fechado. *Justo*, pensou Rozie. Seguindo a ordem motivada por aquele dia em Londres, ela digitou "Vijay Kulandaiswamy" — um nome difícil de esquecer.

Dessa vez, foi diferente.

O resultado da busca mostrava apenas um perfil, e a foto dele batia com o homem que ela conhecera no apartamento de Brodsky, em Covent Garden. Vijay gostava de compartilhar. Seu feed era cheio de atualizações e qualquer um podia ver. Ele gostava de postar gifs e memes das eleições americanas, com o que Rozie se identificou, e fotos de si mesmo e dos amigos em bares e restaurantes ao redor do mundo. Rozie descia e subia pela página, sentindo uma agradável sonolência finalmente chegando, mas, quando voltou ao topo da página, despertou outra vez.

A foto mais recente, que ela havia inicialmente ignorado, era um velho registro de Vijay com um grupo de amigos descabelados, parecendo bêbados e felizes no fim de uma festa. "Saudades eternas. Descanse em paz", dizia a legenda, e, como Maksim Brodsky não saía de sua mente nos últimos dias, ela pensou, a princípio, que a foto tinha a ver com a morte dele.

Mas a mensagem de adeus não era para Brodsky, e sim para outra pessoa — uma mulher. Rozie ficou triste por Vijay. Que triste coincidência perder o amigo com quem dividia o apartamento e uma amiga em menos de duas semanas. A mulher tinha vinte e seis anos, dizia a legenda. O nome dela era Anita Moodie, e a causa da morte não estava clara. Ela havia sido uma cantora talentosa, uma linguista que rodara o mundo viajando. Vijay também tinha compartilhado uma foto dela com o irmão dele, tirada em Peak, em Hong Kong, alguns anos antes. O sorriso estampado no rosto dos dois demonstrava esperança e um futuro cheio de possibilidades.

Sem nenhum motivo aparente, a não ser pura curiosidade virtual, Rozie quis saber o que havia acontecido com a mulher. Tinha a impressão de que Vijay estava tentando abafar o caso. Será que foi um terrível acidente? Uma doença?

Ela clicou no nome do irmão de Vijay, Selvan, que estava marcado nas fotos e que se revelou ser outro usuário que postava muito. O feed era cheio de fotos de si mesmo quando adolescente, com Anita e os amigos. Em algumas, Maksim Brodsky aparecia deitado no chão, as pernas posicionadas de forma sensual para a câmera, ou sentado, rindo, com uma das garotas no joelho.

Rozie analisou as bios de Selvan e Vijay: ambos tinham estudado em Allingham. Ela se lembrou de que Vijay lhe disse, naquele dia em seu apartamento, que ele e Maksim eram amigos da época de escola. Rozie clicou no link que a levou para o perfil de Anita Moodie. Ela também estudara lá. De acordo com as datas de nascimento, ela devia ser do mesmo ano que Selvan, ou seja, a série entre Maksim e Vijay. A julgar pelas fotos antigas, Rozie podia ver que todos saíram juntos pelo menos algumas vezes.

De volta ao perfil de Selvan, enterradas sob comentários recentes, havia referências à "vida curta" de Anita. "Não fazia ideia da saúde mental dela", disse alguém. Selvan havia respondido com um emoji chorando e duas frases: "Nem eu. Foi um choque para todo mundo."

Rozie tomou um gole do seu uísque e sentiu um arrepio na espinha. Três pessoas com vinte e poucos anos tinham morrido nos últimos dezoito dias, e duas delas haviam estudado juntas. Ela não conseguia imaginar em como a morte de Anita Moodie podia estar conectada à de Maksim Brodsky, quanto mais à de Rachel Stiles, mas não podia ser uma mera coincidência, podia? Bem, podia... mas era?

Atrás dela e no alto da ladeira, se erguia a Torre Redonda, lar do escritório provisório do inspetor-chefe Strong. *Eu devia ir lá amanhã de manhã*, pensou ela. Mas no fundo sabia que não iria. Sir Simon tinha comentado com ela sobre o desinteresse por parte da polícia no fio de cabelo de Rachel Stiles encontrado no corpo de Brodsky. Sim, fazia parte das investigações, mas eles estavam muito mais empolgados com a lingerie. Rozie tinha estudado bastante teoria estatística quando trabalhava no banco para saber como seria fácil alegar coincidência na conexão escolar. Jovens morriam. Eles se drogavam e cometiam suicídio. Era trágico, mas acontecia. E, de qualquer maneira, como ela explicaria seu stalk virtual àquela hora da madrugada em Vijay Kulandaiswamy — um homem que ela, supostamente, nunca chegou a conhecer?

Entretanto, ela se sentia estranhamente calma. Virando o restante do uísque, deixou Art Blakey tocando no laptop, se esgueirou para a cama com as roupas do corpo e apagou a luz.

* * *

Eram nove horas da manhã quando ela acordou com uma dor de cabeça lancinante, tendo, por algum motivo, se esquecido de programar o despertador. A primeira coisa em que pensou foi agradecer aos céus por ser o dia do Sir Simon de entregar as caixas. Rozie sabia que elas estariam mais pesadas que o normal depois de sua folga — pelo menos da papelada — de dois dias. Ontem, ela havia reunido uma pequena seleção de cartões e cartas que o povo mandou para a rainha, e que ela mesma também queria ver. Sim, com certeza a monarca nonagenária ia trabalhar no fim de semana para compensar o tempo perdido. Sir Simon disse que ela pareceu ter ficado confusa e ofendida quando ele sugeriu sutilmente o contrário.

Ele transportaria as caixas em mais ou menos uma hora. Ele, não Rozie. Ela não pensara naquilo na noite anterior. Não estava escalada para ver a rainha naquele dia nem no próximo, que era domingo. Ela refletiu por um minuto se conseguiria esperar até segunda-feira para compartilhar o que descobriu. Isso também podia não significar nada no fim das contas.

Mas um homem tinha morrido. A rainha se importava profundamente. Assim como Rozie.

Ela fez um chá e comeu os últimos minissanduíches de geleia. A dor de cabeça abrandou um pouco, e ela se sentiu melhor depois do banho. Dez minutos depois, estava usando uma saia lápis justa, uma blusa branca e um blazer de alfaiataria que tinha lhe custado seu primeiro salário inteiro, seu penteado e sua maquiagem básica feitos, e os pés, calçados com seus saltos de sempre. Ela havia bolado um plano e só precisava de algumas ligações cuidadosamente sincronizadas para fazê-lo funcionar.

Sir Simon conversava com o mestre da Casa Real quando ela passou em frente a sua sala, que estava com a porta aberta. Ele se limitou a dar dois tapinhas em seu relógio de pulso e lhe lançou um olhar interrogativo quando ela seguiu em direção à própria mesa, na sala ao lado. Pontualidade não era tão essencial nos fins de semana, quando não se estava "à disposição" da Chefe.

Rozie abriu a versão atualizada da agenda do dia da rainha na tela de seu computador, prestando muita atenção à hora antes do almoço. Ela deu uma ligada rápida para o gabinete do primeiro-ministro para falar com Emily, a secretária particular do chefe do governo, com quem tinha cultivado uma amizade nos últimos meses.

— Tivemos algumas ideias sobre presentes que o Gabinete poderia dar à rainha — disse ela. — Sir Simon fez uma lista.

— Ah, ele *fez*? Porque David está desesperado. Ele já teve várias ideias, mas só consegue pensar em coisas ou que ela já tem ou que já tem em ouro maciço, ou que Sam acharia bobo, ou então um dos ministros faz uma careta e David muda de ideia.

— Simon pensou em ótimas sugestões ontem.

— Perfeito. Porque só temos até junho e não acho que vá dar tempo se encomendarmos algo sob medida. Além disso, obviamente, David está com a cabeça cheia. Ainda bem que ela não quis nada pelo seu aniversário *de verdade*. O presidente deu alguma coisa a ela?

— Não sei.

Rozie ficou atendendo os telefones do escritório durante a visita dele. Sir Simon era quem poderia ter visto. Por um instante, o caráter surreal de seu emprego lhe ocorreu. Se ela quisesse saber o que Barack Obama dera à rainha em seu aniversário, em particular... podia apenas perguntar.

— Posso falar com ele? — perguntou Emily. — Digo, com Simon.

— Ele não está na mesa dele agora. Liga de novo lá pelas onze.

— Sem problemas. Valeu, amiga.

Rozie encaixou o telefone no gancho com um clique prazeroso. Emily era diligente, obstinada e obcecada pela lista de afazeres do primeiro-ministro. O presente do governo para o aniversário oficial da rainha estava no topo da lista havia muito tempo, e ela faria qualquer coisa para riscá-lo de lá. Em seguida, Rozie fez outras ligações.

Às onze horas da manhã, ela fez questão de discutir o relatório do dia anterior com Sir Simon e o chefe de segurança do castelo. Às onze e quinze, conforme instruído por Rozie, um funcionário da Catedral de St. Paul ligou para ele a fim de combinar os detalhes da missa de Ação de Graças pelo aniversário oficial. Conforme os minutos se passavam, Sir Simon continuava consultando o relógio. A rainha logo acabaria de ver o conteúdo das caixas. Mas, às onze e meia, a secretária dele apareceu para avisar que o gabinete do primeiro-ministro estava ao telefone pela terceira vez e que queria falar com ele diretamente sobre algo muito urgente.

Com um suspiro e um revirar de olhos, ele assentiu.

— Vou atender. — Ele gesticulou para Rozie. — Vá pegar as caixas. Se importa?

Rozie não se importava. Quando foi chamada, ela saiu com agilidade da sala, fazendo o homem se maravilhar mais uma vez com quão rápido ela era capaz de andar com aqueles sapatos e aquela saia.

— Ah, ótimo. É você — disse a rainha, demonstrando nenhuma surpresa, colocando os últimos papéis de volta nas caixas e certificando-se de que havia guardado tudo.

— Sim, Vossa Majestade. — Rozie fez uma reverência. Ser capaz de fazer *aquilo* com uma saia justa tinha sido uma aprendizagem interessante.

A rainha pousou a xícara no pires.

— Obrigada.

A criada do café, que estivera aguardando ao fundo, pegou a bandeja e saiu da sala. A rainha se voltou para Rozie.

— Alguma novidade?

— Sim, senhora.

Rozie tinha ensaiado várias vezes o que ia dizer e como o faria sem que perdesse tempo com o que não era relevante. Ela contou à rainha sobre a surra que Vadim Borovik tinha levado no Soho, garantiu que ele já recebera alta e mencionou o quão Masha Peyrovskaya estava preocupada, pois ela desconfiava de que o marido estava por trás disso. Depois, lhe contou sobre sua aventura on-line da noite anterior e a curiosa coincidência envolvendo a morte de Anita Moodie.

A rainha parecia intrigada.

— Você acha que essa mulher era muito amiga dele?

— Bem, eles se conheciam. E talvez haja uma ligação com o departamento de música de Allingham. Maksim tocava piano, e hoje de manhã procurei o que Anita fazia. Ela cursou música na universidade. Na verdade, tinha um diploma em canto.

— Então era isso que ela fazia? Cantava?

— Pelo que pude ver, sim. Ela não postava muito no Facebook, mas vi amigos comentando sobre as apresentações dela.

Aquilo não estava fazendo muito sentido. A rainha absorveu as informações sem saber, na verdade, o que fazer com elas.

— Eles têm certeza de que foi suicídio? — perguntou ela.

— É no que os amigos parecem acreditar. Mas todos foram pegos de surpresa.

— Você tem uma foto dela?

— Tenho, sim, senhora.

Rozie tinha usado o celular para tirar vários prints da timeline de Selvan e do perfil do Facebook da própria Anita. Ela se inclinou para a frente e foi passando as imagens enquanto a rainha espiava por trás de suas lentes bifocais. Elas mostravam uma bela jovem com olhos castanho-escuros sérios e um cabelo curto, sedoso e arruivado, que contornava a linha de seu maxilar de um jeito estiloso. Ela estava muito apresentável nas fotos, com roupas bem femininas e de um corte sob medida. A cabeça da rainha girava.

— Obrigada, Rozie. Muito obrigada. Pode pedir ao Sr. MacLachlan que investigue Anita Moodie para a gente, por favor? Seria interessante descobrir um pouco mais sobre a vida dela. Você se importaria de pedir a ele que investigue também se ela falava mandarim? E mais uma coisa, será que você teria como descobrir que tipo de lingerie Sandy Robertson comprou na internet?

— Na verdade, já fiz isso, senhora. Ontem — admitiu Rozie. Ela aparecia com frequência na pequena sala do inspetor-chefe Strong na Torre Redonda para bater um papo. Na maioria das vezes, levava minissanduíches de geleia ou fatias de bolo Dundee caso estivesse sobrando, o que sempre caía bem.

A rainha parecia surpresa.

— É mesmo?

— Imaginei que a compra fosse despertar o interesse da senhora. — O que era um jeito educado de dizer que ambas sabiam que a teoria da calcinha era ridícula. — Foi comprada na Marks & Spencer no verão passado. Foi o terceiro modelo da marca que mais fez sucesso e teve mais de cem mil vendas. O Sr. Robertson alega que a comprou para a filha, Isla, que mora com ele. Ela tem dezesseis anos. Ele tem o hábito de comprar coisas para ela, e ela tem várias calcinhas parecidas. Mas isso não prova que ele não tenha comprado outros conjuntos para uma finalidade diferente.

— Não. O inspetor-chefe Strong ficou *muito* empolgado com esse link na investigação?

— Eu diria que ele ficou só um *pouco* empolgado, senhora. Cem mil conjuntos de lingerie é bastante calcinha.

— Obrigada.

Rozie pegou as caixas e as levou de volta para a sala de Sir Simon. Ele ainda estava ao telefone, falando com Emily sobre porta-copos de champanhe entalhados em prata banhada a ouro. Ele revirou os olhos de um jeito dramático, deu um tapinha no relógio de novo e revirou ainda mais os olhos. Rozie riu. Ela realmente gostava muito dele.

Era horrível mentir para ele, mas, droga, também era muito divertido.

Capítulo 21

O Quick Talk Internet Café em Clapham Junction tinha três mesas, um bar que vendia bolos ruins e refrigerantes, e uma longa bancada na parede à esquerda com oito monitores de computador alinhados, dos quais seis estavam funcionando. O lugar estava razoavelmente cheio para uma manhã de domingo, com cinco fregueses digitando freneticamente e tomando suas bebidas. Duas mulheres com hijabs conversavam baixinho, de olho em um bebê que dormia em um carrinho perto da porta. No meio da bancada, um jovem de camisa de malha estava inclinado sobre a tela, absorto, enquanto o senhor ao seu lado resmungava para si mesmo, deixando cair migalhas de seu bolo no teclado ao mesmo tempo que apertava as teclas com o dedo médio e esperava a página carregar.

O homem bem-vestido, ligeiramente calvo com um sobretudo aberto, que estava mais perto do balcão não tinha ido até ali para conversar nem para comer bolo. Estava de dieta e nenhum dos pratos era apropriado. O chá estava amargo e ruim. Ele tomou um gole de água em um copo lascado e desejou estar em casa, em seu apartamento em Richmond, com todo o conforto de seu lar e uma chaleira decente, e um computador no qual soubesse mexer melhor que aquele que estava usando.

Mas seu computador de casa tinha o próprio endereço de IP. Ele estava ciente das políticas de privacidade de navegação e igualmente ciente de que, se qualquer coisa desse errado, os melhores hackers do país, a serviço do governo, o achariam em um piscar de olhos. Era melhor ali, naquele pequeno café desconhecido, a dez minutos de sua casa de trem.

Billy MacLachlan estivera investigando Anita Moodie apenas por vinte minutos e, na sua opinião, já tinha achado ouro no Instagram da mulher. Ela era viciada em selfies e usava a conta fazia anos. Havia mais de duas mil publicações, e ele estava analisando cada uma delas. Essa parte do trabalho não era nenhum sacrifício (embora aquela água tivesse um gosto horrível; até o chá estava melhor). A mulher gostava de viajar. Tinha uma vida boa. Ela gostava de coisas bonitas e de lugares bonitos. Ele gostava de olhar para essas coisas e esses lugares, por meio daqueles filtros cuidadosamente escolhidos, parando de vez em quando a fim de fazer anotações para pesquisas futuras.

Havia um padrão nos bicos de música que ela havia feito desde que saíra da Escola de Estudos Orientais e Africanos, onde tinha conseguido seu primeiro diploma. Um padrão muito interessante. MacLachlan fez uma anotação sobre isso em um caderno espiral barato que estava ao lado do teclado. Ele tomou outro gole de sua água, seguido do chá (não, o chá era pior), e desceu a barra de rolagem um pouco mais.

A rainha não era a única pessoa irritada com o pensamento de que Obama havia chegado, com todo o poder de inteligência que a CIA podia oferecer, e, enquanto isso, as mentes mais brilhantes na polícia e no MI5 não tinham sido capazes de resolver um pequeno assassinato local. E não foi por falta de tentativa.

O inspetor-chefe Strong olhou para o quadro preso na divisória de sua sala, na Torre Redonda, uma exibição alarmante de suspeitos e pontos de interrogação. Muitas pessoas tiveram acesso ao quarto de Maksim Brodsky naquela noite, supondo que ele as tenha deixado entrar ou que elas soubessem como passar pela fechadura Yale básica.

Uma vez dentro, tudo o que foi preciso para matar o rapaz tinha sido um par de mãos fortes, um pouco de treino e certa preparação física. Mas quem ia querer fazer isso? Aquele era o dilema que David Strong não conseguia resolver.

O diretor-geral ainda estava convencido da teoria do espião adormecido e ele podia ser muito persuasivo. Era conhecido no ramo por algumas opiniões fascinantes sobre estratégias novas e alarmantes de nações supostamente amigas, baseadas em uma minuciosa investigação secreta. Paciência e atenção aos detalhes eram o lema de Humphreys. Paciência, ele presumia, tinha sido a característica-chave do espião adormecido do palácio, e, se ele estivesse certo, havia lhe sido muito útil. O assassinato havia acontecido, e o crime continuava sem solução. Da perspectiva do espião, o caso devia ser visto como um grande sucesso.

Embora...

Strong era muito educado e direto ao abordar o assunto com Humphreys quando se reuniam com o alto-comando, duas ou três vezes por semana, mas a comunidade russa de inteligência não estava feliz nem comemorando o brilhante assassinato de um dissidente bem debaixo do nariz de Sua Majestade, a rainha. Ou, se estava, o fazia tão discretamente que nem um sussurro sequer chegou aos ouvidos do MI6 no Kremlin e nos diversos postos avançados russos.

Se você se dá ao trabalho de matar alguém de maneira tão específica, depois de ter plantado o assassino por tanto tempo, por que guardar segredo? Depois das mortes de Markov, em 1978, e de Litvinenko, em 2006, e do atentado contra Gorbuntsov quatro anos atrás, as agências de inteligência fervilharam de fofoca e especulação, triunfalismo e bravata, típico de Putin e sua turma. Strong sabia daquilo porque havia perguntado. Ele queria entender o mundo de Humphreys, e, quando se trabalha fora do Castelo de Windsor, as pessoas lhe contam coisas.

Aquela não era a única razão pela qual Strong mantinha a lista de suspeitos em aberto. Sua cautela inerente fazia parte do processo. A equipe havia investigado incansavelmente as bailarinas, assim como o namorado com quem uma delas supostamente conversou pelo FaceTime. (Ela conversou mesmo.) A criada de Peyrovskaya também fora investigada, embora fosse uma mulher muito pequenininha. Não encontraram DNA compatível em absolutamente nada no quarto de Brodsky. Nada que provasse que ela não estivesse envolvida, mas também nenhuma prova de que ela *estivesse*.

E havia a mulher da reunião de inteligência. Ela tinha esbarrado com Brodsky no corredor, do lado de fora do quarto, depois que ele voltou da apresentação de piano na Sala de Estar Carmesim. Eles haviam sido vistos juntos no dia por uma criada que passava na hora. A mulher disse que tinha deixado cair uma lente de contato no chão e que ele a havia ajudado a procurar, e ela confirmara a história. Por um tempo, Strong acreditou que ela foi a última pessoa a vê-lo com vida. Mas por que ela o mataria? Não havia como ter sido planejado. Ela só soubera que teria de passar a noite no castelo com algumas horas de antecedência.

Eles transaram loucamente? Ele abusou da mulher de alguma forma? As coisas saíram do controle?

Strong cogitou diversas possibilidades, mas, então, fez aquela descoberta bombástica sobre o valete russo. Ela havia sido desencadeada por algo que o comissário dissera quando relatou que tinha ouvido uma história (segundo ele, da própria rainha, embora pudesse estar só exagerando) sobre sacanagens entre hóspedes e empregados, e apostas sobre ludibriar a segurança e entrar nas suítes dos hóspedes.

Aquilo havia feito Strong se lembrar de uma noite na semana anterior, enquanto mais uma vez repassava cada possibilidade com a pequena equipe de três pessoas presente no local. É óbvio que a segurança principal no Castelo de Windsor foi pensada para manter invasores do lado de fora e, acima de tudo, proteger a Família Real. Mas não era pensada para proteger os convidados de honra, como eram chamados, dos próprios criados. Não, os funcionários não tinham permissão de se dirigir às suítes dos hóspedes sem um convite explícito — mas, se um hóspede quisesse agitar os lençóis com criadas e lacaios, havia algo específico que pudesse impedi-lo? Ou impedi-la?

Enfim, aquilo tinha dado origem a uma linha de investigação interessante. Os criados e policiais que estavam trabalhando naquela noite tinham sido interrogados mais uma vez, de uma forma um pouco mais rígida, e Strong descobrira que o valete de Vadim havia subido duas vezes; primeiro para visitar a bela Masha Peyrovskaya, e depois, seu amo.

Na primeira vez, o patrão ficara bebendo no andar de baixo com o amigo dos fundos de investimento, então tudo fazia sentido. Mas um dos inspetores em sua equipe tinha notado uma série de detalhes estranhos nos depoimentos dos criados. Na primeira vez, o valete havia desviado o olhar dos homens que conversavam no corredor, e o terno dele era cinza. Na segunda vez, ele os tinha encarado, e o terno era preto.

Um pouco estranho. Por isso, a equipe pegara pesado no interrogatório, e, por fim, o valete cedera. Descobriu-se que ele não tinha um caso com sua bela patroa. Ele era gay, como dissera, e tinha um namorado de longa data. Havia concordado com a história para lhe fazer um favor, mas a última coisa que queria era insinuações de que tiveram um caso.

Não havia sido ele, Vadim, que subira com ela na primeira vez. Nem qualquer outro homem com a intenção de fazer amor com ela — disso, Vadim tinha certeza. Masha Peyrovskaya era uma joia rara. Fiel ao marido e estava muito animada por ter ido ao castelo naquela noite. Ela não faria nada para estragar aquele dia; não era esse tipo de mulher. Na verdade, foi o Sr. Brodsky quem subira com ela, e eles eram amigos, apenas amigos. Ambos amavam música. Talvez tivessem ido conversar sobre Rachmaninov?

Quando falaram com Masha, ela dedurara Meredith Gostelow na mesma hora. A arquiteta estava em São Petersburgo a trabalho no momento, então ainda não tinham conseguido conversar pessoalmente, mas a mulher não tinha negado a afirmação de Masha de que *ela* fora o foco da atenção do jovem. Então Brodsky tinha dado uns pegas na mulher mais velha, e não na jovem. Quem poderia imaginar?

O que significava que ele havia ficado fora do próprio quarto por algumas horas, fato de que nem faziam ideia. Strong sentiu vergonha de si mesmo pela falha. Mas aquilo não explicava o que aconteceu em seguida. A mesma equipe de segurança tinha certeza de que o homem conhecido como Brodsky tinha ido ao corredor do sótão sozinho. Meredith Gostelow não o havia acompanhado nessa última jornada. Aquilo dava um fim à teoria de Humphreys de que, só porque ela estava trabalhando em um projeto em São Petersburgo, a mulher era, de algum modo, uma Mata Hari putinesca de meia-idade, enviada para seduzir e matar Brodsky depois de frango e *petits fours*. Uma pena... Strong gostara bastante daquela ideia.

O próprio Vadim podia ter matado Brodsky depois de ter posto Peyrovski para dormir, cogitou Strong. De novo, por quê? Porque Brodsky havia se passado por ele? Assassinato parecia uma reação um pouco exagerada.

A pessoa que parecia mais aterrorizada com tudo aquilo era Meredith Gostelow. De seu quarto de hotel em São Petersburgo, ela continuava implorando para que não dissessem nada, por conta de sua reputação como arquiteta conhecida internacionalmente. (Strong jamais ouvira falar da mulher. Mas aquilo não provava nada no mundo da arquitetura.)

Enfim, a sorte dela era que aquela pequena informação praticamente não corria risco de vazar, porque a paranoia absoluta com as manchetes na imprensa significava que o caso era o mais sigiloso e confidencial que Strong já conduzira, ou muito provavelmente ia conduzir, em toda a sua vida. Sua microequipe era composta dos homens e das mulheres mais leais com quem ele podia sonhar em trabalhar. Nenhum documento era deixado sem supervisão, nunca. Nenhuma mensagem aleatória parava em grupos de WhatsApp. Outros policiais da Metropolitana, ajudando nas investigações e nos interrogatórios, tinham acesso estritamente limitado aos detalhes da investigação. Todas as perguntas, mesmo as de amigos próximos na corporação, eram respondidas de maneira evasiva. Mesmo assim, vários oficiais do alto escalão do governo e subordinados de Humphreys entravam em contato em intervalos regulares para fazer severas e desnecessárias ameaças do que aconteceria caso não tomassem cuidado.

Somente Singh confiava neles para fazer o trabalho, e fazê-lo corretamente, da forma como haviam sido treinados. Strong gostava do comissário da Metropolitana. Ele engolia muitos sapos e não deixava nada respingar em seus subordinados.

Enquanto isso, Vadim Borovik tinha sido vítima de um suposto ataque homofóbico, em um beco da Dean Street, no Soho. Strong tinha certeza de que aquilo era um problema particular, ligado a Peyrovski e sua esposa. Ele estudou o quadro mais uma vez. Deveria fazer o comissário contar a Sua Majestade sobre o fato e sobre Brodsky ter perambulado pelo castelo depois do apagar das luzes? Ela provavelmente tinha coisas mais importantes com que se preocupar. Cabia a homens como ele lidar com os detalhes desagradáveis.

Um barulho de notificação em seu laptop anunciou a chegada de um e-mail. Ele abriu a mensagem e praguejou. Aquilo era algo que a rainha *ia* gostar de ficar sabendo. Ficou feliz por não ser ele quem lhe daria a notícia.

Capítulo 22

Era a última semana tranquila em Windsor antes de ter de retornar à cidade. Apesar de "tranquila" não ser a melhor palavra para descrever a rotina no castelo, principalmente com a mostra de cavalos dali a apenas duas semanas e mais de mil animais para acomodar. Philip parecia feliz da vida.

— Vou até o Home Park dar uma olhada na disposição dos obstáculos para o percurso.

Ele estava parado na soleira da porta, de casaco, as chaves do carro na mão. A rainha consultou seu relógio. Em menos de noventa minutos, tinha uma reunião com o Mestre de Construções da Capela de St. George para analisar a proposta de uma iluminação noturna mais atraente. Era de imaginar que a iluminação externa de uma construção antiga não fosse dar muito problema, mas, para os moradores de Windsor, a briga entre a luz branca e a levemente azulada ofuscou completamente o debate sobre o Brexit. Ela precisava estar com a cabeça fria para decidir isso.

— Acho que vou com você.

Era um percurso de cinco minutos em um Range Rover até as arenas no Home Park, com vista para a Castle Hill, que agora se erguia, majestosa, atrás deles, acima das árvores. Philip, como o Guarda do Great Park de Windsor, levava seu papel muito a sério e gostava de inspecionar qualquer acontecimento importante; e nada era mais importante que o último Royal Windsor Horse Show, que receberia um número recorde de cavalos, milhares de visitantes e um grupo de funcionários da ITV.

No momento, a terra em questão parecia um lamaçal, coberta de caminhonetes e trilhos de metal, e incontáveis pilhas de grades de proteção portáteis. O capataz, ansioso com suas botas bico de aço e um capacete de construção, apontava para os trechos de grama em que os reboques de cavalo seriam estacionados, água e comida, fornecidas e as barraquinhas, armadas.

No mais, as arquibancadas estavam sendo reformadas.

— A rainha participa desde 1943 — dizia Philip ao encarregado. — Desde o primeiro. Na época, também havia cães no evento. Até que um labrador abocanhou o sanduíche de frango do rei, e eles foram banidos para sempre. — Sua gargalhada estrondosa fez o encarregado dar um passo para trás.

— Na verdade, foi um lurcher. — Ela o corrigiu ao se aproximar. — E eles arrecadaram mais de trezentas mil libras. O suficiente para setenta e oito Typhoons.

— O chá, senhora? — perguntou o capataz, franzindo o cenho, confuso.

— A *aeronave*. Nós as usamos para ajudar a vencer a guerra.

— Meu avô esteve em Dunkirk, senhora — arriscou o homem, mais confiante devido à informalidade.

— Ah, esteve? Que interessante! Ele sobreviveu à guerra?

— Sim, senhora. Ele jogou futebol pelo Sheffield Wednesday. Faleceu há cinco anos. Forte como um touro até seus últimos dias de vida.

— Que bom — disse ela. Embora estivesse pensando que o cavalheiro devia ter mais ou menos sua idade quando morreu. Uma geração sobrevivendo aos trancos e barrancos.

De volta ao castelo, ela agradeceu por aquela pequena lufada de ar puro. Agora ela estava imersa em mil detalhes a serem considerados.

A família inteira apareceria de novo, assim como o rei do Bahrein e sua comitiva. Havia a questão da roupa de cama do Quarto 225, a suíte preferencial para convidados de honra. Uma camareira havia notado que os lençóis de linho que sempre usavam estavam ligeiramente puídos. Evidentemente, não poderiam usá-los, mas deveriam encomendar o bordado eduardiano? E com o que iam substituí-los naquele meio-tempo? Os Linley se importariam em não dormir no quarto de sempre porque outra pessoa ia precisar dele? E então deu a hora de visitar o Mestre de Construções em sua sala perto da capela e supervisionar a fatídica decisão sobre as luzes.

Feito isso, havia uma mensagem do treinador dizendo que Barbers Shop tinha estirado um músculo durante um exercício e não estava cem por cento para competir. Seria uma tragédia se ele não pudesse participar. O cavalo tinha chances concretas na categoria de adestramento, e ele merecia, e, de qualquer maneira, ela não o via fazia meses e estava ansiosa por sua chegada de Essex com o técnico. Quando Sir Simon se aproximou pelo Corredor Principal, parecendo mal-humorado, ela disse:

— Chega de más notícias, obrigada. Já recebi a cota do dia.

Mas ele não abriu seu sorriso irônico. Em vez disso, seu rosto enrijeceu.

— *Poderia* ser pior, Vossa Majestade.

O que não era exatamente otimista.

— Entre. Pode falar.

Eles foram até o Salão de Carvalho, com vista para o Quadrilátero, onde ela se sentou e ele explicou que Sandy Robertson, seu pajem predileto, havia tido uma overdose de paracetamol e estava internado no hospital St. Thomas. Ele foi encontrado em casa, em Pimlico, pela filha.

— Obrigada, Simon.

Ela parecia completamente desolada, pensou ele. Triste e derrotada. Ele se retirou da sala depressa para lhe dar tempo de enxugar as lágrimas caso precisasse.

Sozinha, ela respirou fundo.

— Filho da mãe — murmurou ela, e não se referia ao coitado do Sandy.

Passaram-se dias sem nenhum progresso significativo. Nas cozinhas, lavanderias e nos escritórios do mestre da Casa Real, os nervos estavam à flor da pele, e os ânimos, lá embaixo, conforme todos sobreviviam à base de muita cafeína e poucas horas de sono. Em um dos frigoríficos, o chef confeiteiro despejava em formas a terceira leva de chocolate para um novo tipo de trufa que seria servida em uma das grandes recepções, dali a quinze dias. Ele já estava tentando acertar o ponto da ganache havia dois dias, e o resultado se recusava a ficar bom. Ele tinha apenas mais algumas horas naquele cômodo, com aquelas formas, antes de precisar encaixotar seu equipamento e voltar ao Palácio de Buckingham. Eles só levavam o essencial, utensílios pessoais com os quais gostavam de trabalhar no dia a dia, mas, mesmo assim, pesavam. Em seguida, ele passaria para os preparativos da festa ao ar livre, antes de voltar ali para a mostra de cavalos, com apenas três dias no local para se preparar.

A submodormo que havia opinado de modo tão perspicaz na investigação inicial da polícia sobre a vida sexual do Sr. Brodsky no castelo estava ocupada, se perguntando se estava no lugar certo. Por anos, a ideia de trabalhar para a rainha tinha sido um sonho. Então, depois de sua dedicação impecável, ela ficou fora de si de tanta felicidade quando passou na entrevista final. Mas, nos últimos dias, não havia dormido antes da uma da manhã. Cada turno parecia emendar no outro. E, naquela manhã, o príncipe Andrew havia gritado com ela por bloquear acidentalmente uma porta enquanto carregava duas cadeiras pesadas. Ela não se importava, mas qual era o sentido de estar ali? Funcionários leais, como o querido Sandy Robertson, de repente eram mandados para casa, e todos eram avisados de que não deveriam entrar em contato com ele, e ainda havia um boato de que o coitado do homem estava no hospital. Esse seria seu fim também? Era isso que ganharia em troca? Havia sites oferecendo salários de seis dígitos para trabalhar em casas enormes e em países de clima ameno para pessoas com sua formação. Naquela noite, talvez desse uma olhada em alguns.

Em seu escritório na Torre Normanda, com vista para seu jardim privativo ao redor do antigo fosso, Sir Peter Venn repassava a lista de reuniões para a semana seguinte, pronto para ficar à frente do castelo enquanto a rainha estivesse fora. Ele sentia a inquietação nas cozinhas e nos corredores. Em geral, as coisas ficavam mais calmas depois de um evento de grande porte, mas, ao mesmo tempo, ele tinha plena consciência da existência da equipe de polícia na Torre Redonda logo ao lado, ainda ocupada com sua investigação. Ontem, do nada, ele havia sido procurado por um jornalista que lhe fez perguntas constrangedoras sobre o russo e sobre o motivo de o relatório da autópsia não estar disponível. Era apenas uma questão de tempo até que uma curiosidade inofensiva se transformasse em algo mais sério e alguém começasse a investigar. E aí seria o Inferno na Terra.

Enquanto isso, a camareira-chefe lhe tinha confiado o esquema atualizado para a acomodação dos hóspedes durante a mostra de cavalos. A esposa dele, que em geral era um exemplo de serenidade, parecia levemente em pânico. Ao longo dos anos, ela havia recepcionado embaixadores, marechais de campo, dois astronautas e inúmeras duquesas, mas nem ela sabia como impressionar pessoas como Ant & Dec e Kylie Minogue.

O burburinho generalizado soava como trovoadas de verão para Rozie. Ela tentava não se preocupar, mas via como todos trabalhavam arduamente e tinha a sensação de que a união no castelo era sustentada por algo frágil. Era a mesma sensação que a fez não esquentar *tanto* a cabeça quando a prima Fran precisou organizar o casamento de acordo com sua disponibilidade. E que a fazia querer trabalhar nos dias de folga, e tolerar a infiltração na parte externa da parede de seu quarto, e aceitar que não estaria presente nos Natais e aniversários da família.

Tinha a ver com dever, e confiança, e afeição, mas era uma via de mão dupla. O que estava acontecendo a Sandy Robertson parecia abalar as estruturas do castelo. E o que ia acontecer depois? O que todas aquelas pessoas que sacrificavam a própria vida — sacrificavam de bom grado — para fazer uma pessoa feliz iam fazer? Se a confiança fosse quebrada, se a afeição azedasse? Ia ser como um terremoto, e toda a construção ia desmoronar.

Rozie fez o que sempre tentava fazer quando sentia o estresse aumentar: ela se trocou e saiu para uma corrida na hora do almoço. Enquanto corria quilômetros pelo Great Park, ela tentava entender o que estava acontecendo. A polícia devia estar se concentrando em Rachel Stiles, certo? A mulher bebia; usava drogas; seu DNA foi encontrado no quarto de Brodsky. Ela o matou e cometeu suicídio? Mas e a outra moça, Anita Moodie? Stiles também a matou?

Depois de quarenta minutos de um esforço pulmonar excessivo, Rozie soube que não havia feito muito progresso na solução do problema, mas se sentia melhor mesmo assim.

— Você parece mais alegre — comentou Sir Simon quando ela voltou para a sala deles. — Boas notícias sobre sua mãe?

Mentindo descaradamente, ela o atualizou minuciosamente sobre a bacia dela. O pico de endorfina a guiou pela tarde.

A semana estava chegando ao fim. Sentado ao volante de seu Honda Civic de quatro anos, Billy MacLachlan se admirou, não pela primeira vez, com a maldita distância entre Suffolk e... qualquer lugar. Era muito legal quando você chegava lá, mas pelo amor de Deus. Milhares de quilômetros.

A estação de música clássica que estivera ouvindo saiu do ar, e ele aproveitou a oportunidade para repassar a conversa que havia tido com uma jovem em Edgware, no dia anterior. Ela era professora em uma escola de meninas ricas, no norte de Londres. De música, com um extra como técnica de netball. Ele a surpreendera na hora do almoço entre o ensaio do coral e o aquecimento do time da turma B do segundo ano do ensino médio, encolhida nos fundos de uma sala vazia, segurando cafés da sala dos professores em grossas xícaras de cerâmica.

Garota de programa.

Ela definitivamente dissera as palavras "garota de programa". Depois de meia hora de conversa, quando ela havia se aquecido e o café, esfriado. Ele ia confirmar na gravação do telefone, mas tinha certeza. Foi assim:

— Sei que ela ganha bem, mas, mesmo assim, ela gostava de roupas de marca, e, tipo, uma vez eu a vi com um casaco maravilhoso, e depois percebi que era da nova coleção da Gucci. Ela também tinha uma bolsa a tiracolo Anya Hindmarch que eu namorava havia o maior tempão, e, quando perguntei se ela tinha achado no site da Vinted, ela disse que não, que era nova. E a bolsa que usava no dia a dia era da Mulberry, e parecia ser nova também. Não estou querendo julgar nem nada do tipo, mas cheguei a pensar algumas vezes que... Eu não devia falar isso.

— Pode falar.

— Ok, então... Sem querer ser maldosa, mas fiquei me perguntando se ela não era garota de programa. Eu sei, é bobeira. Anita não era esse tipo de garota. Quer dizer, ela era muito reservada na maior parte do tempo, com homens. Mas ela tinha muitas coisas caras e nem era a melhor cantora do nosso ano, mas... acho que deu sorte.

Sorte, possivelmente. Talento, com certeza. Anita Moodie havia frequentado a faculdade com aquela garota, estudado para obter o diploma de performance vocal. MacLachlan estava construindo uma imagem da jovem por meio de conversas que teve com seus amigos de longa data. Para alguns, ele era um ex-professor, devastado ao ficar sabendo da morte dela e ansioso por descobrir mais sobre sua vida adulta. Para outros, um repórter, fazendo uma matéria sobre suicídio. A polícia talvez percorresse o mesmo caminho mais tarde, e, se o fizesse, ele não queria que descobrisse quem exatamente havia chegado antes. Em algumas horas, quando eventualmente chegasse a Woodbridge, ele seria um amigo de longa data da família, reunindo lembranças para repassar aos parentes em Hong Kong.

A Anita que ele estava conhecendo melhor era uma mulher ferozmente ambiciosa. Depois do colégio interno em Hampshire, ela havia estudado música na Escola de Estudos Orientais e Africanos, em Londres, com foco nas tradições musicais da África, Ásia e Oriente Médio. Em seguida, viera o diploma do Royal College of Music, onde ficou conhecida como uma artista consistente, se não espetacular.

Foi em seus últimos anos na EEOA que os amigos começaram a notar seu estilo de vida sofisticado. Ela alugava o mesmo tipo de apartamento que eles, em bairros sórdidos de Londres, mas viajava mais, vestia roupas mais caras e tinha um carro, um Fiat 500 rosa-chiclete; tudo perfeitamente registrado em seus posts descolados no Instagram.

Com exceção da amiga professora, eles atribuíram o novo estilo de vida dela à facilidade que tinha para conseguir trabalho em cruzeiros e festas extravagantes no exterior. Havia várias imagens da jovem em hotéis internacionais, em locais badalados: o tipo de lugar que tinha chafarizes no jardim e supercarros da McLaren estacionados embaixo de palmeiras. Anita parecia cada vez mais à vontade usando vestidos de gala, sob a luz de candelabros reluzentes. Eventualmente, deu entrada em um apartamento incrível em Greenwich, com vista para o rio e não muito longe do Domo do Milênio.

Que jovem com seus vinte e poucos anos conseguia bancar um apartamento próprio em Londres? Alguns amigos presumiam que ela era bancada pela família, mas aqueles que a conheciam bem disseram que os pais levavam uma vida modesta em Hong Kong, administrando um curso de idiomas, e que haviam passado um perrengue para conseguir pagar as mensalidades do colégio interno.

Então. Quem pagava o aluguel e as bolsas de marca? Ela era bancada por algum namorado? Uma de suas colegas de escola disse que Anita continuou muito próxima do professor de música do ensino médio. Talvez houvesse uma atração por homens mais velhos? O homem havia se aposentado e se mudado para Suffolk, e concordara em recebê-lo. MacLachlan mantinha a mente aberta. Talvez o Sr. de Vekey tivesse sido... paternalista. Ou talvez não tivesse mantido contato por dez anos e não teria nada a dizer.

Mas não lhe pareceu ser isso quando MacLachlan ligou sugerindo que se encontrassem. O homem pareceu surpreso e inseguro e agitado. Alguém com muitas coisas na cabeça.

Enquanto a A12 gradualmente revelava o caminho a Essex em direção ao litoral, MacLachlan se perguntou o que seriam exatamente essas coisas.

Capítulo 23

Depois do chá, a rainha se encaminhou para sua capela privativa. Depois do incêndio de 1992, a antiga capela acabou virando o atual Saguão da Lanterna, que é usado como um hall para recepcionar os convidados. Como foi onde o fogo se originou, rezar ali seria um pouco difícil para ela.

Ela teria superado com o tempo, percebia agora. O tempo cura quase tudo. Mas a rainha ainda não se arrependia de ter tomado essa decisão.

A nova capela, criada a partir de um corredor remodelado, tinha um glorioso teto em falso estilo gótico, feito de carvalho verde e adornado com azul-cerúleo. Era uma coisa de família: sua contribuição mais pessoal à estrutura do lugar. Charles fizera parte do comitê de arquitetura; David Linley tinha projetado o altar, que era bem simples, como ela gostava; e Philip havia trabalhado com um mestre-artesão para projetar o vitral pelo qual passara na entrada.

O vitral era uma obra de arte entremeada de memórias. As três imagens do topo retratavam a Santíssima Trindade, elevada serenamente sobre a paisagem cinza-esverdeada do castelo e do parque. Deus olhava para eles, vigiando a Casa com sua atenção amorosa. Já as três imagens na base do vitral retratavam o dia do incêndio. No meio, São Jorge pisava em um dragão de olhos vermelhos; à esquerda, um voluntário segurava um retrato resgatado do fogo; à direita, um bombeiro combatia as chamas, com a Torre Brunswick acesa como uma tocha às suas costas. A ideia original de Philip para a vidraça tinha sido uma fênix, renascendo, e ela gostou muito, mas preferia a versão final. O castelo não se reconstruiu sozinho: uma equipe bem unida o restaurara brilhantemente depois que os bombeiros trabalharam dia e noite para conter o estrago.

Faziam todos parte da família, e ela ainda sentia que lhes devia algo, assim como qualquer outra pessoa se sentiria. Embora 1992 continuasse sendo seu *annus horribilis*, a rainha se sentia grata pelo que havia sucedido toda vez que entrava ali. *Não temas, pois eu estou contigo. Sou tua força e teu escudo*. Quando criança, fora ensinada que quem fosse obstinado triunfaria no final. Durante a guerra, foi em Windsor que ela havia encontrado abrigo. Demorava, às vezes, mas era fato.

Ela se sentou no lugar de sempre, uma cadeira carmim perto do altar. Trazendo seus pensamentos de volta ao presente, ela rezou pelo jovem russo e pela mulher do centro financeiro, e pela cantora cuja participação no caso ela ainda não tinha compreendido totalmente. Ela rezou pela família, íntima e afastada, e agradeceu pelas futuras gerações, que estavam começando tão bem. Agora, se ao menos Harry encontrasse uma companheira decente, seria incrível. Ela rezou por orientação e pela capacidade de usar o que já havia descoberto para trazer luz à atual escuridão, antes que mais vidas jovens fossem perdidas.

Ficou tentada a rezar por orientação no páreo de Wincanton, no dia seguinte, mas Deus não atendia a preces de apostadores. A corrida exigia sorte e discernimento, fruto de anos de experiência e dedicação, assim como a vida.

Foi mais ou menos na hora em que saiu da A13 para a North Circular, voltando de East Anglia, que MacLachlan reparou na BMW M6

Coupé preta, a três carros atrás. Coincidentemente, tinha visto uma na ida também. O automóvel havia lhe chamado a atenção porque era luxuoso e rápido, um modelo para o qual não se importaria de trocar — caso decidissem dobrar sua aposentadoria algum dia. E, por estar tão interessado, também reparou na placa diplomática. Ele pisou de leve no freio e jogou o carro para a pista da esquerda. A M6 passou por ele alguns instantes depois. Mesma placa. O motorista até virou a cabeça para olhar.

Inúteis, pensara consigo mesmo. Já que vai seguir alguém, pelo menos use um carro discreto e o faça direito. Mesmo assim, ele sentiu seu coração disparar enquanto voltava a acelerar o veículo.

Agora que estava totalmente concentrado, notou também o Prius branco, cerca de vinte minutos depois. Este era mais velho e tinha uma placa padrão, como os milhares de Ubers na cidade. Mas passou a ficar cerca de seis carros atrás assim que ele pegou a Tower Bridge. Ele o viu entrar e sair de seu campo de visão, mas nunca por mais que dois minutos, até pegar a saída para Chiswick com seu A4, do outro lado de Londres, não muito longe de casa. O que poderia ter sido pura coincidência, a não ser pelo fato de que ele acrescentara meia hora a seu itinerário ao pegar uma rota complicada por Battersea, cruzando o rio de norte a sul pela Chelsea Bridge, e depois de novo de sul a norte em Putney: um caminho que nenhum GPS, por mais louco que fosse, teria sugerido. Definitivamente, eles o estavam seguindo, até descobrirem aonde ele estava indo. Bons o bastante para usar dois carros. Amadores o suficiente para usar ambos de modo incompetente, graças a Deus.

Por conta disso, chegou em casa mais tarde do que havia previsto, e já era muito tarde para ligar para o Castelo de Windsor. Ele costumava ligar para a assistente do secretário, mas imaginou que seria mais proveitoso ligar direto para Sua Majestade em um fim de semana, se calculasse bem o tempo. Por volta das sete, entre os drinques e o jantar, costumava funcionar bem. Aquilo o surpreendia, a rapidez com que ela atendia suas ligações quando estava livre para conversar em particular. Mas agora ele encarava isso como uma das coisas que a imprensa sensacionalista mataria as próprias avós para saber, e que jamais descobriria. Ele teria de esperar até o dia seguinte, mas era um homem paciente.

* * *

A rainha estava prestes a se arrumar para o jantar da noite de domingo quando a assistente de sua estilista apareceu segurando um telefone: à moda antiga mesmo, com base e fone, nada "smart".

— Telefone para a senhora. É o Sr. MacLachlan.

— Obrigada.

A assistente se retirou. A rainha deu uma conferida no próprio reflexo no espelho da penteadeira (cansada, um pouco inchada) e ergueu o fone.

— Billy, que gentileza sua ligar.

— É um prazer, Vossa Majestade. Acho que encontrei o que a senhora estava procurando. Aquela mulher, Moodie, não tirou a própria vida... se minhas fontes estão corretas. A senhora também perguntou se ela falava chinês, e ela falava. Estudou mandarim na escola e falava cantonês em casa, em Hong Kong. Também procurei saber se ela falava russo, por via das dúvidas, mas acho que não falava. Ela levava uma vida interessante, pode-se dizer assim. Definitivamente, tem algo de errado.

— Conte-me o máximo que puder. Tenho cerca de sete minutos.

— Será mais que o suficiente, senhora.

MacLachlan então a inteirou de suas investigações no perfil do Instagram da moça e das conversas com os amigos de Anita Moodie.

— E então, ontem, visitei um ex-professor dela — acrescentou ele. — Ela estava mal quando o procurou, e isso foi alguns dias antes de sua morte. Ele presumiu se tratar de problemas com o namorado, culpabilizou seu temperamento artístico etc., mas ela jamais se comportara assim antes. E estava *muito* mal mesmo, entende? Não só triste e chorando, mas realmente no fundo do poço. Estava sentada no gramado, disse ele, se balançando para a frente e para trás, murmurando coisas que, na maior parte, ele não compreendia. Parecia estar fora de si. Desesperada.

— Isso não sugere suicídio? — ponderou a rainha. É no que os amigos dela acreditam, embora parecesse inesperado.

— Pode-se pensar que sim — disse MacLachlan. — Mas, assim que o Sr. de Vekey começou a falar, ele mudou de ideia em relação a como ela estava; ao estado emocional dela, a senhora entendeu o que eu quis dizer. Ela estava achando que ia morrer. Ele não conseguiu acalmá-la, não conseguiu consolá-la. E disse que, parando para pensar melhor, ela lhe parecia mais aterrorizada que transtornada. Morta de medo.

A rainha não gostou da atitude daquele professor.

— Ele não cogitou avisar ninguém? Os pais? Já que ela estava tão mal...

— Ele disse que ela lhe pediu para não fazer isso.

A rainha nem se deu ao trabalho de perguntar ao inspetor-chefe como ele havia arrancado a informação do homem naquele caso, porque a competência de MacLachlan era a razão pela qual ela confiava no homem.

— O que gostaria que eu fizesse agora, senhora? Mas primeiro preciso alertá-la, eles estão na minha cola.

— Quem?

Ele lhe contou sobre os carros branco e preto.

— A placa diplomática veio de uma embaixada árabe. País pequeno. Aliado. Difícil imaginá-los planejando um assassinato.

Ele nomeou o país em questão, e ela concordou. Ela pensou.

— Não faça nada por enquanto. Obrigada, mas creio que já tenha sido muita emoção por ora. Você vai ficar bem?

— Vou, sim, senhora. — Ele a tranquilizou. Queria vê-los tentarem algo. — Só me avise.

Mas a mente da rainha já estava longe. As peças do quebra-cabeça estavam todas ali. Ela só precisava juntá-las. A imagem básica estava nítida, e estivera por um tempo, mas alguns detalhes teimosos ainda se recusavam a se encaixar.

Talvez ela pudesse ter resolvido tudo naquela noite, mas, assim que encerrou a ligação, sua estilista apareceu com meias-calças limpas para que ela pudesse usar, e, então, já era hora do último jantar da semana em Windsor, repleto de amigos e familiares.

Naquela noite, ao pegar seu diário, ela pensou rapidamente no interrogatório de Rachel Stiles que foi conduzido pela polícia em seu apartamento, em Isle of Dogs (perto do Domo do Milênio, onde a rainha havia passado uma das noites mais horríveis de sua vida, o que com certeza deu uma nova perspectiva às coisas), e nos olhos, e naquele único fio de cabelo. E naquela calcinha. Por que aquela calcinha? Ela não conseguia compreender.

Como sempre fazia quando um problema lhe parecia insolúvel, ela decidiu esperar até o dia seguinte antes de tomar qualquer decisão. Mas o tempo estava passando. Se ela estivesse *mesmo* certa, significava que o desagradável do Humphreys também estava parcialmente certo, o que significava que o país estava em perigo até que tudo fosse resolvido.

Parte 4

Um Breve Encontro

Capítulo 24

Na segunda-feira, Philip tinha um compromisso na cidade e saiu com seu valete e seu escudeiro antes de ela ir para uma última cavalgada. Ela nutria a esperança de que o ar puro, o parque verdejante e o cheiro reconfortante de seu pônei suscitassem alguma revelação, mas, no fim, estava muito nervosa com a mostra de cavalos, muito triste por ter de ir embora e muito ocupada se preparando mentalmente de última hora para a semana adiante a fim de conseguir fazer qualquer progresso que fosse.

Rozie chegou com as caixas para ela olhar antes de partir. A assistente também estava disponível para acompanhá-la, mas a rainha queria um tempo a sós para pensar.

— Vejo você no palácio.

— Sim, senhora.

— Precisamos conversar sobre algumas coisas.

— Com certeza, senhora.

— Fale comigo depois do almoço.

Uma hora mais tarde, o Ranger Rover arrancou discretamente para fora das dependências do castelo e serpenteou pelo caminho familiar até a M4. Era o aniversário da princesa Charlotte. A rainha ligou para Anmer Hall a fim de lhe desejar os parabéns. Eles estavam ocupados com os preparativos de uma pequena festa, mas ela os veria em breve, na mostra de cavalos. Por ora, tudo o que conseguiu foi um tímido "olá, vovó" do príncipe George. Ele não era uma criança com dificuldade de se expressar, mas ainda não sabia mexer muito bem com tecnologia. Talvez ela devesse se sentir grata. Mas daqui a dez anos, por aí, com certeza seria impossível afastá-lo daquilo.

Ela pensou na pequena e unida família Cambridge, sã e salva, e longe dos holofotes, em seu lar em Norfolk. Como devia ser. Fora assim para ela também, sendo criada em Mayfair com uma expectativa razoável, quando jovem, de uma vida de privacidade. Agora, parecia difícil lembrar como havia sido: confiar em mais do que alguns poucos amigos próximos, correr riscos e cometer erros na feliz certeza de que não tinha com o que se preocupar. Agora precisava se preocupar com tudo. Praticamente todo mundo comentava.

O carro ganhou velocidade quando entrou na rodovia. Ela viu as reações dentro dos diversos veículos que passavam por eles: motoristas e passageiros olhavam de relance e, ao reconhecer o Range Rover e a escolta, voltavam a olhar e estreitavam os olhos para ver se conseguiam enxergá-la no banco detrás.

Era um milagre aquele pequeno assassinato sórdido não ter protagonizado as manchetes até então. Não devia ter sido fácil para o inspetor-chefe Strong manter a investigação na surdina. Imagina se os sites de fofoca tivessem descoberto a história da lingerie e do batom...

E então, de repente, a peça do quebra-cabeça que continha o roupão e o cinto se encaixou. *Mas é lógico.* O inspetor-chefe Strong havia feito exatamente o que tinha que fazer.

Nos quilômetros que se seguiram, as outras peças se ajustaram ao redor daquela até que tudo sobre aquela noite ficou óbvio, tudo fez sentido.

Foi o cabelo que tinha causado o maior problema, mas agora que ela havia entendido a ordem dos fatos, a solução para a questão do DNA era óbvia. Na verdade, era a primeira coisa em que ela devia ter reparado.

Agora não haveria dúvidas de como a cena do assassinato havia sido forjada e por quê. E o pior era que, a rainha se deu conta com desesperadora rapidez, ela mesma fora a causa. As piadas que havia feito com Philip, aquelas pequenas frustrações, não eram detalhes pontuais — eram a essência da humilhação do pobre homem. Ela era responsável pelo guarda-roupa, pelo roupão roxo, por tudo.

O trânsito na rodovia prolongava a viagem. A rainha olhou pela janela e viu uma fila de aviões à distância, alinhados no céu, preparando-se para pousar. Ela se obrigou a respirar fundo e pensar racionalmente.

Mas ainda havia a questão do que aconteceu depois. Como a mulher podia estar em dois lugares ao mesmo tempo? Ou então como duas mulheres com o mesmo nome haviam estado em um só lugar? Como ninguém havia notado?

Ela custou a ligar todos os pontos. Quando descobriu o que devia ter acontecido, ela arfou alto. Seu segurança olhou para trás, do banco do carona, para se assegurar de que ela estava bem, e ela assentiu em resposta.

Mas ela não estava.

Ela enxergou o que provavelmente fizeram, e foi horrível. Frio e calculista, e assustador, e uma perda tão terrível. E até aquilo não havia sido o suficiente.

Ela repassou cada detalhe, conferindo se batia com o que MacLachlan dissera, com o que a equipe do inspetor-chefe Strong sabia e com o que ela mesma e Rozie haviam descoberto. Sim, tudo batia. As últimas descobertas de MacLachlan lhe deram coragem para acreditar que fosse verdade.

Algumas pontas ainda estavam soltas, mas isso logo se resolveria. Se as pessoas soubessem o que estavam procurando, elas descobririam isso e, provavelmente, muito mais. Ela percebeu que só uma pessoa era capaz de iniciar o processo. Se ao menos ela ainda estivesse em

Windsor! Droga! Ela teria de pensar em uma desculpa para entrar em contato.

Quando o Range Rover passou em frente à Harrods em meio ao trânsito da manhã, ela já sabia como e o que precisaria fazer para aquilo acontecer. Ela se sentia um pouco melhor, mas contemplar tanta morte e traição a deixara exausta. A rainha precisava muito ver os pequenos George e Charlotte e celebrar a vida. Dez dias pareciam uma eternidade.

— Poderia colocar o governador do Castelo de Windsor ao telefone? Preciso lhe pedir um favor.

— Sim, senhora.

A rainha estava sentada à mesa de sua sala, no Palácio de Buckingham, a base do telefone aninhada no meio de uma coleção de fotografias e vasos de flores. A mobília familiar do cômodo e os retratos de família a acalmavam, e, sobretudo, a vista para os plátanos plantados por Victoria e Albert, cujos galhos agora se entrelaçavam uns nos outros. Ela havia levado os cães para um longo passeio no jardim assim que chegou, o que não estava em sua agenda, mas sua equipe tinha reagido com uma calma admirável. Ela estava se sentindo melhor. Podia seguir com o seu dia agora.

A telefonista colocou Sir Peter na linha rapidamente.

— Ah, governador, minha intenção era lhe fazer essa pergunta antes de vir embora, mas eles já decidiram onde vão estacionar aqueles trailers e caminhões monstruosos das emissoras de TV? Porque simplesmente não vou admitir que prejudiquem o gramado.

Por alguns minutos, ela e Sir Peter discutiram os detalhes dos preparativos finais da mostra de cavalos. Eram um pouco menos urgentes, na opinião do homem, do que Sua Majestade os fazia parecer, mas longe dele criticar o que era importante para ela em sua própria casa.

— Ah, e eu estava pensando — disse ela casualmente — sobre aquele caso horrível da mulher que morreu em Londres. Sim, a da cocaína. Suponho que voltar à cidade tenha me feito lembrar de certos detalhes. De repente, eu pensei que... você deve ter sido uma das últimas pessoas a vê-la. Sim, eu sei, mas fiquei me perguntando se ela não estava se drogando no castelo. É a última coisa de que precisamos. Sabe se a equipe do inspetor-chefe Strong fez alguma investigação em relação a isso? Eu me lembro de tê-la conhecido. Uma mulher de poucas palavras. Enfim, diga à ITV o que eu falei sobre os caminhões. Isso deve deixá-los morrendo de medo, se nada mais conseguir fazê-lo.

Depois, ela fez uma ligação rápida para Billy MacLachlan.

— Acho que chegou a hora de você fazer o que sugeriu. Mas muito discretamente. Fique de olho nele depois. Gostaria de ter certeza de que ele estará a salvo. E você acha que alguém deveria alertar o MI5 sobre os pagamentos? Obrigada, Billy.

Rozie estava ali do seu lado, pronta para tomar notas. As conversas não faziam muito sentido para ela. Principalmente aquela cogitando se Rachel Stiles havia se drogado no castelo. Quando aquilo se tornara um problema? Ela estava se segurando para não perguntar em que pé estavam as coisas, mas parecia haver um acordo tácito entre ela e a Chefe de que nunca conversariam diretamente sobre seus planos.

— Há algo que eu possa fazer, senhora? — perguntou ela.

— Poderia descobrir se Rachel Stiles usava lentes de contato? E poderia dar um recado ao diretor-geral do MI5? Diga a ele que eu gostaria de vê-lo na quarta-feira. Uma atualização da situação cairia bem.

De volta ao castelo, Sir Peter guardou o celular no bolso, pensativo. Ele tinha quase certeza de que o diretor da mostra de cavalos já havia resolvido o problema dos caminhões de TV, mas ia confirmar para ter certeza absoluta, antes de garantir qualquer coisa a Sua Majestade. Enquanto isso, havia aquela pequena questão da mulher da cocaína. Rachel o quê? Stiller? Snipes?

Ele tinha suas dúvidas de que ela tivesse tido a audácia de se drogar no castelo. Logo durante uma conferência ultrassecreta? Mas era verdade que, embora ela aparentasse estar bem no primeiro dia em que ele a encontrara, não lhe parecera tão bem no segundo. Ele não conseguia ver como aquilo poderia afetar a investigação policial sobre Brodsky, mesmo que ela estivesse muito drogada, mas, com sua extrema dedicação, sentia que deveria fazer sua parte e ir atrás da informação. Se *tivessem* descoberto que houve uso de drogas no castelo e um dia isso caísse nas mãos da imprensa, seria a manchete do *Daily Mail* por algumas semanas. Ele teria de avisar à equipe de comunicação.

Sir Peter tinha marcado com algumas pessoas nos escritórios da Ala Inferior, mas, quando suas rondas terminaram e ele estava voltando à Torre Normanda para almoçar com a esposa, resolveu dar um pulo na vizinha Torre Redonda e se arrastou pelos degraus até a pequena sala no terceiro andar. O inspetor-chefe Strong não estava à sua mesa, mas Andrew Highgate, seu sargento, estava.

Agora que estava, de fato, na presença da polícia, Sir Peter julgou sua missão ligeiramente insignificante. Sua dedicação começava a lhe parecer mais uma interferência desnecessária. Certamente, um assassinato era muito mais importante para eles do que um possível uso de drogas, não era? (E, considerando o que Sir Peter sabia sobre os incontáveis hóspedes que passaram pelo castelo ao longo dos anos, não teria sido exatamente a primeira vez.) No entanto, o inspetor-sargento Highgate, na presença de um general, um cavaleiro do reino e — para citar seu título oficial completo — o Condestável e Governador do Castelo de Windsor, fez questão de fazer um trabalho minucioso.

— Não, fez a coisa certa, senhor. Obrigado por vir até aqui. Deixe-me só pegar o que temos sobre ela... Sim, aqui está, Rachel Stiles. Especialista em economia chinesa. Infelizmente, um futuro não tão brilhante. Hum, ok, deixe-me ver... Não, essa definitivamente é a foto certa. Conseguimos com o escritório dela. A original que pegamos no formulário de segurança dela era um pouco pequena. Não creio que possamos ter cometido um erro. Posso verificar de novo, se quiser. Ligo para você em cinco minutos, a não ser que prefira esperar enquanto eu...

Sentindo certo medo a essa altura, Sir Peter disse que esperaria.

* * *

Em seu jardim em Woodbridge, algumas horas mais tarde, Guy de Vekey bebericava uma taça de Pinot Grigio gelado enquanto andorinhas que haviam acabado de chegar por ali voavam bem lá no alto, como flechas cortando o céu. Ele amava a magia que aquela hora proporcionava, quando o dia se transformava em crepúsculo e o céu ficava mais escuro, passando de pêssego para púrpura, enquanto sombras se formavam no gramado. Atrás dele, Elgar cantava, a voz rouca e sedutora, no vinil preto e grosso, para o ar da noite.

Ele havia jurado guardar segredo. Já havia aberto o bico uma vez, para aquele homem no sábado, e agora lhe estava sendo pedido que o fizesse de novo. Seu primeiro instinto foi se manter fiel à sua palavra. Anita estava morta; como ele poderia decepcioná-la? Por outro lado, ele não tinha se sentido... Qual era mesmo a palavra? Aliviado, ao contar pela primeira vez?

Tinha ensinado duas gerações de crianças a cantar. Várias delas haviam mantido contato, algumas o convidaram para seus casamentos ou concertos de estreia, mas apenas poucas haviam ficado realmente amigas. No geral, eram aquelas excepcionalmente talentosas, mas até que Anita não fora uma delas. Ela era boa, óbvio, mas o que realmente fazia com que ela se destacasse dos outros alunos era sua sede: de viver, de ser bem-sucedida e do quanto era disposta a se sacrificar para conseguir sempre o melhor. Aquilo por si só já era considerado um talento na implacável indústria da música clássica. De qualquer forma, apesar da diferença de idade, ela confiava nele; valorizava seus conselhos. Ele a via uma vez a cada dois anos; sempre animada e feliz, ansiosa por mostrar as fotos de suas viagens e contar as novidades. Mas o jeito como ela se comportara da última vez, três semanas atrás, quando o visitou... Ele ficava arrepiado só de lembrar. Parecia desolada. *Ela* estava desolada; um caos soluçante e choroso.

E, então, aquele amigo da família havia aparecido para perguntar por ela. Senhor... Como era mesmo? Ele não conseguia lembrar... Enfim, em consideração aos pais de Anita, ele procurou entender o estado mental da garota antes de ela... fazer aquilo consigo mesma. Quem poderia imaginar que isso fosse acontecer? Quem na face da Terra poderia imaginar?

No dia, Guy não tinha estranhado uma jovem triste por ter tido um dia ruim. Mas, quando o amigo o questionou sobre isso, ele ficou surpreso com quão grave a situação parecia. E, na hora em que estava explicando, algo fez com que Guy desembuchasse tudo. Que ótimo confidente, hein.

Ao falar sobre isso no sábado, a mudança em Anita pareceu estranha. Repentina. Inexplicável. Guy percebia agora que não fora tristeza que sentira em ondas trêmulas emanando dela... fora terror. Ela havia até previsto a própria morte. Ele havia lhe dito, implorado, que não fizesse nada... mas talvez ela não estivesse falando sobre um coração partido.

Talvez o homem tivesse razão, quando ligara de novo quase agora, preocupado. Talvez Guy devesse falar com a polícia. Poderiam pensar que ele estava ficando doido, mas e se não estivesse?

Pensando melhor agora, será que ela estava tentando lhe contar alguma coisa aquele tempo todo? Anita estava com um ar misterioso e assustado, e dois dias depois foi encontrada morta. Guy terminou a taça de vinho. Rezou para estar enganado.

— Já tomou sua decisão?

Sua companheira se juntou a ele e colocou uma das mãos em seu ombro. Ele esticou o braço e a envolveu pela cintura.

— Vou ligar para eles amanhã de manhã.

Capítulo 25

Na manhã de terça-feira, ocorreu uma missa de Ação de Graças na Abadia de Westminster em homenagem a Sir Geoffrey Howe, que fora muito simpático nos tempos de Margaret Thatcher e que era outra criança de 1926. A rainha não compareceu porque, se fosse a uma, teria de ir a várias, mas teria gostado de ir dessa vez. Ele era um homem gentil e modesto, um político honrado — o que, só Deus sabe, era raro — e até que dava para o gasto no críquete. Outra perda.

Na sua idade, e na de Philip, eles recebiam notícias de morte com frequência. Praticamente todos os dias a essa altura, e era sempre triste. Na verdade, Philip dissera no inverno anterior: "Se me convidarem para mais uma droga de enterro, vou ficar pê da vida." Mas ele não estava falando sério. E pelo menos a maioria de seus queridos amigos tivera uma vida plena.

Ela espiou, com indiferença, sua silhueta no reflexo do vidro. Durante a visita ao Correio Real, alguém a lembrou (frequentemente, as pessoas diziam a ela, com orgulho, coisas sobre si mesma que não eram exatamente novidade) de que a sua imagem era a mais reproduzida na História. Ela havia esquecido de propósito na primeira vez: parecia uma informação que nenhum ser humano devia ser forçado a carregar. Ela achava que era a de Diana. Um amigo nos anos 1990 lhe disse que havia acabado de voltar dos mais altos picos do Nepal, longe de todos os carros, telefones e até mesmo de rádios. Lá, no sopé da Annapurna, ele tinha visto um fazendeiro brandindo uma foice de colheita com aparência medieval e usando uma camiseta estampada com o rosto de sua finada nora. Aonde quer que você fosse, lá estava ela.

Mas, superando os jornais, as revistas e as lojas de lembrancinhas, havia as cédulas e os selos postais. Tão simples, quando paramos para pensar. Na Inglaterra e por toda a Commonwealth, sempre que ficavam em dúvida, eles usavam uma foto de seu perfil nas cédulas ou nos selos. Felizmente, de quando era bem mais jovem e não tinha tantas papadas no pescoço. E olha que ela vivera por muito tempo...

Inclinando-se para a frente, ela ajustou os óculos no rosto e inspecionou as narinas reais à procura de pelos. Envelhecer era um processo humilhante. Jamais vira a si mesma como uma beldade, mas, pensando melhor agora, reparou que talvez tivesse sido. O que era bom, caso insistissem em estampar seu rosto um bilhão de vezes em objetos do dia a dia. Agora era mais uma questão de conter o avanço dos folículos capilares.

Billy MacLachlan teve sorte de encontrá-la sentada à penteadeira mais uma vez, àquela hora da manhã. A conversa foi muito rápida.

— Falei com o Sr. de Vekey, Vossa Majestade.

— Conseguiu convencê-lo?

— Acredito que sim.

— Excelente. E tudo certo com a outra ligação também?

— Sim. Foi um formulário on-line, mas surtiu o mesmo efeito.

— Obrigada.

— Imagina, senhora. Tenha um bom dia.

Mais tarde, ela estava chegando ao fim do conteúdo das caixas quando ouviu um grande alvoroço no corredor. Som de passos, portas batendo e tons de vozes elevados.

Sir Simon já tinha chegado para coletar os papéis. Ele permaneceu indiferente, mas a rainha parecia incomodada.

— Poderia ver o que está acontecendo, por favor?

Mas, antes que ele pudesse fazer qualquer coisa, a porta se escancarou e o duque de Edimburgo entrou, vermelho de raiva.

— Você ficou sabendo o que aquele imbecil do Humphreys fez ontem?

— Obrigada, Simon.

Sir Simon saiu sem dar nem um pio. Ela se virou para Philip.

— Não.

— Ele interrogou meu valete. O meu valete, cacete. Por *seis horas*, ontem à noite. Sem nem me perguntar ou sequer avisar. Jesus amado... Só descobri hoje de manhã.

— Ai, meu Deus. Por que fizeram isso?

— Porque eles acham que ele é um agente soviético. Sabe-se Deus lá por quê. O homem nunca esteve mais a leste que Norwich. Soube de Robertson também? Foi encontrado inconsciente pela própria filha e levado às pressas para a emergência. Encurralados, é o que eles estão sendo. Já estou farto de Humphreys passando por cima de nós como um ditador barato qualquer.

— Eu entendo o que você quer dizer.

— Entende mesmo? Ele vem metendo o bedelho no Castelo de Windsor há semanas e com impunidade, e agora está fazendo a mesma coisa aqui. Você precisa dar um fim nisso antes que uma crise se instaure.

Ela ergueu uma das sobrancelhas.

— Você gostaria que eu demitisse o chefe do MI5?

— Sim, eu bem que gostaria.

— Tenho certeza de que o primeiro-ministro amaria a ideia.

— Dane-se o primeiro-ministro.

— Eu vou encontrá-lo hoje — comentou ela. — E lhe contar que você disse isso.

— O prazer é todo meu. Veja bem, Lilibet, estou falando sério. — Ele estava um pouco mais calmo. Poucas pessoas teriam notado por conta de seu comportamento, mas ele estava. Philip se aproximou da mesa dela e apoiou a mão na superfície. — Humphreys não pode continuar atormentando nossos conhecidos sem um motivo plausível. Ele não tem nenhuma evidência que comprove a teoria burra dele.

— Eu sei. Falando nisso, vou encontrá-lo em breve.

— Vai? — Ele se endireitou mais uma vez. — E você vai demiti-lo?

— Farei o que estiver ao meu alcance — ofereceu ela.

Embora estivesse genuinamente furioso em nome de seus funcionários, o duque sabia que exigia coisas absurdas da esposa. Ele estava constrangido com a atitude calma e complacente dela.

— Está falando sério?

— Estou.

— Ah, sim. Que bom então. Quando?

— Não sei ao certo — respondeu ela. — Amanhã, em algum momento do dia, eu acho. Se conseguirmos encaixá-lo... — Ela ajeitou os óculos bifocais e baixou o olhar. — Entre o secretário-geral da Commonwealth, o bispo de Leicester e Michael Gove.

— Rá! Você está mentindo. — Seu senso de humor estava de volta. Seus acessos de raiva raramente duravam muito.

— Não estou.

— As coisas que você faz pelo país...

Ela piscou para ele.

— E você vai dar um sermão em Humphreys quando o vir? — insistiu ele.

A expressão da rainha era enigmática, mas ela sorriu.

— Algo do tipo.

Capítulo 26

Na quarta-feira, a vida no Palácio de Buckingham tinha voltado à rotina. Nem parecia que eles tinham passado um tempo fora. Rozie estava ocupada, mediando com os japoneses a visita iminente do primeiro-ministro e, com o Gabinete, os preparativos para o aniversário oficial da rainha em junho.

Rozie tinha conseguido relatar à Chefe que Rachel Stiles, a mulher da cocaína de Docklands, tinha hipermetropia e usava óculos às vezes, mas nada de lentes de contato, até onde pudera averiguar. A rainha recebeu a notícia com nada mais que um evasivo "hmmm". Rozie estava morrendo de vontade de fazer mais perguntas, porém não o fez. Ela sabia que a rainha ainda não acreditava na teoria do MI5 sobre os russos. Pelo que ela mesma levantara e levando em consideração o trabalho que Billy MacLachlan estava fazendo, estava na cara que Brodsky, Rachel Stiles e Anita Moodie tinham algum tipo de ligação. Ela suspeitava de que Anita havia se passado por Rachel, mas não conseguia enxergar a conexão. Será que tinha dedo de Brodsky nisso? Ele conhecia Anita. *Ele* era um espião? Era sobre isso que MacLachlan precisava conversar com o MI5?

Rozie se sentiu excluída, mas não abandonada. Aquilo a surpreendeu. Ela imaginou que ficaria mais ressentida com a rainha por não ter se explicado melhor, mas aquela era apenas a maneira como a Chefe trabalhava. Ela não era sua amiga, e você não era sua confidente. Para alguém que vivia sob os holofotes, ela levava uma vida solitária e, após tantas histórias vazadas ao longo de tantas décadas, a começar com a própria governanta, que tinha confundido o que podia ou não podia ser compartilhado sobre as princesinhas, provavelmente levaria anos para conquistar sua confiança. A estilista conquistou, pensou Rozie, mas ela se juntara à Casa Real em 1994. Rozie chegara havia apenas seis meses.

Gavin Humphreys era um homem metódico que tinha uma única filosofia de vida, adorada também pelo seu pai militar, conhecida como "o ditado dos sete pês". *Planejamento pertinente e preparação previnem performance pífia e pobre.* O diretor-geral do MI5 planejou, estava preparado e nunca esperava uma performance abaixo do esperado.

Logo, uma ligação para o Palácio de Buckingham a fim de pôr a rainha a par do progresso da caçada ao espião não era nada com o que devia se preocupar. Foi apenas quando estava saindo do escritório em Millbank que ele sentiu um súbito nervosismo. Teria sido ótimo se todo o planejamento e toda a preparação tivessem produzido um oitavo pê: *progresso.* Essas coisas não funcionam quando são feitas com pressa; Sua Majestade ia entender. Ela era bastante compreensiva, pelo que Singh lhe contara.

Entretanto, aparentemente, o duque de Edimburgo reagiu mal ontem. E a teoria do valete se provou um beco sem saída, o que era estranho. Havia parecido promissora no início: a ex-namorada do homem havia trabalhado não só para uma, mas para duas redes de hotéis administradas por simpatizantes de Putin na Turquia. Teria sido fácil para a FSB chegar até ele por meio dela, mas ele estava com uma namorada nova — uma funcionária qualquer da Casa Real — e passara a noite do jantar com pernoite em sua cama. Ela era filha de um chefe-adjunto do GCHQ e, conforme as testemunhas apresentaram, aquilo era algo tão incontestável quanto se poderia esperar. Droga...

Também não haviam avançado significativamente com o pajem real nem com o arquivista. Humphreys começava a suspeitar de que o agente fora mais bem plantado do que imaginara.

Vladimir Putin tinha usado seus trunfos brilhantemente, e não foi a primeira vez. Era um ditador do século XXI, sem princípios, mas digno de admiração.

Um escudeiro o acompanhou até a Sala de Audiência da rainha, onde a reunião aconteceria. Ele respirou fundo e rezou para que os corgis não estivessem presentes.

Não estavam. A sala parecia surpreendentemente normal, depois de todo o mármore e estátuas pelos quais passou no caminho. Era pintada de azul, com as obras de arte de sempre e os espelhos antigos, mas tinha um toque feminino, sutil. A assistente de salto alto estava lá. A rainha perguntou se ele se importava com a presença dela, e ele disse que não. E, melhor ainda, não havia nenhum sinal de um furioso príncipe Philip. Sua Majestade era, como Singh dissera, só sorrisos e encorajamento cordial. Ela sabia como era difícil e essencial o trabalho de proteger a nação.

Eles se sentaram em poltronas forradas com seda. Humphreys fez um trabalho satisfatório, pensou ele, ao explicar as dificuldades em expor a astuta interferência de Putin, mas afirmou que, no devido tempo, com certeza encontrariam o motivo. Ele sentia o insistente descontentamento de Sua Majestade com a perturbação no cotidiano do Castelo de Windsor. Ela era muito dedicada aos seus funcionários. Humphreys não sabia o que era isso — ele e a mulher tinham uma faxineira que aparecia duas vezes por semana, cujo sobrenome eles nem sabiam. Ser sentimental não compensava, mas é óbvio que não se dizia isso à soberana, principalmente com ela naquela idade. Com cortesia, ele lhe assegurou de que avançavam o mais rápido possível.

— Há um detalhe interessante — mencionou ele, a título de incentivo. — Determinamos que um dos visitantes do castelo naquela noite era um impostor. Foi o governador que descobriu.

— Ah é?

— Ela teve um papel secundário, senhora. Nenhuma ameaça séria à segurança nacional, mas é lógico que também estamos averiguando isso, e já demos sorte com essa investigação. É improvável que tenha ligação com o caso Brodsky. Ela nem deveria ter passado a noite no castelo. Uma daquelas estranhas coincidências...

Ele sorriu e deu de ombros. A rainha também sorriu, e chegou a hora de encerrar a visita.

— Vou acompanhá-lo até a saída — disse ela, o que lhe pareceu estranho, mas era o seu palácio e ela já tinha dito que iria naquela direção.

Enquanto atravessavam os corredores acarpetados, com o escudeiro e a assistente de salto alto a três passos atrás, a rainha mencionou, em um tom casual, como ficaria atarefada agora que a agenda de verão estava em curso.

— Muitas visitas a escolas e universidades, como de costume.

Ela mencionou algumas. Para alguém daquela idade, sua memória era bem afiada. Uma delas era a escola em que Brodsky lhe contou que tinha aprendido piano, aparentemente, o que deixou o clima meio pesado. Um lugar chamado Allingham. Ela comentou que o russo havia sido um excelente pianista e que ela estava ansiosa por conhecer o departamento de música. Então, alcançaram a escadaria, e a visita chegou ao fim. Humphreys ficou grato por ela não ter mencionado o valete. Mais do que isso: ela fora extremamente simpática. Enquanto saía por uma porta lateral para procurar o motorista, ele suspirou de alívio.

Assim que voltou à sua mesa, recebeu uma ligação do comissário da Metropolitana.

— Como ela estava?

— Perfeitamente bem. Alguma novidade por aí?

— Na verdade, tem, sim. Conseguimos algumas imagens das câmeras de vigilância. Você vai recebê-las pelos canais oficiais, mas pensei que gostaria de saber antes.

Capítulo 27

Na quinta-feira, o primeiro-ministro japonês chegou para a visita. Parado em um pódio ao lado de David Cameron, onde o presidente Obama também já havia estado, Shinzō Abe alertou para os riscos de votar a favor do Brexit no referendo que se aproximava. Até os japoneses pareciam apreensivos. Rozie odiava toda a tristeza e melancolia envolvidas, mas não estava esquentando muito a cabeça. Afinal, tinha dado tudo certo com o referendo escocês. Além disso, o Japão não era um problema dela hoje. A audiência com a rainha seria curta, e Sir Simon lidava com aquele tipo de diplomacia com a mão nas costas.

Era o dia de folga de Rozie, e, como a semana seguinte seria muito movimentada, Sir Simon havia lhe dito para aproveitar bastante. Então ela ia se encontrar com uma bilionária em uma suíte do Claridge's naquela tarde. Masha Peyrovskaya tinha pedido para falar com ela novamente.

O que surpreendeu Rozie, ao entrar no lobby reluzente em tons de mel do hotel mais sofisticado de Londres, não foi o encanto com todo aquele luxo minimalista, e sim o quanto se sentiu à vontade. O trabalho começara a influenciá-la. Assim como seu antigo cargo no banco, em que atividades em grupo sempre aconteciam em spas, no campo, aos fins de semana, e em jantares com clientes, regados a vinhos das melhores safras em salas privativas de restaurantes iluminadas por lustres venezianos. Ela agora apreciava vinhos de altíssima qualidade e sabia um pouco do assunto. Gostou do clique dos saltos Francesco Russo no piso de mármore preto e branco do lobby. Gostou da expressão petrificada no rosto do *concierge* quando ela mencionou o nome de Masha, antes de ser levada à suíte Grand Piano. O rosto dela fazia o mesmo quando conhecia um rei ou presidente. Mas estava ficando craque em fingir costume.

Lá em cima na suíte, Masha estava sentada ao piano, tocando algo audacioso e dramático, seu corpo oscilando enquanto os braços se estendiam até as teclas mais distantes. Sem falar nada, Rozie ficou parada ali, assistindo por um instante. A criada que havia lhe aberto a porta desapareceu em outro cômodo.

Eventualmente, a composição chegou ao fim. Masha respirou fundo e fechou os olhos.

— Tchaikovsky — disse ela, sem se virar. — Combina com o meu humor.

— Você toca lindamente.

— Eu sei. — Masha olhou de relance para a janela à esquerda, cujas cortinas de renda tinham sido abertas para revelar a vista dos telhados de Mayfair. — Eu devia ter me profissionalizado. — Ela deu de ombros e abriu um sorriso singelo para Rozie. — Você veio. E como está Sua Majestade?

— Muito bem, obrigada.

— Poderia dizer a ela que lhe mandei lembranças?

— Com certeza.

— Se um dia... ela quiser ouvir mais como os russos tocam piano... — Masha parecia melancólica.

A princípio, Rozie se perguntou se ela estava atrás de algum trabalho. E então entendeu tudo; a pobre mulher queria apenas rever a rainha, estar perto dela. A Chefe surtia esse efeito em algumas pessoas. Na verdade, na maioria das pessoas, de acordo com a experiência de Rozie.

— É uma pena que ela não possa ouvir o Sr. Brodsky — disse Rozie, mudando levemente de assunto. Ela ainda não tinha certeza absoluta do porquê tinha sido convocada até ali.

— Aceita um drinque? — perguntou Masha. Ela se levantou e foi até um sofá de veludo, no qual se jogou em uma pose descontraída. Rozie se sentou com mais decoro em uma das poltronas em sua frente. Masha usava uma calça jeans skinny, nenhum calçado, uma camiseta larga e vários cordões. O cabelo parecia sujo e despenteado, e não havia vestígios de maquiagem em seu rosto. Ela parecia, por incrível que pareça, mais bonita que antes.

Rozie estava prestes a sugerir uma xícara de chá quando um mordomo surgiu carregando uma bandeja com chá, café, água com e sem gás, dois tipos de smoothie e uma tigela de cristal com frutas.

— Por favor, fique à vontade — insistiu Masha, fazendo um gesto para Rozie que ao mesmo tempo dispensava o mordomo.

Ele se retirou. Rozie pegou um smoothie cor-de-rosa, tirou os sapatos e aninhou os pés sob o corpo. Ela ainda não fazia ideia do que estava acontecendo, mas podia aproveitar enquanto isso.

— Como posso ajudar?

O que se seguiu foi uma hora muito estranha, na qual Masha despejou seus problemas conjugais em cima de Rozie com muita riqueza de detalhes.

— Ele me trata como uma pedra no sapato. Acha que só me importo com a minha arte, mas como ele pode saber o que penso se nunca conversa comigo? Não fazemos amor há sete semanas. Ele era maravilhoso na cama, mas agora... ele transa comigo como se me odiasse. — Masha encarou o teto. — O último presente que me deu foi um filhote de bichon frisé. Ele disse que uma cadela merecia a outra. Dá pra acreditar? Dizer isso para a própria *esposa*? Eu dei a cachorra para a cozinheira. Ele a demitiu. E era uma boa cozinheira.

— Agora ela brincava com o anel, girando o diamante ovo de gaivota em seu dedo, observando a luz incidir na pedra. — Todo dia ele me pergunta sobre Vadim. Se ele é gay mesmo. Se foi uma brincadeira, se nós fizemos um ménage. Ele é nojento. Nega ter encomendado a surra, mas sei que foi ele. Está furioso comigo por ter ajudado Maks. Eu disse que iria embora daquele lugar, e ele disse: "Pode ir." Então eu fui... Vim para cá... para o quarto de hotel mais caro que pude encontrar. Ele me vigia, mas eu não ligo.

— Deve ser... difícil — disse Rozie, ciente de que isso devia ser só a ponta do iceberg. Ela jamais conseguiria ficar com um homem que usava um filhote para insultar alguém, sem falar de todo o resto. Sendo realista, ela não teria aceitado nem o anel ovo de gaivota. Eles costumavam vir com condições, pensou ela.

— Devo me separar dele?

— Não sou nenhuma especialista...

— Você trabalha para a rainha! Você dá conselhos o dia inteiro.

— Não em assuntos como esse.

— Ela tem quatro filhos, todos divorciados!

— Só três. O conde de Wessex...

— Ela já sentiu a mesma dor. Ela pede seu conselho, não pede?

— Na verdade, não.

— Acho que pede, sim — disse Masha, resoluta, virando-se no sofá e mexendo suas pernas de modo que elas ficassem sob ela, como as de Rozie. — Acho que ela confia em você. *Eu* confio em você. Você tem alguma coisa. É a *única* pessoa em quem confio. Por isso está aqui.

— Não creio que...

— Você não fica de enrolação que nem todo mundo, me dando conselhos, mandando eu me separar dele, como minha mãe, ou aturá--lo até eu conseguir um bilhão com o divórcio, como minha irmã, ou ficar com ele para sempre, como meu *baba*. O que devo fazer?

Rozie franziu o cenho.

— Quer saber mesmo o que eu acho?

— Lógico. Me diga. Agora você está sorrindo. Por que você está sorrindo?

Rozie se recusou a morder a isca.

— Você mesma disse, Masha. Não quer ninguém lhe dizendo o que fazer. Você já sabe quais são as opções. O que *você* quer?

— Hum... — Masha parecia genuinamente pensativa. — Ninguém nunca me perguntou isso antes. Rá! Você é inteligente! Você me entende.

— Minha irmã é terapeuta — confessou Rozie. — É com ela que você devia estar conversando.

Masha ergueu uma das sobrancelhas.

— Ah? Ok.

— Estou brincando. Ela está em Frankfurt.

— Onde fica isso? Surrey?

— Não... *Frankfurt*. Na Alemanha.

Masha olhou para o teto por um instante, pensativa.

— Ok.

— O que quer dizer com "ok"?

— Quero dizer que pago o voo para que ela faça as sessões comigo aqui, em Londres. Ela pode vir aqui, conversar comigo no Claridge's. *Ela* pode me dizer o que fazer.

Uma cena vívida se formou na mente de Rozie: Fliss, embarcando em um voo comercial para Heathrow; Fliss, ali naquela suíte, bebericando um smoothie e conversando com uma russa bonita e triste. Ela simplesmente adoraria aquilo. E ainda poderia ver a família antes de voltar para casa.

Masha parecia estar levando a oferta a sério. Estava meio suplicante até.

— Vou falar com ela — disse Rozie. Mas ela sabia que, embora fosse contar a Fliss sobre a proposta, jamais a apresentaria como algo sério. A última coisa que queria era a irmã envolvida no mundo de Yuri Peyrovski. Ela acreditava na teoria de Masha, de como Vadim fora espancado. Aquela mulher deslumbrante na suíte Grand Piano corria mais perigo, refletiu ela, que a maioria das pessoas que conhecia, e ela conhecia muita gente que vivia perigosamente. De repente, a sensação de perigo, que havia recuado enquanto a rainha investigava a mulher do Cinturão e Rota, lhe pareceu bem concreta outra vez.

Depois da visita, ela aproveitou a oportunidade para fazer algumas compras ali perto, na Oxford Street. Meia hora mais tarde, seus pés doíam por causa dos saltos, e ela estava atônita e irritada com um imbecil que a empurrou com tanta força para abrir caminho que quase a jogou na frente de um ônibus que passava na hora. Se não fosse pelo seu reflexo rápido, a coisa podia ter sido feia. Ela decidiu pegar o metrô na estação Oxford Circus voltando para a Green Park.

Foi no topo da escada rolante que descia a caminho da plataforma que ela teve o primeiro mau pressentimento. Talvez tivesse sido por causa do incidente com o ônibus. Mas, quando foi empurrada com força e quase arremessada para sua direita, ela podia jurar ter visto um sorriso irônico no rosto do sujeito alto e loiro no degrau atrás dela enquanto ela se concentrava em recuperar o equilíbrio. Dessa vez, foi o homem na sua frente que a salvou, esticando a mão e segurando-a pelo braço.

— Use um tênis da próxima vez, cara. Idiota — resmungou ele.

— Sim. Obrigada — agradeceu ela, muito distraída pelo sorrisinho furtivo para se importar com o outro homem.

Ela olhou para trás de relance enquanto abria caminho entre a multidão da hora do almoço, na Victoria Line. Ela procurava por uma cabeleira loira, mas ele já tinha sumido. Ficou se perguntando o tempo inteiro se fora apenas uma coincidência, se estava sendo paranoica. Mas, quando chegou à plataforma, teve o cuidado de ficar bem longe da beirada.

Um metrô chegou um minuto depois, e ela embarcou em um dos vagões do meio. Não estava muito cheio — mas ela precisou ficar em pé. Um grupo de estudantes barulhentos entrou logo depois. Só uma parada. E estaria feliz em sua casa.

Porém, assim que o metrô partiu, ela notou um movimento estranho vindo do grupo de estudantes. Seu instinto a fez olhar em volta e avistar um borrão loiro parcialmente coberto por um capuz cinza-escuro. Ele estava a um metro de distância, se aproximando, impassível, mas, quando seus olhares se cruzaram, ele sorriu outra vez. Os estudantes se afastaram para deixá-lo passar. Uma lembrança do treinamento militar lhe disse que havia algo de estranho no jeito como ele movia os braços e ombros. Ela olhou para baixo e viu a mão esquerda dele fechada em punho, segurando e escondendo ao mesmo tempo algo escuro e pequeno.

Quando levantou a cabeça, ela continuou não fazendo contato visual com ele. Ele parecia calmo e controlado, o sorriso congelado nos lábios. Independentemente do que viesse a fazer, sua linguagem corporal dizia que estava preparado e determinado.

Agora ele estava a uns trinta centímetros de distância. Ela calculou sua altura em 1,88m — oito centímetros mais alto que ela — e o peso em mais ou menos setenta quilos. Ele era magro, mas musculoso, com o pescoço igual ao de um halterofilista e o bronzeado uniforme de um homem que se exercitava bastante ao ar livre. Algumas pessoas talvez o considerassem bonito, mas havia certa voracidade em sua expressão. Ela não teria ido com a cara dele, mesmo se não achasse que ele carregava uma faca.

O metrô alcançara a velocidade máxima, avançando de modo barulhento pelo túnel. Ela colocou todo o seu peso na ponta dos pés e olhou para os passageiros ao redor, avaliando o risco que cada um corria. Havia mais espaço perto da próxima porta do vagão, então ela foi até lá, pedindo desculpas gentilmente conforme passava. Ele a seguiu com uma velocidade similar, também distribuindo desculpas com seu sorriso.

Quando alcançou a porta, ela parou. Não olhou em volta, mas podia senti-lo atrás dela. Logo depois, o reflexo do homem ficou visível, distorcido pelo vidro. Ele não ia fazer nada agora; ia esperar até o metrô parar na estação, de modo que pudesse fazer o que tinha que fazer e fugir rapidamente. Ela supôs que seria um golpe no tronco — algo baixo e difícil de perceber. Mas talvez ele não fizesse nada no fim das contas, caso tivesse percebido que ela já o tinha visto.

O metrô percorreu o túnel por mais trinta segundos, depois sacudiu e começou a frear. Ele estava bem perto. Ela respirou fundo e tentou relaxar os ombros. Metal rangeu contra metal, e os dois foram lançados um pouco para o lado conforme o metrô diminuía a velocidade bruscamente.

O golpe veio do nada, e a dor foi lancinante. Ele tropeçou para trás, dando um encontrão em outro passageiro e colocando a mão direita no próprio nariz. Ele ainda não conseguia enxergar e sentiu textura de cartilagem onde não deveria haver nenhuma. Ela quebrou o nariz dele. A vadia.

Ele atacou com a outra mão, a que segurava a faca, mas, antes que pudesse acertá-la, o punho da arma foi arrancado de sua mão. Por instinto, ele se inclinou para pegá-la e sentiu outro impacto de uma dor quase paralisante. Dessa vez, ela o acertou no rosto, golpeando seu maxilar com o topo da cabeça. Ignorando os gritos de medo ao fundo, ele grunhiu, furioso, e avançou para cima dela, sendo recebido por uma joelhada no saco. Todo o ar que tinha em seus pulmões esvaiu-se.

Ela era só uma secretária com sapatos sensuais! Foda-se ela! Ele caiu de joelhos e, quando sua visão começou a voltar, avistou a faca no chão, a seu alcance, enquanto o metrô parava na estação Green Park. Todos em volta se afastaram. Ele se lançou em direção à faca; ela gritou dizendo que parasse, mas ele a ignorou. Quando se deu conta, estava deitado com o peso da mulher em cima de sua coluna e com seu braço direito preso atrás de suas costas.

— Um movimento sequer, e eu quebro os seus dedos — rosnou ela em seu ouvido, para que ele a ouvisse em meio à gritaria e ao pânico.

Ele a mandou para aquele lugar. Para sua surpresa, ela cumpriu a promessa que tinha acabado de fazer. A dor foi excruciante quando

226

sentiu seu mindinho estalar, e os dois dedos depois deste estavam tão separados que ele se perguntou se ia recuperar o movimento da mão algum dia.

Ele gritou e praguejou, e, assim que as portas do metrô se abriram, usou toda a força do corpo para jogá-la longe e correr pela multidão à espera na plataforma.

Ela não o seguiu. O pico de adrenalina a estava deixando tonta. Estava exausta e, agora que tudo tinha acabado, um pouco assustada. Ela ouviu um som parecido com o cair da chuva e se deu conta de que as pessoas no vagão a aplaudiam.

— Ele te machucou, querida? — perguntou uma mulher, se agachando ao seu lado.

— Merda. A faca! Cuidado!

Alguém perguntou se deviam acionar o botão de emergência, mas Rozie disse que não. A luta tinha durado segundos: não teve tempo suficiente para alguém fazer um vídeo decente. A última coisa de que precisava era uma multidão tirando fotos para postar no Twitter. Eles seguraram as portas enquanto ela se arrastava para fora do vagão, felizes por seguirem viagem.

Rozie se sentou com as costas apoiadas na pilastra da plataforma, a cabeça entre os joelhos, recuperando o fôlego. Logo, Londres foi se apagando ao seu redor, e foi quase como se ele jamais tivesse estado ali.

Capítulo 28

A sexta-feira incluía uma viagem à Berkhamsted School (não Allingham) na limusine oficial. O escudeiro da rainha, sua dama de companhia e Sir Simon a aguardavam ao lado do carro. Era para Rozie estar lá também, pois foi quem organizou o dia, mas ela não estava se sentindo muito bem, o que nunca acontecia. Rozie não era do tipo que ficava doente.

— Ai, meu Deus — disse a rainha. — Espero que não seja nada grave.

— Ela sofreu um ataque no metrô. O idiota que fez isso não se deu conta de que escolheu uma veterana de guerra condecorada. Rozie acha que ele estava tentando roubar sua bolsa. Mas ele... — Sir Simon se interrompeu.

— O que, Simon? Ele o quê?

— Ele estava com uma faca, senhora — admitiu ele. E se arrependeu. A rainha parecia realmente chocada, o que era raro.

— Está tudo bem com ela?

— Está. Ela só está um pouco abalada. Ao contrário do homem. Ela acha que quebrou três dedos dele.

— Boa garota. — A rainha tinha uma opinião formada sobre mocinhos e bandidos e sobre o que devia acontecer a eles. Todos os seus filhos tiveram aulas de defesa pessoal, e Anne também precisara ter quando quase fora sequestrada tantos anos atrás. Os jornais tinham relatado, com certo prazer, a resposta da princesa quando um homem, armado não só com uma, mas duas pistolas, ordenou a quem estivesse no carro que saísse. "Nem por um decreto!"

Era a sua menina. Foi um tremendo alívio descobrir que a assistente de seu secretário particular possuía a mesma atitude.

Quando Rozie apareceu no sábado, a rainha se sentia culpada. Ela não chegou a verbalizar, óbvio, pois não fazia isso, mas estava.

— Como você está, Rozie? Espero que esteja se sentindo melhor.

— Completamente recuperada, Vossa Majestade.

— Pelo que ouvi, foi uma briga boa.

— Nada que eu não pudesse resolver, senhora.

A rainha sorriu.

— Foi o que me disseram. Fico feliz de ver que este trabalho não a amoleceu.

— Pelo contrário. — Rozie sorriu. — Que venha o próximo. Inclusive, cheguei a avisar o homem antes de quebrar os dedos.

A rainha assentiu.

— Muito gentil da sua parte. Mesmo assim, acho que deveria tomar cuidado na rua por um tempo.

— Não se preocupe. Vou tomar.

— *Muito* cuidado, digo. Gostaria que não saísse dos limites do palácio, se possível, a não ser que você esteja em uma missão oficial.

Rozie deu de ombros, pesarosa.

— Aquela tarde foi minha culpa. Fui me encontrar com Masha Peyrovskaya. Eu sabia que o marido dela era perigoso, mas não fazia ideia do quanto. Mas acredito que ele não vá tentar uma segunda vez, senhora. Seria muito previsível.

A rainha suspirou.

— Não creio que tenha sido obra do Sr. Peyrovski. Por que você foi encontrar a Sra. Peyrovskaya, aliás? Não me lembro de ter sugerido isso.

— A senhora não sugeriu nada, foi *ela* que pediu. Não tenho certeza do porquê, mas ela queria um conselho conjugal da minha parte. As coisas não vão bem.

— Espero que não tenha lhe dado nenhum.

— Acabei não dando mesmo. Não faço ideia de como pessoas casadas permanecem juntas.

— Hábito. Mas ótimo. A última coisa de que preciso é estar envolvida em outro divórcio. Fique longe disso.

— É o que pretendo, senhora. Mas ele veio atrás de mim mesmo assim. Ou, pelo menos, mandou alguém em seu nome. — Rozie ficou tão aliviada por ela não ter levado a sério a ideia de envolver Fliss nisso. Enquanto estava aperfeiçoando suas manobras de defesa pessoal em Sandhurst, Fliss ganhava o prêmio de iniciante pelo maior número de doses de tequila viradas enquanto dançava, no estilo J-Setting, como Beyoncé. Fliss sempre arrasava nas pistas de dança; não tanto em uma luta com um russo forte e de faca em punho. Mas espere aí... a Chefe não havia acabado de dizer que o Sr. Peyrovski talvez não estivesse por trás daquilo? — Quer dizer, presumi que fosse ele. A senhora não acha que foi?

A rainha a encarou fixamente por trás dos óculos bifocais.

— Isso não tem nada a ver com a Sra. Peyrovskaya. A não ser que seja muito indiretamente.

— Mas pensei que...

— Você estava fazendo perguntas sobre Rachel Stiles. A meu pedido, eu sei. Mas, por favor, não o faça mais. Não por enquanto.

Rozie tentou se lembrar se havia feito isso outras vezes.

— Mas, recentemente, eu só perguntei das lentes de contato, ou da ausência delas.

— Eu sei — disse a rainha —, e é isso que me preocupa.

O destaque londrino da semana seguinte deveria ser a festa no jardim do Palácio de Buckingham, na terça-feira, mas, para tristeza de todos, foi um fiasco. Até a rainha estava visivelmente desapontada. Ela sabia como aquele dia era especial para todos que compareceram e queria que vissem o jardim lindíssimo como ele sempre foi, e não debaixo de uma tenda gotejante. A primeira semana de maio era, geralmente, uma das melhores, mas naquele ano estava rebelde e imprevisível. Charles culpava o aquecimento global, lógico, e ela era obrigada a concordar.

A questão era: se estava chovendo forte em Westminster, era quase certo que chovia com a mesma intensidade em Windsor. A mostra de cavalos estava prevista para começar na quarta-feira, com um dia de ensaios e acesso especial para os moradores da região, que eram muito compreensivos com as multidões e filas de reboques. Havia sido marcada um ano antes, e centenas de pessoas tinham se dedicado tanto... Mas o diretor a alertou de que o evento talvez precisasse ser cancelado se o terreno ficasse muito molhado.

E então, para piorar a situação, ela bateu a perna em um banquinho enquanto tentava impedir Candy de roubar um prato de biscoitos da mesa do lanche e teve que passar o restante do dia na cama com uma bolsa de gelo no local da batida, se sentindo muito triste.

Foi Sir Simon quem trouxe as novidades, que a animaram tremendamente e quase, mas não totalmente, compensaram o fato de que os estacionamentos no Home Park tinham, de fato, alagado, e de que a "quarta em Windsor" tinha sido cancelada, pela primeira vez na história, para decepção de todos.

Sir Simon, que também havia divulgado as outras notícias, ficou surpreso com o sorriso que este outro detalhe trouxe ao rosto de Sua Majestade naquela manhã. Ele simplesmente explicou que Gavin Humphreys havia pedido que lhe informasse que a investigação de homicídio tinha tomado um novo e inesperado rumo. Sir Simon havia imaginado que a notícia a deixaria mais deprimida, porque ficou subentendido que a coisa toda demoraria mais ainda. Aquilo daria aos sites de fofoca ainda mais tempo para descobrir sobre o roupão roxo e humilhar todos eles.

Porém, ela sorriu.

— Ah, é mesmo? — disse, parecendo bem *descontraída*.

— Posso pedir a ele que dê mais detalhes se a senhora quiser.

— Não precisa. Contanto que ele continue nos mantendo informados. E diga a ele que nos avise se houver qualquer coisa que possamos fazer para ajudar.

— Sim, senhora. Pode deixar. Embora eu tenha certeza de que ele esteja com tudo sob controle.

Capítulo 29

Rozie notou que a Chefe parecia mais animada na quinta-feira, mas já era de esperar, porque, àquela altura, estavam de volta a Windsor, sua perna já a estava deixando andar normalmente e, antes de olhar as caixas, ela já tinha se arrumado para dar uma volta no dia frio, porém ensolarado, e para ver os cavalos.

A tempestade havia passado. Os estacionamentos tinham secado o suficiente para receber a fila de visitantes. A previsão do tempo era boa. E o melhor de tudo: Barbers Shop estava totalmente recuperado e ávido para concorrer na categoria de adestramento do campeonato e participar do desfile de aniversário.

Foi uma rainha sorridente que dirigiu um dos Range Rovers pelo Home Park, onde a multidão já havia se reunido para assistir ao evento. O campeonato era um dos eventos de abertura da Copper Horse Arena. Usando um cardigã, um casaco grosso, um cachecol e botas, ela se enturmou com jóqueis, treinadores e outros fãs de cavalos, fazendo piadas sobre o tempo e compartilhando o medo que sentia do dilúvio bíblico.

Rozie havia comparecido também, acompanhada de Sir Simon. Continuava orientada a não sair dos limites do castelo, mas lá estava ela, segura como sempre. Eles assistiam aos competidores da arquibancada VIP, desfrutando de um raro momento de descontração juntos.

233

Rozie absorvia os fracos, mas persistentes, raios de sol, o timbre rouco e reconfortante do locutor pelo sistema de som e o cheiro de cavalo, areia molhada e repelente. Aquilo a transportou à adolescência, em montarias alugadas, nervosa com os grandes saltos e ansiosa por sair cavalgando por aí.

— Você monta, Simon? — perguntou ela, se dando conta de que, de fato, jamais o ouvira falar do assunto.

— Não. Minha mãe era alérgica a cavalos. Não chegava nem perto. Curioso, na verdade, porque ela também era alérgica a cães, mas tínhamos dois terriers e um labrador. E três gatos. E um porquinho-da-índia.

Ele deu de ombros.

— Talvez ela só não gostasse de cavalos — sugeriu Rozie.

— Às vezes, eu também achava isso. Todos nós tínhamos vontade de montar, mas minhas irmãs eram obcecadas. Principalmente a mais nova, Beaty. Ela sabia tudo, todos os cuidados de que um cavalo precisa, como trançar a crina, todas as raças, como tratava o crupe. Só de ler histórias sobre eles. Acho que minha mãe tinha receio de que Beaty fosse ficar muito encantada se chegássemos perto de um cavalo de verdade, pois não podíamos pagar. Não com a mensalidade da escola.

Rozie assentiu. Por um instante, ela se imaginou sendo o tipo de garota que cresceu em meio a conversas sobre o drama cotidiano de ter de escolher entre comprar um cavalo ou frequentar um colégio interno. Conhecera algumas crianças assim no ensino fundamental, em Notting Hill, mas sua família sempre viveu em outra realidade — aquela com sobrados em tons pastel, tão perto, porém tão longe de tudo. Ela riu, afagando o ombro do chefe de modo afetuoso.

— Que droga... Deve ter sido muito difícil.

— E foi! — Ele sorriu em resposta. — Minha infância problemática...

Rozie talvez não soubesse, mas sua simplicidade foi o que a levou a ser contratada. Todos os candidatos pareciam muito inteligentes, com históricos exemplares em empregos públicos ou no mercado financeiro, mas a maioria era grossa e arrogante se você reparasse bem. Rozie não era assim e, ao mesmo tempo, tinha uma confiança ímpar. Era sempre respeitosa, mesmo quando tirava um pouco de sarro dele. Ela se encaixava ali porque não forçava muito a barra, e Sir Simon gostava disso. Ela também ficava fabulosa naqueles saltos ridículos, que combinavam com o sorriso caloroso que abria quando entendia uma questão difícil, mas ele fora muito profissional para não deixar que aquilo o influenciasse de alguma forma. Além disso, a decisão final havia sido de Sua Majestade.

Barbers Shop entrou na Copper Horse Arena confiante, com o passo e a atitude de um campeão. A brilhante pelagem castanha havia sido escovada com uma precisão calculista que, sem dúvida, teria encantado a irmã caçula de Sir Simon. Ele tinha patas compridas e pernas pretas, flancos poderosos e uma cabeça que se movia de modo inteligente, as orelhas erguidas para os aplausos do público embevecido. Rozie observou a rainha sorrir com orgulho assim que o viu, e ela continuou sorrindo conforme o cavalo abria caminho entre adestramento e saltos, combinando força bruta com um estilo teatral. O animal sabia exatamente o que lhe era exigido e se exibia de modo acintoso, dando a impressão de pairar no ar antes de aterrissar com a precisão de um acrobata, balançando a cabeça, satisfeito com o trabalho bem-feito.

Rozie amou o cavalo, mas achou difícil afastar os olhos de sua dona.

— Ela parece tão feliz.

— Não é?

— Mas... ela sempre parece estar assim, "pra cima", mas ontem você me disse que ela estava triste pra caramba e que sua perna a estava matando.

— Ela tem um talento para a felicidade — argumentou Sir Simon. — Felizmente. Ela foi uma criança alegre, muito amada. Acho que foi o que a amparou pelas sete décadas seguintes.

— Ela deve ter sido muito feliz.

— Eu acho que foi.

Para a surpresa de ninguém e a total alegria de sua dona, Barbers Shop venceu o campeonato e a rainha ganhou um voucher do Tesco no valor de cinquenta libras. Ela passou um tempo com o treinador e o cavalo depois, parabenizando a ambos por mais uma grande performance e compartilhando um momento de alegria. Então, ela se retirou para ver as crianças em seus pôneis. Uma nova geração de jovens cavaleiros estava se formando. Era maravilhoso. Quantas cenouras dava para comprar no Tesco com cinquenta libras? Ela se perguntou. Teria de descobrir.

Mais tarde naquela noite, depois de uma movimentada rodada de recepções e um jantar para quarenta pessoas na Câmara de Waterloo, o general Sir Peter Venn ligou para o apartamento de Sir Simon e perguntou se podia ir até lá. O amigo concordou prontamente, e então Sir Peter ficou surpreso ao encontrar a assistente do secretário ali também, com um copo de uísque na mesinha ao lado de sua cadeira e os pés acomodados confortavelmente sob o corpo.

— Perdão. Não queria interromper.

— Imagina, Peter. Rozie e eu estamos apenas colocando alguns assuntos em dia. O que posso lhe oferecer? Glenmorangie? Famous Grouse? Gordon's? Um Porto? Tenho um Taylor's '96 que é irresistível.

— Sim, por favor, o último — disse Sir Peter, grato. Ele se dirigiu até uma poltrona vazia, na qual se afundou. — Meu Deus, que dia...

— Eu o vi mais cedo. Você parecia um pouco enjoado. Está se sentindo bem?

Sir Simon estendeu uma pequena taça de cristal lapidado ao governador, que brilhava com o tom vermelho-amarelado do '96. Sir Peter tomou um gole, fechou os olhos e se recostou na cadeira.

— Melhor agora. Precisei ver Sua Majestade antes do jantar. Não estava muito a fim, na verdade.

— Jura? — Sir Simon se acomodou, cruzou as pernas e pareceu preocupado.

Sir Peter lançou um olhar tenso para Rozie, então voltou os olhos para seu anfitrião.

— *Pas devant?* — murmurou ele, baixinho.

— Ah, Rozie sabe de tudo. E, se não sabe, deveria. Somos todos iguais aqui. E ela fala francês.

Sir Peter corou levemente, mas logo se recuperou.

— Ótimo então. Acontece que eu trouxe uma tremenda impostora para o castelo no dia do jantar com pernoite.

— Já sabíamos disso.

— Bem, você não me disse que sabia, e eu preferia que tivesse falado, porque eu estava surtando, imaginando o que a rainha diria quando descobrisse. Já foi ruim a mulher ter pisado no castelo, agora passar a noite por eu ter pedido ao mestre...

— Mas você não tinha como saber que ela não era quem dizia ser, tinha? — argumentou Sir Simon, com delicadeza.

Sir Peter tomou outro gole.

— Não vejo como eu poderia saber. A reunião não era minha, eu estava apenas sediando-a para um amigo do Ministério das Relações Exteriores, porque nossa segurança aqui é tão... rígida. E é tão conveniente para o Heathrow. Fiquei feliz em ajudar, mas devo dizer que imaginei que o MI6 e o ministério e a equipe de segurança do castelo estariam por dentro de quem era quem. Acontece que essa mulher era relativamente nova nisso. Ela tinha um Ph.D. em financiamento de infraestruturas chinesas, o que não é muito comum, como pode imaginar, e ela deu algumas palestras em fóruns de ideias em Londres, mas, na verdade, ninguém na reunião a havia conhecido pessoalmente. Eles trocaram alguns e-mails, mas foi só isso. E ela tinha um cabelo cheio e característico. Para a segurança, ela se parecia com a foto do passaporte. Não passou pela cabeça de ninguém investigar mais a fundo. Enfim, recentemente fiquei um pouco preocupado com o fato de ela ser uma usuária de drogas. Foi o que os noticiários disseram quando ela morreu, não foi? De repente, pensei: e se ela se drogou aqui? Dá pra imaginar o que ia acontecer se isso vazasse? Então conversei com a equipe do inspetor-chefe Strong sobre o assunto e, no momento em que me mostraram uma foto recente da mulher que morreu, eu soube que não era a pessoa que eu tinha visto. Evidentemente, contei a eles na mesma hora, mas pensei que a rainha fosse ficar brava. Foi ideia minha adiar a reunião para o dia seguinte, sabe, para esperar o garoto-prodígio do Djibuti. Então foi minha culpa a impostora ter dormido no palácio. A culpa é toda minha.

Ele suspirou e esvaziou o copo.

— É óbvio que não — insistiu Sir Simon. Ele se levantou, pegou o decantador de vinho do Porto e o colocou ao lado do governador. — Aquela reunião foi extremamente útil. Teria sido um fracasso se Lo não houvesse participado. Você fez a coisa certa convencendo-os a ficar.

— Você é muito gentil. E entendo que *foi* uma reunião proveitosa. Eu mesmo não a acompanhei, mas sei que expandiu nossas perspectivas sobre a estratégia do Cinturão e Rota para novas direções. Sempre a vimos como ambiciosa, mas essencialmente favorável. E nos concentramos na parte do Cinturão, as vias terrestres. O que eles estão fazendo na África, por exemplo, tem uma escala inimaginável. Entretanto, Lo tinha algumas ideias fascinantes sobre a parte da Rota, as vias marítimas. Foi então que Stiles entrou em cena. Kelvin Lo está interessado no financiamento chinês de novos portos em países em desenvolvimento. Está preocupado com o efeito que isso terá sobre seu poder naval. Você não pensa na China como uma potência naval, pensa? Porém, mais que isso, ele está preocupado com os chineses estarem deliberadamente influenciando esses países a se endividar com as instalações portuárias, de modo que, basicamente, eles vão ter uma série de bases contratadas no oceano Índico e no Pacífico Ocidental.

— Igual fizemos no século XIX — refletiu Sir Simon.

— Sim, bem... não fazemos mais. Não temos nem Hong Kong. O que significa que eles podem fazer uma pressão desagradável em nossas rotas de comércio. O Ministério das Relações Exteriores tem muito no que pensar. E a informação de Kelvin sobre a extensão do financiamento de infraestruturas veio como uma bomba.

Uma ideia ocorreu a Rozie enquanto ele falava.

— Então era a China que estava nos espionando? Para descobrir o que sabíamos sobre eles?

O governador, que ficava mais animado conforme ia falando, afundou mais uma vez na cadeira.

— Você quis dizer espionando através da hóspede drogada que eu convidei pessoalmente? É muito provável que sim. Não tenho certeza.

— Lamento, Sir Peter. Não quis...

— Não, não, não se preocupe com isso. É tudo culpa minha. Devia ter combinado com a equipe de segurança mais uma checagem das credenciais. Mas jamais me ocorreu que a verificação não estivesse à altura das circunstâncias. Toda essa merda aconteceu sob a responsabilidade da segurança nacional, pelo amor de Deus!

— Exatamente — apaziguou Sir Simon. — Você não tinha como saber. O que Strong disse? Ele também interrogou a mulher sobre o assassinato, não foi? Ele cometeu o mesmo erro?

— E eu lá sei? Ele não me diz nada, porque, lógico, Humphreys pensa que todos nós estamos trabalhando para o Kremlin. Mesmo eu tendo desenvolvido a estratégia de defesa para um ataque de forças combinadas russas por meio da Escandinávia quando trabalhei na OTAN. Talvez ele pense que isso seja *mais* uma pista de que eu seja um espião. Só Deus sabe... Mas só consigo pensar que as duas agiram juntas. Se não agiram, por que a verdadeira Rachel Stiles não procurou a polícia? Eles devem tê-la matado porque ela sabia demais.

— Você acha que foi premeditado? — perguntou Sir Simon.

— Você não acha?

— Estava começando a desconfiar. Então agora são dois mortos. *Três mortos*, pensou Rozie.

— De qualquer forma — continuou o governador —, procurei a rainha hoje à tarde, pronto para me demitir, mas ela foi muito compreensiva. Disse que obviamente não era meu trabalho criticar o processo de análise da segurança agora que já passou. Processo esse que acredito estar sendo reformulado enquanto estamos tendo essa conversa. Será reestruturado assim que tivermos um tempo livre, depois da mostra de cavalos. Nem venham me falar de portas de estábulo e cavalos correndo pra lá e pra cá.

— Nem passou pela minha cabeça falar disso agora — assegurou Sir Simon.

— Passou, sim.

— Não, não, não.

— Você está sorrindo.

— Estou apenas feliz que a Chefe não tenha lhe dado um sermão.

— Graças a Deus, Barbers Shop a deixou de bom humor. — Sir Peter pousou o copo e deu um impulso para levantar-se da poltrona. — Bem, obrigado pelo Porto, Simon. Boa noite, Rozie. Christine está em casa me esperando. Kylie Minogue chega daqui a 72 horas, e eles a acomodaram em um dos nossos quartos extras. Sinceramente, a lista de tarefas de Christine para a hóspede põe meus planos estratégicos de defesa para a OTAN no chinelo.

Capítulo 30

Assim que a rainha soube que a investigação tomou um novo rumo, ela começou a relaxar. Billy MacLachlan tinha lançado a isca, e Humphreys, a mordido. Na rápida reunião de quinta-feira que contou com a presença de um Sir Peter angustiado, ela quisera parabenizá-lo por ter desempenhado seu papel com maestria, mas era importante aparentar inocência diante de todas as descobertas até que elas fossem oficialmente comunicadas.

No domingo, a ligação que estivera esperando enfim chegou. Ela havia acabado de ter um almoço agradável com a família antes de dar início a sua longa tarde de eventos e entrega de troféus no parque quando Sir Simon lhe informou que o diretor-geral do MI5 e o comissário da Metropolitana gostariam de marcar uma reunião.

— Assim que você se recuperar, senhora. Das festividades.

— Você me conhece, Simon. Amanhã bem cedo, estarei de pé. São boas notícias?

— Não falaram, senhora. Mas, com certeza, têm notícias. Sei que houve pelo menos uma prisão. Mas eles gostariam de explicar melhor pessoalmente.

— Não pretendem encarcerar nenhum outro funcionário meu, pretendem?

— Não que eu saiba.

— Marque um horário que atenda a todos. Se eu não for ver os cavalos agora, não vou conseguir mais ver nada.

Ela voltou ao Home Park, e foi tudo muito lindo. Do clube de pôneis aos campeões nos saltos, ela estava cercada de cavaleiros dedicados, prontos para entrar na arena com calças de montaria impecáveis e botas brilhantes, ou então sorridentes e salpicados de lama por causa do percurso. Pais a quem ela havia concedido rosetas muitos anos atrás agora traziam seus filhos usando os primeiros casacos de tweed, equilibrados precariamente sobre as montarias, como personagens de uma ilustração de Thelwell. Por outro lado, as estrelas que iriam ao Rio muito em breve competir pelo ouro olímpico se reuniam em um grande grupo. Como ela não ia poder acompanhá-los, pelo menos pôde vê-los apresentando-se em seu jardim, em um dia ensolarado, com o castelo exercendo a função de um belo cenário ao fundo. E então chegara a hora do desfile musical da Cavalaria Real, e era impossível não se emocionar.

Mas tudo se tornou insignificante diante do desfile daquela noite. Anne e Edward tinham participado das versões iniciais nos dias anteriores. Eles haviam tentado lhe dizer o que esperar — ela achou que sabia —, mas nada, *nada* podia tê-la preparado para o quão especial aquilo acabou sendo. Tão diferente daquelas desastrosas cenas do jubileu. (A situação no rio tinha praticamente acabado com Philip.)

Ela chegou à Arena do Castelo ao pôr do sol, na carruagem com teto de vidro do Estado escocês, acompanhada de Philip. Havia um público de seis mil pessoas à espera nas arquibancadas e mais cinco mil do lado de fora, à margem da Long Walk, assistindo em telões. Mas foi pelos cavalos que ela tinha comparecido.

Era preciso um ótimo coreógrafo para organizar aquele tipo de evento e fazer novecentos cavalos se apresentarem de modo cronometrado. Dougie Squires havia definitivamente se superado. Havia a cavalaria de Omã, obviamente, que estivera ensaiando no local por semanas, e os dançarinos azerbaijanos, e o verdadeiramente excepcional encantador de cavalos, que parecia fazer mágica com aqueles animais, e Shirley Bassey, Katherine Jenkins e a Srta. Minogue, com pedrarias e paetês, todas elegantes, enchendo a arena de som. Mas o que tornou tudo tão tocante foi a forma como Dougie baseou tudo no amor da rainha por cavalos e quão *íntimo* ficou. Se ela fosse uma manteiga derretida — o que felizmente não era —, teria facilmente derramado uma lágrima. Principalmente quando Anne e Edward entraram na arena com a pequena Louise, cavalgando o próprio pônei, assim como ela mesma costumava fazer naquela idade, e tão serena.

No caminho de volta, Philip perguntou:

— Aquele tal Humphreys já deu algum retorno de sua caça às bruxas?

— Deu.

— Espero que o tenha colocado em seu devido lugar.

— De certa forma.

— Ótimo. E espero que ele tenha ficado devidamente arrependido.

A cabeça da rainha estava repleta de cavalos, mas ela desviou o pensamento para se concentrar no assunto em questão.

— Ainda não tenho tanta certeza. Terei uma opinião mais formada amanhã.

— Me diga se não estiver satisfeita. Segundo os jornais, conheço gente que pode eliminá-lo da face da Terra.

— Acho que ele é uma dessas pessoas — comentou ela, suavemente.

— Droga — disse ele, e ergueu o olhar para o castelo iluminado.

Ela riu.

Dessa vez, Gavin Humphreys estava mais pronto do que nunca. Havia se planejado. Estava preparado. Tinha feito um excelente progresso. Tinha certeza de que, dessa vez, ia se sair bem.

Não tinha total certeza se Sua Majestade seria capaz de acompanhar sua linha de raciocínio, esse era seu único obstáculo. Com certeza, precisaria diminuir o ritmo em certos instantes e repassar certos detalhes. Havia pedido a Ravi Singh que ficasse de olho nos momentos de confusão e que lhe fizesse um sinal caso se deixasse levar pela explicação e falhasse em perceber que a rainha não o acompanhava. Era complicado. Muitos fatos entrelaçados. Ele talvez até precisasse desenhar para ela. Normalmente, ele usava seu notebook com touch-screen para aquele tipo de coisa, mas era um pouco moderninho demais para o Castelo de Windsor. Papel. Papel puro — outro par de pês. Ele pediu à secretária que lhe arranjasse alguns para levar em sua pasta antes que partisse para Windsor no Jaguar oficial.

Às 10h30 de segunda-feira, o escudeiro da rainha o acompanhou junto ao comissário da Metropolitana até o Salão de Carvalho, onde sua anfitriã os cumprimentou antes de ocupar seu assento usual perto da janela. A rainha parecia atenta e relaxada, usando pérolas e um twinset cor de urze. Dois dos cães estavam tranquilamente deitados meio adormecidos a seus pés, e um terceiro pulou para se sentar ao lado da dona. A assistente da rainha, a jovem de salto alto, espiava de um dos cantos, enquanto o escudeiro, engomado e adornado em ouro, ficou em posição de sentido em outro.

Sua Majestade parecia em ótima forma para uma mulher que ficara acordada até altas horas, ouvindo Shirley Bassey e assistindo a coreografias de cavalos. Humphreys não tinha visto o desfile da noite anterior, mas a mulher deixara a TV ligada ao fundo. A Família Real parecia muito feliz pela tela, e havia um *monte* de cavalos. Ele tinha perdido a maior parte porque estivera ocupado ensaiando o que ia dizer.

Agora ali estava ele, e Sua Majestade lhe oferecia, e ao comissário da Metropolitana, chá ou café. Ele aceitou o segundo, com creme e sem açúcar, e eles se deixaram levar por amenidades sobre o desfile, mas logo ela estava perguntando o inevitável.

— Então me diga, diretor-geral, quem matou o Sr. Brodsky? Sa-bemos quem foi?

Humphreys se endireitou em seu assento, as pernas ligeiramente afastadas, sem o exagero masculino, da maneira como havia sido instruído no treinamento de mídia.

— Sim, senhora, sabemos — começou ele, sério, sem dar a resposta completa, porque queria criar suspense. — E devo dizer que forças do mal estiveram em ação.

— Você já me disse — assentiu ela. — Forças de Putin.

— Não exatamente — admitiu ele. — A princípio, presumimos que o assassinato de Brodsky se tratava de uma mensagem audaciosa. Mas, na verdade, foi o contrário: algo com a intenção de ser incrivelmente mal interpretado. Por muito tempo, estivemos procurando no lugar errado.

— Ah, meu Deus. É mesmo?

Ele assentiu humildemente.

— Que pena...

Por um milésimo de segundo, Humphreys foi transportado ao dia que seu eu de dez anos tivera de explicar ao avô que, ao desmontar seu relógio de bolso de ouro, estilo caçador, para ver como funcionava, ele o havia acidentalmente quebrado e não estava conseguindo consertá-lo. Mas, dessa vez, estava tudo sob controle! E ele estava com cinquenta e quatro anos. Ele deixou a lembrança de lado e continuou com o relato:

— Essas forças poderiam ter ficado escondidas por mais tempo — continuou ele — se uma tempestade não tivesse caído na península Arábica e se uma jovem mulher não tivesse perdido suas lentes de contato. — Ele havia ensaiado essa parte e gostou de proferi-la. Os olhos da rainha brilharam. Encorajado, ele relaxou um pouco e acrescentou: — É meio como a teoria do caos, senhora. Uma borboleta bate as asas na... — *Droga*. Nunca valia a pena improvisar. Onde era que a borboleta batia as asas mesmo? Também tinha alguma coisa a ver com uma tempestade em algum lugar. Mas, nesse caso, a tempestade *era* a borboleta. Ele retomou sua fala rapidamente. — Na...

Hum, Amazônia. E então três pessoas estão mortas. — Ele fez uma pausa dramática.

— *Três* pessoas? Jesus.

A rainha parecia impressionada.

— Devo admitir que há uma pessoa que tornou toda essa descoberta possível — acrescentou Humphreys, com generosidade. — Sem ele, acredito que talvez ainda estivéssemos tentando montar o quebra-cabeça.

— E quem seria?

— Sir Peter Venn. Uma das visitantes não era quem dizia ser. Veja, nesse caso, a pessoa que estávamos procurando era uma mulher. *Cherchez la femme*, senhora.

A rainha inclinou a cabeça de leve.

— Ah. *La femme*. Sim. Perfeitamente.

— Vale a pena manter a mente aberta. Graças a Sir Peter, começamos a prestar atenção em um grupo inteiramente distinto daquele do jantar com noitada.

— Pernoite — interrompeu o comissário da Metropolitana.

— O quê?

— Jantar com pernoite.

Deus, a última coisa de que precisava era Singh corrigindo seu vocabulário. Com um suspiro, Humphreys manteve a calma e continuou:

— Eles estavam aqui para uma reunião que deveria ter acontecido no dia anterior ao que Brodsky foi encontrado morto. Era sobre um projeto chamado Cinturão e Rota. É uma estratégia chinesa para...

— Eu conheço a estratégia — assegurou Sua Majestade.

— Ah. Ok. Ótimo. Enfim, ela foi organizada pelo MI6 e pelo Ministério das Relações Exteriores e gentilmente sediada pelo governador. Pode não parecer ter relação com seu jantar, mas pense comigo. Na verdade, estamos analisando três casos interligados.

Ainda bem que ele havia levado papel. Enfiou a mão na pasta, tirou algumas folhas lá de dentro e as colocou na mesa de centro em sua frente, dispostas na horizontal. Na folha de cima, escreveu "Brodsky" no centro, próximo ao topo, com um quadrado em volta do nome. Depois, desenhou outro quadrado no canto inferior direito e o circulou com um movimento rápido de caneta.

Ao seu lado, o Sr. Singh não conseguiu se conter.

— A ligação com o Sr. Brodsky foi *extraordinária*, senhora. Ainda não tenho certeza de como o diretor-geral chegou a ela. Uma visão repentina...

— Obrigado, Ravi. Vou chegar lá. O objetivo da reunião, senhora, era compartilhar informações confidenciais sobre as intenções da China e fazer sugestões de alto nível para a resposta do Reino Unido. A visitante em questão, aquela que *devia* estar presente, era uma senhorita chamada Rachel Stiles. — Ele escreveu "Stiles" no quadrado vazio. — Ela era especialista em economia chinesa. Nesse caso, senhora, era a *China* que interessava. Não a Rússia.

— Meu Deus — disse a rainha, sem se alterar. — Interessante.

— Não é?

Ele escreveu "Cinturão e Rota" centralizado no pé da folha. Era simples, mas ele podia ver que o diagrama seria muito útil. Teve uma visão do desenho em cima da mesa de sua casa um dia, de contar aos convidados do jantar como ele o havia usado para explicar o caso Brodsky a Sua Majestade.

— O encontro reuniu especialistas de diversas áreas. Todos com suas fichas criminais analisadas, lógico, mas eles estavam formando um novo grupo. Acontece que ninguém na reunião havia conhecido Rachel Stiles pessoalmente antes. A Dra. Stiles estava na casa dos vinte e tinha olhos azuis e cabelos escuros e volumosos. Assim como a mulher que apareceu no castelo. Ela parecia ser a mulher da foto da identidade fornecida no formulário de verificação. Foi só depois da revelação de Sir Peter que percebemos certas discrepâncias faciais, mas eram bem sutis.

Ele se interrompeu para ver se a rainha estava acompanhando o raciocínio. Ela parecia estar.

— Infelizmente, a Dra. Stiles já estava morta quando descobrimos a farsa. Entretanto, quando mostramos uma foto maior aos outros participantes, eles concordaram: *não era Rachel Stiles que tinham conhecido*. Então a pergunta era: quem era aquela pessoa?

— Eu realmente espero que você tenha descoberto. — A rainha ergueu uma das sobrancelhas.

— Chegaremos lá. — Humphreys se inclinou para a frente e desenhou um terceiro quadrado no canto inferior esquerdo do diagrama. Ele cogitou colocar um ponto de interrogação ao lado, mas isso só confundiria ainda mais as coisas depois. Deixou como estava; vazio, com uma gama de possibilidades. Então, virou o papel para que Sua Majestade pudesse ler e deu um tapinha na folha, pensativo. — Por enquanto, vamos chamá-la de agente de um país desonesto.

A voz da rainha soou limpa como a badalada de um sino.

— Ah? Qual?

Humphreys tivera a intenção de criar um suspense ali também, mas ela obviamente queria a informação, então ele cedeu.

— Isso pode surpreendê-la, senhora.

— Não foi a Rússia então?

— Na verdade, não.

— Nem a China?

— Nem a China. Foi um aliado seu, acredita?

Ele disse o nome.

— É sério? — Ela se inclinou para a frente, franzindo o cenho. — E por que estavam nos espionando?

— Há um problema com o país em questão, e, na verdade, acho que tudo começou por minha causa. — Humphreys pensou ter visto a assistente do secretário particular esboçar um sorriso. Mas talvez fosse coisa da sua cabeça. A rainha parecia apenas absorta e curiosa. — Ano passado, como acredito que tenha sido informada, o rei

Zeid decidiu fazer um de seus jovens sobrinhos o chefe da polícia e dos serviços de inteligência de seu país. Acreditamos que ele esteja testando o garoto... Rapaz, digo, para ver se ele tem vocação para ser líder. Pelo que ouvi dizer, a senhora conhece bem o príncipe Fazal.

A rainha assentiu.

— *Muito* bem.

— Sei que ele a visitava ocasionalmente aqui em Windsor e em Sandringham, nas férias do colégio interno e de Sandhurst. — Ela o fuzilou com o olhar. Pelo que Humphreys ouvira, ela havia tratado o jovem como alguém da família. — Eles identificaram a ausência de potencial ideal para a liderança na Real Academia Militar — continuou. — Tem uma pontaria excelente e é forte como um touro, mas vive se metendo em brigas na cidade e fugindo até Londres para apostar em cassinos. Pelo que eu soube, ele durou apenas dois semestres. Ele era jovem. Nosso alto comando culpou os hormônios. No entanto, ele não teria sido nossa primeira escolha para comandar nem a polícia nem os serviços de inteligência do país dele.

— Muito menos a minha — concordou a rainha. Pelo tom de voz, Humphreys suspeitou de que o rapaz tivesse maltratado os cachorros ou até mesmo um dos cavalos.

— Como a senhora já sabe, consideramos os primeiros meses dele na função... frustrantes. Houve um aumento de torturas sancionadas pelo Estado nas prisões. Certos ativistas desapareceram e foram dados como mortos. Há boatos, nada confirmado, de que ele gosta que as pessoas sejam levadas até sua casa para que ele mesmo possa dar o *coup de grâce*. Ele apoia abertamente a guerra na região. Quando assumi como diretor-geral, tomei a decisão de limitar a troca de informações com a agência dele. Não o achei confiável o suficiente para proteger nossas fontes. Nem preciso dizer que ele virou uma fera.

— Entendo...

— Pensei que o tio dele, o rei, poderia queixar-se disso à senhora.

— Ele não disse nada.

— Isso por si só já é intrigante, senhora. Sugere que ou o poder do jovem está se esgotando rápido demais ou o do próprio tio. De qualquer forma, parece que o príncipe decidiu resolver o problema sozinho. Se não lhe contássemos o que ele queria saber, ele ia descobrir de outra forma. Desde que começamos a investigação, vimos que, há meses, ele tem tentado se infiltrar na nossa inteligência para ter acesso a vários tópicos. Inclusive o Cinturão e Rota.

— Como? — perguntou a rainha.

— Como o quê, senhora?

— Como ele tem tentado se infiltrar?

— Ah. Na verdade, ele tem uma fonte no Ministério das Relações Exteriores.

— Ah... — A rainha observou, impassível. — Então havia alguém importante de dentro fornecendo informações privilegiadas.

— Sim, senhora. E nós...

— Mas não no meu castelo.

— Bem, senhora, eu estava chegando...

— Perdão. Continue.

Humphreys escreveu "Fazal" em seu diagrama, perto do quadrado que estava vazio, e sublinhou o nome.

— Graças à informação dessa pessoa, a agente foi capaz de se infiltrar no grupo de inteligência no castelo. Ela foi discreta, mas definitivamente não foi a única a aparentar timidez no início. — Algo ocorreu a Humphreys. — Talvez a senhora não se lembre, mas é possível que a tenha conhecido naquela noite, em uma reunião festiva que estava tendo na sala de estar do governador... — Ele se interrompeu a fim de contemplar a extraordinária, misteriosa possibilidade.

— Suponho que sim — disse a rainha, gentilmente. — Mais café?

— Eu... Hum... — Humphreys se deu conta de que estava com sede. Seu café tinha ficado gelado, mas foi substituído pelo criado silencioso. Ele tomou o conteúdo e sentiu uma momentânea onda de confusão.

— Onde eu estava?

— Na sala de estar do governador — respondeu a rainha. — Com a espiã.

Humphreys agradeceu com um sorriso. Ela era mais perspicaz do que parecia. O que era útil, diante das circunstâncias.

— Sim, verdade. E era para ter sido só isso. Todos deveriam ter voltado para casa naquela noite, mas um analista importante que vinha do Djibuti para a reunião ficou preso no caminho por causa de uma tempestade. Essa foi a tempestade que mencionei antes, senhora. A da borboleta na... Enfim, o voo da conexão que ele precisou fazer em Dubai atrasou por horas, e a reunião principal foi adiada, então o governador providenciou de última hora que todos pernoitassem no castelo.

— Sim, ele me contou.

— Uma atitude muito generosa. Ele não tinha como prever as consequências. O grupo ficou acordado por um tempo, conversando e bebendo, inclusive a suposta Dra. Stiles. Os outros disseram que, a essa altura, ela estava bastante animada, à vontade e fazendo piadas. Eles gostaram dela. Pensando bem agora, chega a ser impressionante, senhora.

— É? — retrucou a rainha, rápido.

Humphreys recuou um pouco.

— Bem, obviamente tudo o que ela fez foi repreensível. Mas você precisa reconhecer o mérito do inimigo às vezes. Coragem diante das adversidades e tudo mais...

— Prefiro não encarar minha hospitalidade como uma adversidade, diretor-geral.

— Não, não, é evidente que não. — Ele tomou outro gole de café. — Enfim, todos subiram para seus respectivos quartos em algum momento antes da meia-noite. Acabaram espalhados em diversos cantos do sótão. Stiles, ou melhor, a agente, ficou em cima dos Aposentos de Visitantes.

Humphreys podia ver aqueles apartamentos agora, de onde estava sentado, pela ampla vidraça com vista para o Quadrilátero; filas e filas de janelas góticas fixadas em pedra bruta, com torreões e ameias e torres atarracadas. E ele podia imaginar o pânico da jovem despreparada, presa no castelo habitável mais antigo do mundo, cercada pela polícia e pelos membros armados da Infantaria. A rainha podia não achar a agente corajosa, mas ele achava. Humphreys havia conhecido jovens mulheres em situação parecida, em outros lugares, servindo seu país em circunstâncias difíceis. Ele não subestimava o que as pessoas eram capazes de fazer.

— Por volta de meia-noite e meia, uma das criadas a viu saindo do banho, voltando para seu quarto. Ela usava uma toalha no corpo e outra no cabelo. Estava abaixada, procurando alguma coisa. A criada perguntou o que era, e ela respondeu que procurava uma lente de contato. Essa informação pareceu irrelevante a princípio, mas depois nos demos conta de que era primordial. As lentes eram importantes, senhora, porque, como descobrimos depois, a agente tinha olhos castanhos, e os de Rachel Stiles eram azuis. Então agora sabemos que aquelas eram lentes de contato azuis, das quais ela precisava desesperadamente para o dia seguinte. A criada se ofereceu para ajudá-la a procurar, mas ela recusou. Então, por um acaso, e esse é o xis da questão sobre esse caso lamentável, foi só um simples acaso, senhora, Maksim Brodsky saiu do próprio quarto, a poucas portas de distância. Sim, finalmente chegamos ao Sr. Brodsky. Eu estava chegando lá, rárá.

Ele pegou a caneta e bateu com a ponta dela no quadrado escrito "Brodsky" no diagrama.

— Ele estava indo para outro lugar. Mas a questão é que ele viu a mulher, viu que ela estava com o cabelo preso, tateando o chão à procura de algo... e se abaixou para ajudá-la. E foi aí, senhora, que ele cometeu um erro terrível.

Dessa vez, a pausa dramática de Humphreys foi digna de Harold Pinter. Foi como assistir à final de *The Great British Bake Off*. Todos prenderam a respiração.

Eventualmente, o Sr. Singh não conseguiu mais se conter. E entrou na conversa:

— Foi então que o Sr. Humphreys teve um *insight*, senhora. Foi realmente um rasgo de inspiração. Ainda não sei como ele fez isso.

— Obrigado, Ravi. — Humphreys meneou a cabeça de modo autodepreciativo. — Eu não teria conseguido se não fosse por você e pelos seus homens. E mulheres, lógico. Foi um verdadeiro trabalho em equipe.

— Mas encontrar uma ligação entre três investigações completamente diferentes... Foi uma sacada de gênio.

Humphreys teve a decência de corar. Olhando para as coxas, ele pinçou um fiapo imaginário em sua calça, e então pegou a caneta e traçou uma linha na parte inferior do papel, entre o quadrado vazio e "Stiles".

— Não foi genialidade — contestou ele. — Foi apenas sorte. E trabalho em equipe, como eu já disse. E...

— E o que foi? — interrompeu a rainha. — Essa sacada de gênio?

Humphreys era modesto demais para encará-la. Ele se pegou contando a história para Willow, ou talvez fosse Holly. Enfim, um dos corgis aninhados no assento ao lado de Sua Majestade.

— O Sr. Singh mencionou três investigações. Seis dias atrás, enquanto já estávamos investigando o caso Stiles, recebemos uma denúncia anônima pelo nosso site sobre um possível espião. A fonte tinha razão, e logo encontramos um padrão de pagamentos para uma conta bancária no exterior. Expressivamente, tanto no exterior quanto em seu país, essa pessoa se associou a certos contatos que já estavam em nosso radar. Na verdade, contatos que trabalham para o príncipe Fazal. O agente administrativo notificou o ocorrido ao diretor K Div, que na mesma hora deixou um bilhete na minha mesa com uma pasta. Creio que eu estava conversando com você no momento, comissário, não estava?

— Sim, estava. Estávamos falando do valete do duque de Edimb...

— Não importa. O que importa é que, no caso Stiles, estávamos procurando por alguém que pudesse se passar por uma especialista em finanças chinesas... Hum, é... uma mulher, obviamente. E lá estava uma mulher chamada Anita Moodie, nascida em Hong Kong e formada na Inglaterra, fluente em cantonês e em mandarim, e com a idade e a altura certas... Com certeza, eu disse a mim mesmo, nós a encontramos. Mas havia algo mais. Foi quando eu estava investigando o caso de Moodie, não muito depois de você sair, comissário, e pensando em Stiles, que tudo se encaixou. Não foi o dinheiro rastreado, nem os contatos, nem os lugares onde ela esteve. Foi um detalhe minúsculo. Tão pequeno que fico surpreso por tê-lo notado. Foi o nome do colégio interno de Moodie. Hum...

Ele ergueu o olhar. A assistente no canto estivera tomando algo e se engasgara com o líquido que descera pelo buraco errado. Ela levantou a mão em um gesto de desculpas. Ele continuou:

— Moodie estudou nesse lugar chamado Allingham. O nome me pareceu familiar, e então me lembrei. Eu o li nos documentos da polícia. Maksim Brodsky também frequentou essa escola. Assim que me dei conta disso, a verdade me atingiu como um soco. *Ela* era a nossa visitante... Moodie esteve aqui. E Brodsky a reconheceu dos tempos de escola quando ele se abaixou para procurar as lentes com ela, simples assim. Ali estava ela, sem a peruca volumosa e com pelo menos um dos olhos com a cor natural. Ele deve tê-la reconhecido de cara. Chequei as datas: Moodie era de uma série acima da de Brodsky em Allingham. A senhora sabe como é comum se lembrar de seus veteranos. Bem, talvez não a senhora, pois estudou aqui, mas as outras pessoas se lembram. Mais importante ainda: pelo que parece, eles haviam tocado juntos. Ele a acompanhou em vários concertos. Não havia como ela fingir que ele havia se enganado. Ele a conhecia como Anita, mas aqui ela era Rachel. Ele a conheceu como uma musicista, mas aqui ela era uma analista financeira. Ela precisava resolver tudo antes de o dia amanhecer, antes que ele começasse a fofocar sobre a amiga de escola que havia encontrado.

Humphreys interrompeu a si mesmo. O cômodo ficou novamente em silêncio. Ele se deu conta de que tinha falado muito rápido e talvez de uma forma um pouco entusiasmada demais, mas ainda se lembrava da própria epifania como se tivesse acontecido cinco minutos atrás. Ele a revivia com frequência e sempre sentia um arrepio de... Não podia chamar exatamente de prazer diante das circunstâncias, mas de satisfação com certeza.

— Nossa — disse a rainha enfim. — Você é um investigador muito instintivo, não é mesmo?

— Sim, senhora — concordou ele, sentindo mais orgulho de si mesmo que o normal.

Ela sorriu, e, naquele instante, ele pensou que ela era de fato bem atraente para uma senhora idosa.

Baixando os olhos com modéstia para evitar o olhar safira da rainha, Humphreys rabiscou "Moodie" no último quadrado vazio de seu diagrama e traçou outra linha até o quadrado de Brodsky, no topo do triângulo, ligando todos os quadrados no final.

— Aí está, senhora. A influência internacional do sistema britânico de colégios internos. Um encontro infeliz que nos trouxe até aqui.

O olhar da rainha continuava intenso.

— E você tem certeza de que foi ela quem o matou?

— Absoluta, senhora. Assim que a identificamos, comparamos imediatamente o DNA dela àquele encontrado no quarto de Brodsky. Até suas digitais estavam no local. Mas talvez o comissário possa explicar essa parte melhor que eu.

O homem ao lado do diretor-geral parecia reticente.

— Sim, posso.

— Vá em frente, Ravi — encorajou Humphreys, expansivo. Ele, enfim, se recostou na cadeira, cruzou as pernas e se perguntou se seria indelicado levar o diagrama com ele quando fosse embora.

O comissário se dirigiu à rainha.

— A Srta. Moodie não tentou resolver o problema imediatamente, senhora. Na verdade, ela nem podia. Talvez tenha sido a ausência do Sr. Brodsky que lhe deu a chance de elaborar um plano. Porque, veja... — Ele não sabia ao certo como dizer aquilo, até que se lembrou de que foi a própria rainha que o havia alertado para aquela versão dos fatos. — Ele tinha um encontro. Com uma de suas hóspedes. — Ele estudou a reação da soberana e, para seu alívio, ela não parecia uma mulher que precisava ser abanada. Mesmo assim, falar com a Rainha Elizabeth II sobre aquele tipo de coisa o fazia se sentir um pouco desconfortável. — O Sr. Brodsky se encontrou com essa... Hum, pessoa no andar de baixo, na suíte dela, e tudo... correu muito bem. — Ele sentiu as bochechas corarem. — E depois ele saiu para fumar um cigarro. — Ele tossiu. Não estava facilitando as coisas para si mesmo. — Quando voltou, a Srta. Moodie deve ter pensado em uma desculpa para se juntar a ele em seu quarto. Ela era uma amiga de longa data afinal. É possível que tivesse entrado com a intenção de seduzi-lo, mas ele não estaria muito... Provavelmente estava bastante... A senhora sabe... cansado. Enfim, em algum momento, pela manhã, ela agiu. Devido aos ossos quebrados no pescoço do rapaz, acreditamos que ela o estrangulou com as próprias mãos antes de usar a ligadura. Ele devia estar à vontade na companhia dela, então teria sido fácil pegá-lo desprevenido. Ela era pequena, mas forte. Treinada, presumimos, e em pânico.

— Que horror... — disse a rainha, de um jeito que fez Singh sentir, pela primeira vez, que não estava relatando um caso para a realeza, e sim falando de uma morte terrível para uma pessoa que realmente se importava. Aquilo o transportou aos seus primeiros dias como policial, fazendo ronda.

— Sim, senhora — concordou ele, baixinho. Ele notou que ela roçava o tornozelo no cão deitado perto dela, no chão. Queria estender o braço por cima da mesinha e lhe apertar a mão. Mas ele não o fez, e a vontade passou. — Então agora existia um corpo. Haveria perguntas pela manhã. Ela precisava fazer com que aquilo parecesse um acidente. Porém, mais que isso, ela devia estar desesperada porque, se *houvesse* uma investigação, uma pública pelo menos, logo descobriríamos que Rachel Stiles não tinha estado aqui. Ela precisava dificultar as coisas para nós. O ponto era: como?

Era uma pergunta retórica. Singh estava prestes a respondê-la, mas a rainha o fez primeiro.

— Me colocando na berlinda — respondeu ela, sombria. — Tornando tudo tão sórdido que minha reputação precisasse ser protegida.

Ela estava absolutamente correta. Ele ficou impressionado com o quão rápido ela havia entendido. Era quase como se já soubesse.

— Exatamente, senhora — assentiu ele. — A Srta. Moodie montou a cena. Ela despiu o Sr. Brodsky das próprias roupas e o vestiu com o roupão cedido pelo castelo. Ela prendeu a corda ao redor do pescoço dele e a apertou. Depois, o colocou dentro do armário com a outra ponta presa à maçaneta. Mas ela não a esticou o suficiente para...

— Eu já sei sobre o segundo nó — lembrou a rainha.

— Sim, senhora. É verdade. A princípio, ficamos confusos porque havia um fio de cabelo no corpo, entre o pescoço e a corda, que identificamos como pertencente à Dra. Stiles. Admito que isso atrapalhou a investigação por um tempo. Entretanto, ele deve ter vindo das roupas da Dra. Stiles que a Srta. Moodie estava usando.

— Ah. Ela as estava usando mesmo?

— É muito provável que sim, senhora. Sabemos que ela usava a bolsa da Srta. Stiles.

— É mesmo?

Aquilo surpreendeu Singh um pouco. De todos os detalhes que tinha para se prender, a bolsa configurava o menos provável. Mas a rainha parecia genuinamente interessada.

— Uma mala de rodinha foi retirada do apartamento da Dra. Stiles naquela manhã. Batia com a descrição daquela com que a Srta. Moodie chegou ao castelo. A julgar pelo tamanho e modelo, acreditamos que continha os documentos da doutora para a reunião e seu traje para a recepção daquela noite. A bagagem sumiu logo depois, então não há como ter certeza.

— Sim — assentiu a rainha. — Sim. Entendo.

Ela tinha aquele ar estranho. Sagaz. Pensativo. Ele tentou ser prestativo.

— A bolsa não tem um papel tão relevante na investigação, senhora.

— Não, suponho que não tenha. Por favor, prossiga.

— De volta ao cabelo, não creio que ela o tenha plantado ali de propósito. Ela teve o cuidado de esfregar o batom da Dra. Stiles para remover o DNA. E então ela o cobriu com as impressões digitais do Sr. Brodsky e o largou perto do corpo.

— Assim como a calcinha, se me lembro bem — acrescentou a rainha. — De onde ela veio?

Outro detalhe incomum para destacar, mas Singh se lembrou de como Gavin Humphreys fora irredutível ao associar a peça ao pajem da rainha. Ela devia ter ficado bastante irritada com aquilo.

— Nós acreditamos... — A voz de Singh vacilou. — Hum, pelo que foi encontrado no banheiro da casa da Dra. Stiles... É... que ela estava menstruada, senhora. E entendo que as mulheres gostam de carregar uma peça extra...

— Obrigada, comissário. Entendi.

— E, então, a Srta. Moodie a usou para tentar fazer parecer que o Sr. Brodsky havia morrido no meio de uma...

— Si-im. — A palavra tinha várias sílabas, e a voz da rainha pareceu carregada de melancolia. — O amigo de escola dela... Um jovem muito especial. Eu dancei com ele.

— Lamento — desculpou-se Singh.

— Pois é. Eu também.

Ele queria alegrar o ambiente, mas sabia o que viria a seguir.

— Talvez esteja se perguntando, senhora, o que a Dra. Stiles estava fazendo durante todo esse tempo que a Srta. Moodie estava ocupada se passando por ela.

— Sim — disse a rainha, inescrutável.

— Podemos discutir o assunto em outro momento, se preferir.

A rainha suspirou profundamente.

— Não. Me diga agora.

Singh notou certa relutância. Ela com certeza estava cansada, depois da noite anterior. Mas era quase como se ela já soubesse o que estava por vir.

— Bem, quando Sir Peter descobriu a falsidade ideológica, a Dra. Stiles já tinha morrido. Nós havíamos presumido que ela fora subornada ou chantageada para participar da farsa original, porque, afinal, ela não chegou a denunciá-la. Por outro lado, ninguém a viu com vida desde o dia anterior à visita oficial a Windsor. O inspetor-chefe Strong achou que talvez a tivesse visto quando foi até o apartamento dela para interrogá-la como testemunha, mas, depois da revelação de Sir Peter, ele percebeu que foi com a Srta. Moodie que havia falado, não com a Dra. Stiles. Então, verificamos as câmeras de segurança da parte externa do apartamento. Na noite anterior à primeira reunião no castelo, aparece um homem alto, de capuz, chegando. Nenhum dos outros moradores o viu no prédio. Acreditamos que ele entrou no apartamento da Dra. Stiles sem seu conhecimento e despejou um boa noite cinderela no que ela estava tomando na hora.

— No meu tempo, chamávamos isso de Mickey Finn — comentou a rainha.

— Sim, acho que eu já ouvi falar. Nesse caso, temos quase certeza de que foi um sedativo chamado Rohypnol, usado com a triste finalidade de... H-hum, abusar sexualmente de outras pessoas em encontros, senhora. Ele diminui a ansiedade, mas também pode fazer com que a pessoa que o ingeriu se esqueça de fatos recentes. Também pode causar uma bela de uma indisposição no dia seguinte. Acreditamos que a Dra. Stiles apagou naquela noite e, pela manhã, achou que havia contraído uma virose. Ela mandou um e-mail para seu contato na reunião do Cinturão e Rota, explicando a situação, mas havia mais uma coisa: o GCHQ descobriu que o e-mail dela foi hackeado. Sabe o que é hackear, senhora? Ah, ok. Ela mandou o e-mail, mas ele nunca chegou ao destinatário. De acordo com as câmeras, o homem enca-puzado ainda estava dentro do apartamento. Achamos que o plano tinha sido ficar de olho nela enquanto a Srta. Moodie fazia sua parte no castelo e depois deixá-la se recuperar dos efeitos colaterais nause-antes e voltar à vida normal. O corpo metaboliza rápido o Rohypnol na corrente sanguínea. A Dra. Stiles teria lembranças confusas, mas, fora isso, teria ficado bem, pelo menos fisicamente. Porém, depois da morte do Sr. Brodsky, eles mudaram de ideia. Chega a ser irônico, se pensarmos bem. A Srta. Moodie fez o que fez com o corpo para impedir que Rachel Stiles ficasse sabendo do assassinato e contasse a alguém que não estivera presente naquela noite. Mas aquilo jamais ia acontecer. A senhora está bem?

— Perfeitamente bem, comissário. Talvez eu tome outra xícara de chá. Muito obrigada. — A rainha assentiu para o criado conforme ele a servia.

Singh estava preocupado. De repente, ela parecia um pouco pálida, e ele ainda nem havia chegado à pior parte.

— Então... E me interrompa se estiver muito exaustivo...

— Não. Por favor, prossiga.

— Senhora. — Ele a esperou tomar outro gole. — O intruso deixou a Dra. Stiles sozinha por um instante, mas logo retornou. Como eles temiam, rapidamente suspeitamos de homicídio no castelo. Acreditamos que ele a manteve dopada no quarto até que Anita Moodie pudesse fa-zer sua parte na sala de estar na presença da polícia. Mas àquela altura estavam sem saída. O time de Strong podia voltar a qualquer hora. Não tinham como manter a Dra. Stiles inconsciente por tempo indefinido.

Além disso, já haviam se passado três dias. Quando ela voltasse a si, saberia que fora mais que uma virose. Ela se lembraria de pelo menos alguma coisa que ele lhe fizera. Então ele esperou. Por mais três dias. Acreditamos que ele a manteve drogada enquanto usava seu e-mail e suas redes sociais para dizer a seus amigos e colegas de trabalho que ela estava gripada. Queriam um intervalo longo o suficiente para que o acontecimento seguinte nunca fosse ligado ao castelo. O GCHQ salientou que os hackers nem se deram ao trabalho de desviar outras mensagens. Eles sabiam que a Dra. Stiles jamais as leria ou abriria.

A rainha pressionou o calcanhar com mais firmeza no corpo quente do cão adormecido.

— Como ela morreu, afinal?

— Vodca, senhora — respondeu Singh, sem rodeios. — Misturada com mais Rohypnol. A garrafa ainda estava no apartamento. Ela devia estar grogue demais para recusar. Ele também esfregou cocaína em suas gengivas. O suficiente para causar um infarto.

O tempo corria no relógio em bronze ormolu. Os cães fungaram. A rainha parecia desolada.

— Devo... Eu gostaria de... — Ela tossiu e se recompôs. Quando voltou a falar, estava sentada ereta como uma vara e o tom limpo como um sino voltara. — A Dra. Stiles morreu servindo seu país. Na verdade, a *mim*. Espero que, quando eu ligar para a família a fim de oferecer minhas condolências, possa assegurá-los de que fizemos tudo que estava ao nosso alcance para que a justiça fosse feita.

Humphreys tinha ficado calado por mais tempo do que planejara. Ele decidiu que era hora de animar Sua Majestade.

— A cocaína foi um erro deles, senhora — interveio ele. — Assim como pudemos ver com Anita Moodie, eles foram muito dramáticos. Se tivessem apenas entupido Stiles de álcool e sedativos, a morte teria passado despercebida. Mas o povo do mercado financeiro usa cocaína, pensaram, então aquilo pareceria mais natural. Em vez disso, o fato chegou às manchetes. O que significa que Sir Peter Venn soube do ocorrido e ficou pensando na jovem quando conversou com o inspetor Highgate, e... Bem, isso nos trouxe a esse ponto.

— E qual é esse ponto, exatamente? — perguntou a rainha.

Humphreys fez um gesto para seu diagrama.

— Mencionamos três casos. Anita Moodie também está morta, senhora. Ela morreu antes de desconfiarmos dela. O corpo foi encontrado dois dias depois do de Rachel Stiles. Era para ter parecido um suicídio, mas por acaso descobrimos que ela temia pela própria vida.

— Como assim?

— Um amigo de longa data ligou para a polícia para avisar. O mesmo homem, presumidamente, que fez a denúncia anônima sobre a espionagem.

— Humm...

— E Moodie tinha razão. Ela havia estragado tudo. Sabia que poderia ser punida e foi. As imagens das câmeras de segurança do lado de fora de *seu* apartamento mostram um homem alto e loiro entrando no prédio no dia de sua morte e saindo meia hora depois. Não havia sinais de arrombamento no apartamento, nenhum DNA útil, absolutamente nenhuma prova de que não foi suicídio, mas temos certeza de que ela foi assassinada. Ela havia causado muitos problemas para seus superiores e, no fim, teve que lidar com as consequências, senhora. Acho que tinham justiça poética em mente. Ela enforcou Brodsky de maneira incompetente, então eles a enforcaram também, só que de um jeito mais profissional.

A expressão da rainha sugeria que ela não via nada de justiça naquilo.

— Que horror...

— Sim. Mas houve um fator determinante. As imagens do circuito interno de TV provam que foi o mesmo homem que esteve com as duas na ocasião de ambas as mortes.

— Ah, sim. — Finalmente, Sua Majestade parecia ligeiramente mais animada.

— E as imagens da parte externa do apartamento de Moodie são muito mais nítidas. Ele não estava com o capuz na cabeça da segunda vez. Nós o identificamos como Jonnie Haugen: um capanga pouco relevante contratado pelo escritório de inteligência de Fazal para cuidar das coisas aqui em Londres sem incriminá-los. Porém, nós sabemos que eles o usaram, então isso os compromete, *sim*. Detivemos Haugen na Scotland Yard, acusado pelo assassinato de Stiles. Encontramos seu DNA no apartamento dela. Ele havia tentado limpar tudo, mas é difícil passar tanto tempo em um lugar sem deixar nenhum rastro e sem fazer parecer que você o desinfetou. Não sei se vamos conseguir acusá-lo pelo assassinato de Moodie, mas a polícia está trabalhando para isso.

Singh assentiu em aprovação.

— E a pessoa que foi pegar a mala no apartamento de Stiles para entregá-la a Moodie é um motorista da embaixada — continuou Humphreys. — Porque o príncipe é muito mais amador nisso do que julga ser. O motorista será deportado amanhã. Depois da nossa conversa, vou informar ao primeiro-ministro. O príncipe voltou para casa e ele é obviamente intocável, mas vamos explicar direitinho ao rei que seu sobrinho é um imbecil perigoso, que levou seu país à desonra. Se puder reforçar a mensagem, senhora, ele talvez a ouça, vindo da senhora.

— Talvez. Posso tentar. E o que aconteceu ao informante, se me permite perguntar? Aquele do Ministério das Relações Exteriores?

— Foi detido ontem, tentando embarcar em um voo no Heathrow — respondeu Humphreys. — Ironicamente, o voo estava atrasado havia horas por causa de uma tempestade no sul da França. Já estávamos a caminho para prendê-lo. Nos poupou uma viagem e algumas burocracias.

— Ótimo. Agora, acho que irei me retirar.

A rainha alisou a saia e se levantou. Humphreys e Singh ficaram de pé num pulo. Ela ajeitou a alça da bolsa em seu braço e sorriu para ambos.

— Bom trabalho. Três assassinatos... Muito inteligente da parte de vocês solucioná-los. Por favor, agradeçam o trabalho árduo a suas equipes também. Ficamos todos muito abalados com os acontecimentos. É bom saber que posso dormir tranquila outra vez.

— Foi uma honra, senhora — disse Singh, com uma singular reverência.

— Uma honra — concordou Humphreys.

Falando em honra... *Sir* Gavin Humphreys... As palavras ecoavam em sua cabeça livremente conforme ele se inclinava e recolhia o diagrama. Ele tinha imaginado que tal honra viria, mas só daqui a uns cinco anos ou coisa assim. Sir Gavin Humphreys. A esposa dele ia fazer uma festa. Ele havia encontrado um espião e solucionado três assassinatos sozinho no processo. O que mais, francamente, Sua Majestade poderia fazer?

Ela saiu, com o escudeiro atrás dela e os cães em seus calcanhares.

Capítulo 31

A rainha estava na capela, sentada em silêncio, quando ouviu um barulho à porta e Philip entrou, parando logo na entrada.

— Posso me juntar a você?

— Por favor.

Ele caminhou lentamente em sua direção e se sentou em sua cadeira favorita, ali perto.

— Tom me contou que você se encontrou com aquele idiota do Caixa. — Ele hesitou, e ela não disse nada. Então continuou: — Ele disse que eles resolveram tudo. Acharam o culpado e tudo mais. Não foi um espião adormecido.

— Não, não foi um espião. Foi um informante.

— Parece que estou em um Le Carré.

Ele riu da própria piada, mas ela não. Entretanto, ele não levou para o pessoal. Sabia que aquela seria uma conversa difícil.

— Tom disse que foram três. Todos na casa dos vinte e poucos anos. Todos morreram de uma forma desagradável.

— Sim, morreram.

Ele olhou para o altar, onde uma pintura renascentista exibia Nossa Senhora com seu bebê.

— Ainda deviam ter uns setenta anos pela frente.

— Tenho certeza de que achavam isso. Mas... — Sua voz foi sumindo aos poucos. Isso não acontecia na frente de qualquer pessoa. Ela sempre encontrava a coragem e seguia em frente. Mas não se importava quando Philip a via vulnerável. Ela não era feita de ferro, e ele sabia.

— Tom disse que Humphreys resolveu tudo — comentou ele. — Não pensei que fosse capaz.

— Sim, foi muito surpreendente.

— Chocante, eu diria. Sabe, acho que ele tinha alguém lhe passando informações.

— Acha mesmo? — Ela franziu o cenho para o marido de modo incisivo.

— Nossa, sim — respondeu ele, com um aceno enfático. — Algum subalterno, sem dúvida. Inteligente pra danar, mas bastante menosprezado. Fazendo o trabalho sujo e dando a ele todo o crédito. Você não acha?

Ela relaxou um pouco.

— Algo assim.

— Mas ele ainda vai ganhar a honraria, não vai?

— Acho que ele merece.

— O que vai deixá-lo ainda mais insuportável, obviamente.

Ela apenas sorriu. Provavelmente, era verdade, mas, se existia uma pessoa treinada para suportar o insuportável, era ela.

Philip estendeu o braço e pousou a mão sobre a dela. A pele dele era macia e gelada. Ele lhe apertou o nó dos dedos, de leve.

— Bem, pelo menos descobriram a verdade. Pegaram os homens que fizeram isso?

— Nem todos eram homens. Mas sim.

— Fico feliz de saber. — Ele apertou sua mão outra vez.

Ela não lhe contou sobre o príncipe Fazal. Ainda não. Ela ainda estava furiosa demais para pronunciar seu nome, tanto pelo que ele havia feito quanto pela possibilidade de o rapaz escapar da justiça — embora a humilhação de ter sido pego lhe fosse causar uma angústia significativa. Pelo menos, ela esperava que sim.

— Vou lá. Vou jantar na cidade esta noite e preciso resolver algumas pendências antes de ir — avisou Philip, se levantando.

— Espere. Vou com você.

Ele lhe ofereceu o braço, e os dois caminharam pelo corredor juntos, na direção do vitral. Seu vitral. A cena mostrava atemporalidade e restauração e esperança. O que não a impediu de se sentir mal pelo jovem no quarto do sótão e pela inocente moça em seu apartamento, e até mesmo pela outra, que sofreu horrores antes de morrer, mas aquilo lhe deu forças para caminhar com calma e habilidade de volta ao agitado castelo, onde ela era o eixo em torno do qual aquele mundo girava.

Em dois dias, ela e metade da Casa Real voltariam a Londres a fim de se preparar para a Cerimônia de Abertura do Parlamento. A vida tinha que continuar. Ela fazia o que podia. No momento, era a hora de um pouco de gim.

— Você descobriu se o capanga era o mesmo que tentou te matar?

Aileen Jaggard visitava o castelo a convite de Rozie. Elas estavam lá no topo da Torre Redonda, escondidas dos olhares curiosos.

A boca de Rozie se curvou em um sorriso.

— Billy MacLachlan descobriu por mim. O cara na cela tinha um nariz fraturado e uma das mãos machucada. Três dedos quebrados. E que lhe causavam um bocado de dor.

Aileen encontrou seu olhar.

— Coitadinho.

— O que não entendo é o seguinte — disse Rozie, mudando de assunto: — Por que Gavin Humphreys? Entre todas as pessoas. Pensei que a Chefe o odiasse.

— Ela não odeia ninguém. Ela talvez só estivesse com um pouco de raiva.

— Mas quando se pensa no transtorno que ele causou... — insistiu Rozie. — Todos podiam sentir. Ela *sabia* que ele estava enganado sobre o lance de Putin desde o início.

— Ela deve ter decidido que ele era o homem certo para o serviço. Não ia deixar que seus sentimentos o atrapalhassem.

— Como não?

— Prática. Muita e muita prática. Ela é uma governante brilhante. Como acha que sobreviveu a todos esses anos? Ela pensa a longo prazo. Humphreys *era* o melhor homem para o serviço?

Rozie contemplou o horizonte. A distância, era possível avistar todo o caminho até o Shard, a leste. Sem a menor pretensão, o edifício marcava trinta e dois quilômetros dali até a Torre de Londres, de fortaleza a fortaleza, como William, o Conquistador, havia planejado, com Londres no meio. Ela considerou a pergunta.

— Talvez — admitiu ela. — Quer dizer, a Chefe descobriu quem foi o responsável pelas mortes, mas não creio que ela pudesse provar quem estava por trás disso. Assim que ela deduziu *ser* um caso de espionagem, o MI5 parecia a melhor opção para lidar com tudo, eu acho.

— Faz sentido.

— Mas por que não contar a ele até onde ela havia avançado? Eu a vi em ação. Ela apenas... plantou algumas ideias. Ele nem sabia o que ela estava fazendo. Foi *ela* que disse a *ele* sobre Allingham. Foi *ela* que levou MacLachlan à denúncia anônima sobre Anita Moodie. Ela deixou Humphreys levar todo o crédito, até para si mesmo.

Aileen sorriu. Afastou uma mecha de cabelo dos olhos.

— É, parece algo que ela faria. Fiquei um pouco sem saber como agir na primeira vez, mas quanto mais eu a testemunhava fazer isso, mais sentido fazia. Ela não quer ser vista como intrometida.

— Mas é o castelo dela!

— Mas ela não é a chefe da investigação. Imagina se ela tivesse contado tudo o que descobriu, e o que você descobriu. Isso só provaria que ela estava duvidando do homem o tempo todo, o que, lógico, ela estava. Isso dificilmente colaboraria com a autoestima dele.

— Então é tudo sobre ego?

— Pensa só comigo, se ela tivesse provado a ele que estava errado e o diminuído, o que aconteceria da próxima vez que houvesse um problema? Ele ia ficar achando que ela faria isso de novo. Ele não ia mais confiar nela. Confiança é *tudo* para Sua Majestade. Muito mais que ficar contando quem marcou mais pontos. Ele ia parar de lhe contar as coisas. Que bem isso traria?

— Então ele ganha o título de cavaleiro e continua acreditando que ela é uma senhorinha sem cérebro que vive em um belo castelo?

— Uma senhorinha sem cérebro por quem ele dá seu sangue, independentemente de quem esteja certo ou errado.

Rozie balançou a cabeça.

— Ainda não consigo entender. Quer dizer, quem tem tanta...?

— Autodisciplina?

— Sim.

— Apenas uma pessoa no mundo, arrisco dizer. Aproveita enquanto você pode.

Elas observaram uma última vez a vista panorâmica, desde a Long Walk a sudeste até a cidade a oeste e o rio atrás dela, lento e imponente, indo de Oxfordshire até o mar. Acima delas, o céu parecia uma safira, salpicado de nuvens. Era quase junho, e logo o castelo estaria se preparando para Ascot.

— Falando nisso, suponho que ela já tenha prestado os devidos agradecimentos — acrescentou Aileen nas escadas, enquanto desciam até o térreo. — Ganhou a caixa?

Rozie sorriu.

— Ganhei.

Uma semana antes, a rainha a havia convocado para ir vê-la no Salão de Carvalho. O que era mais formal que suas habituais reuniões privativas. Quando chegou lá, a Chefe, com seu cabelo feito e sua saia e seu cardigã favoritos, exibia aquele sorriso encantador que aquecia o coração de Rozie.

— Estou lhe devendo dinheiro — dissera ela.

Era verdade, mas, ainda assim, Rozie estava perplexa por ouvi-la admitir.

— Ah, Vossa Majestade, não...

— Você pensou que eu havia esquecido, mas aqui está. Lady Caroline me disse o valor.

Esse deve ser o reembolso das cestas da Fortnum. Elas haviam custado uma fortuna em abril, e Rozie tinha pagado do próprio bolso porque não conseguiu pensar em outra alternativa. E ela não tinha tocado no assunto.

Porém, a rainha não estava lhe oferecendo um envelope. Em vez disso, ela entregou a Rozie uma fina caixa azul que estava na mesa à sua frente. Ela era surpreendentemente pesada.

— Abra.

Dentro, havia uma caixa menor esmaltada em prata e azul, do tamanho de uma bolsa-carteira, com a cifra real gravada abaixo do fecho. Rozie a abriu e encontrou um cheque do Coutts com a quantia exata que tinha gastado. Mas foi a caixa que chamou sua atenção. Rozie havia reparado em uma igual àquela na mesinha ao lado do sofá no apartamento de Aileen, em Kingsclere. A dela agora ficava em sua mesa de cabeceira em qualquer que fosse a residência real em que estivesse trabalhando. Ela pensou que devia ser a primeira pessoa a usar isso para guardar uma reserva de manteiga de karité para sua pele.

— Ela não dá uma para cada caso, dá? — perguntou ela.

Aileen riu.

— Não. Mas ela sempre pensa em algo. Enfim, você não disse que ia me levar para uma cavalgada no parque? Eu trouxe meu traje de montaria. Vamos aproveitar o tempo que está fazendo.

Capítulo 32

Um ano se passou. Outra Corte da Páscoa, outro aniversário. Na lista de honra do Ano-Novo, Sir Gavin Humphreys, de fato, recebeu as boas-novas pelas quais não ousara (mas o fizera mesmo assim) ter esperanças. Assim como, e até ele se surpreendeu com essa, Sir Ravi Singh. O inspetor-geral Strong ficou feliz com sua Medalha da Ordem do Império Britânico. Agora, a mostra de cavalos se aproximava outra vez.

Antes de dar início às festividades, a rainha queria ver alguns convidados em particular. Primeiro, foi um jovem que Rozie havia levado um tempo para localizar. Ela eventualmente o achou em um hostel em Southend, onde ele tinha um bico de trabalho braçal. Ele vivia entrando e saindo da reabilitação, incapaz de ficar em um emprego. A morte da mãe na sua adolescência o havia abalado profundamente, Rozie concluíra. O pai morrera quando ele tinha apenas sete anos. A irmã mais velha havia feito o possível e o impossível para mantê-lo na linha, mas agora ela também estava morta.

Quando Rozie lhe contou sobre o convite, sua primeira preocupação foi ele não ter nada apropriado para vestir.

— Não se preocupe com isso. — Ela o tranquilizou. — Ela não se importa. Apenas arranje um paletó emprestado. Qualquer um. Já vai ajudar.

Ao se aproximar do castelo, ele parecia muito assustado. Com medo da polícia em frente aos portões, com medo das tropas que sabia que estavam do lado de dentro. Àquela altura, estava acostumado a temer todo tipo de autoridade, e aquilo era como uma junção de todas elas, concentradas em um único lugar, em um maldito *castelo*. Mas, quando ele mostrou o convite, foi escoltado como um convidado VIP, passando pelo restante do público que estava na fila. A mulher que havia escrito para ele (que era gata, e alta, e preta, e nada do que ele esperava) veio encontrá-lo no portão e o guiou por um caminho secreto até o topo da ladeira, evitando os locais públicos, até chegarem ao trecho onde a rainha, de fato, residia. Ele não estava acreditando.

A mulher alta o guiou por um dos lados de um imenso retângulo de grama no meio de todos aqueles prédios cinzentos de pedra, até um canto chamado Torre Brunswick. Em seguida, ela o acompanhou até em cima, e ele pensou que esperaria horas em algum tipo de recepção — algo assim, ele não fazia ideia —, mas, em vez disso, ela bateu a uma porta e alguém disse: "Entre." E então eles o fizeram, e lá dentro estava... a rainha.

A rainha de verdade. Bem ali. Em pessoa. Tipo, sozinha, ou quase, com apenas, tipo, alguns cães e um cara com luvas parado ao lado de uma mesa com bebidas. E a sala não era grande, mas era um pouco escura e cheia do tipo de mobília que você imaginava que a rainha tinha — tipo, antiga e com aparência de muito, muito cara, como se ela tivesse conseguido tudo em algum museu —, e pela janela ele podia ver uma longa fila de árvores a distância e pessoas caminhando entre elas, pessoas normais, apenas vivendo a vida, sem saberem que ele, Ben, estava parado em uma sala com Sua Verdadeira Majestade.

Parecia uma experiência de outro planeta. Ele estava se sentindo muito, muito grato por ter aceitado os sapatos de couro que o gerente do hostel se ofereceu para emprestar. Tênis simplesmente não combinavam com aquele tapete.

— Bom dia, Sr. Stiles. Muito obrigada por ter vindo. Espero que sua viagem não tenha sido muito cansativa.

— Não, Vossa Majestade — respondeu ele. A mulher alta, que também estava ali, havia lhe instruído a dizer "Vossa Majestade" na primeira vez, e depois "senhora", que rimava com "amora", e não "madame", que rimava com "salame"; e a se curvar, o que ele havia se esquecido de fazer. Droga! E então ele o fez, tarde demais, mas fez. E Sua Majestade sorriu. Ela ficava realmente bonita quando sorria. Mas era bem pequenininha. Parecia ser mais alta na TV. Mas ela tinha um brilho... Ele não tinha certeza de como ela fazia aquilo, mas era incrível.

— Rozie, poderia pedir ao major Simpson que se junte a nós em cinco minutos? — perguntou ela.

A mulher alta desapareceu, e a rainha se sentou e apontou para o outro assento, então ele também se sentou, e o cara com luvas se aproximou e lhe perguntou o que ele gostaria de beber. Ele tinha um leve sotaque escocês e parecia muito gentil, e Ben gostou dele de cara. Mas não fazia ideia do que dizer, então soltou um "qualquer coisa", e o cara voltou com um copo de água gelada com uma fatia de limão, o que estava ok.

E eles conversaram — ele e a rainha, o cara das luvas não disse mais nada, apenas meio que se camuflou ao cenário — pelo que poderia ter sido um minuto ou meia hora, Ben não tinha a menor noção do tempo. Nem conseguiu, mais tarde, se lembrar ao certo de qualquer coisa que tenham conversado, para falar a verdade. Só de que ela foi muito simpática e que conversaram por um tempo sobre sua irmã e seu pai, e que ela lhe dissera como devia ter sido difícil crescer sem pai, o que de fato foi, e como ele fora corajoso, e o quanto ela lamentava pela sua irmã. E ele sentiu verdade na sua fala. Ela realmente fora sincera. E, em determinado momento, ele parou de se sentir apavorado e apenas se sentiu... em casa. Como se aquilo fosse uma manhã de terça-feira como qualquer outra. E estava tudo bem.

Então, a mulher alta voltou com outro sujeito que trajava a farda mais escandalosa que já vira na vida — toda em vermelho e preto, com detalhes dourados por todo lado e medalhas e sapatos lustrosos, parecendo um traje de época, e a rainha se levantou, e Ben também, e ela caminhou até uma mesa que tinha uma almofada em cima, e o homem de farda pegou a almofada e entregou a ela, e em cima dela havia uma pequena caixa preta, revestida de veludo preto, com duas cruzes de prata no interior, uma de tamanho médio, outra menor.

A rainha olhou para Ben.

— Fique aqui — disse ela, apontando para um ponto diante de si. Ela soou um tanto rígida, mas não foi sua intenção, e Ben fez o que lhe fora mandado. E ela disse: — Sr. Stiles, sei que a versão desta comenda que foi dada a sua mãe sumiu ano passado. Lamentei saber do fato. Sua irmã também morreu a serviço do país, e eu gostaria de expressar minha gratidão pelo serviço dela e pelo sacrifício de seu pai. E o quanto lamento pela sua mãe. — Ela estendeu o braço para apertar sua mão e, em seguida, se virou, pegou a caixinha em cima da almofada e entregou a ele.

Ele olhou para baixo, e duas de suas lágrimas pousaram no polegar da rainha, o que foi constrangedor. Ben não conseguia segurar o choro desde a morte da mãe. Uma daquelas coisas que acontecia com todo mundo. Mas a rainha não pareceu se importar. Ela apenas se certificou de que ele segurava a caixa com firmeza. E, quando tudo terminou, ela deu um passo para trás e sorriu para ele de modo amigável, e Ben não sabia o que dizer, por isso falou:

— Obrigado. É... senhora. Agradecido.

E ele se deu conta de que o verdadeiro presente não foi uma substituta para a cruz e a miniatura dela, e sim o tempo passado com ela naquela sala, que poderia ter sido tanto dez minutos quanto dois dias pelos seus cálculos — foi como entrar em um vórtice temporal. Mas agora ele estava realmente chorando, então com certeza era melhor partir. Ela disse algo que ele não conseguiu ouvir, e então a mulher alta lhe mostrou a saída, e, assim que saíram da sala, ele apenas se virou para a mulher alta e a abraçou, com força — o que não era exatamente permitido, e ele sabia disso, mas às vezes você deve seguir sua intuição —, e ela retribuiu o abraço por um instante, e perguntou se ele estava bem. Ao que ele respondeu que sim, porque havia a versão longa e a curta, e a versão curta era sempre mais fácil. Mas ela apertou seu braço como se ele tivesse dado a versão longa e continuou segurando-o enquanto caminhavam pelo corredor, comentando sobre um rolo de pergaminho que ele também ia receber, mas aquilo era uma preocupação para mais tarde.

E foi assim que ele conseguiu de volta a Cruz de Elizabeth, e foi tudo muito bizarro. Ele havia jurado que jamais a usaria depois da morte de sua mãe. Rachel gostava de usá-la, mas ela era mais apegada a esse tipo de coisa; Ben tinha certeza de que ia perdê-la. Mas sabia que jamais perderia esta. Nunca.

A outra visitante era Meredith Gostelow, a quem a rainha convidou para ver a lápide que a arquiteta havia projetado, a pedido da soberana, para um túmulo muito incomum.

Elas se encontraram no castelo, e a rainha cortou caminho pelo Home Park para ir até os jardins de Frogmore House. Era ali que muitos integrantes da Família Real estavam enterrados, incluindo Victoria e Albert, que haviam escolhido o local com muito carinho, e o tio da rainha, Edward VIII, cuja família não poderia colocar em outro lugar.

As sepulturas reais eram cuidadas com esmero, à sombra do mausoléu da rainha Victoria, mas o local para onde a rainha levou Meredith Gostelow era mais distante, um pouco escondido pelas árvores, logo ao norte do lago Frogmore. Quem não prestasse atenção não o via. Uma parte da grama entre os jacintos desabrochados estava marcada por uma placa irregular de mármore branco, com letras de bronze que diziam apenas: "MAKSIM BRODSKY. MÚSICO. 1991-2016."

A arquiteta analisou o próprio trabalho com um olhar crítico. Aquela foi a primeira vez que vira pessoalmente um projeto concluído. Era extremamente simples e diferente de seu estilo, mas horas e horas de trabalho haviam sido depositadas naquela simplicidade: escolher o tom exato de branco, o bloco de mármore perfeito, a assimetria mais agradável, o estilo certo e o tamanho da fonte com o espaçamento mais atrativo, e o escultor mais talentoso para executá-lo. Trabalhara dias no modelo e semanas no conceito.

— A senhora gostou? — perguntou ela.

— Achei muito bom — respondeu a rainha. — Você não?

— Ah, sempre tem alguma coisa que a gente mudaria. — Meredith sentiu que aquela não era a resposta que a rainha desejava, então acrescentou: — Mas, no geral, reflete bem o que eu queria. Acho que faz jus a ele. Assim espero.

— Espero que não tenha achado ruim eu ter lhe pedido que a fizesse — comentou a rainha.

— Devo admitir que fiquei bastante surpresa.

— Admiramos seu trabalho. Foi por isso que a convidamos naquela noite. E você conheceu o Sr. Brodsky.

Meredith sentiu as bochechas esquentarem.

— Pode-se dizer que sim.

As duas encararam a lápide.

— Você também dançou com ele — disse a rainha, para aliviar o rubor do rosto da outra mulher. Ela não quis constrangê-la.

Aquilo pareceu funcionar. Meredith sorriu.

— Foi mesmo. Ele não era um homem dos sonhos?

— Sim, ele era.

— Fiquei sabendo, confidencialmente, que descobriram quem foi a pessoa responsável por sua morte — disse Meredith.

— Si-im — concordou a rainha. — Pelo que soube, seu nome surgiu na investigação. Não foi minha intenção.

— Por favor, não se desculpe. — Aquilo era um pedido de desculpas? Parecia um. — Contanto que a justiça tenha sido feita.

— Até certo ponto.

Elas ficaram em silêncio por um instante.

— Gosto dos jacintos — confessou Meredith. — Do lugar como um todo. Traz uma sensação de paz muito grande.

Naquele momento, um 737 passou zunindo lá no alto, fazendo com que as duas olhassem para cima e Sua Majestade soltasse uma gargalhada, mas era verdade, tirando os aviões, era o lugar mais tranquilo e privativo naquele trecho do bosque. A rainha havia dedicado tempo procurando o melhor local.

— Por que ele foi enterrado aqui? — indagou Meredith. Era a pergunta que vinha se fazendo desde que recebera a encomenda da lápide, e ninguém sabia lhe responder. Era como se estivessem tão intrigados quanto ela. Aquilo nunca tinha sido feito. Não era recorrente. Não havia precedentes.

— Ele não tinha nenhum outro lugar para ir — respondeu a rainha, com um aceno de mão.

Ninguém havia reivindicado o corpo no necrotério. A embaixada o teria buscado eventualmente, óbvio, mas ela não tinha certeza do que aconteceria a ele depois. Ele não tinha ninguém para lamentar sua morte. Ela achou que o jovem merecia mais, depois de todo aquele Rachmaninov.

— Acho que ele será feliz aqui — anunciou Meredith. Ela se abaixou, com certa dificuldade, e se inclinou para a frente para tocar a pedra, sob a qual as cinzas de Maksim estavam enterradas. — Ou talvez infeliz-feliz, do jeito russo. Quer dizer... Nossa, eu adoraria ficar aqui. Quem não gostaria? Parece... seguro, não parece?

Pássaros cantarolavam nas árvores. Havia um zumbido monótono de insetos e um som distante de cavalos. Elas ficaram ali por um tempo, aproveitando os raios de sol que se intercalavam com as sombras no chão. Se não fosse pelo mármore branco e pelo rastro de avião no céu, era como se aquele lugar entre as árvores tivesse essa mesma aparência, os mesmos sons e provocasse as mesmas sensações em todas as fases do último milênio.

Por fim, a rainha se virou e disse:

— Vamos?

Juntas, elas voltaram para o castelo.

Agradecimentos

Agradeço, sobretudo, à rainha Elizabeth II, por ser uma fonte constante de inspiração, seja na literatura ou na vida.

Aos meus pais, Marie e Ray, que me presentearam com o amor pela ficção policial e com diversas histórias engraçadas sobre a Família Real Britânica.

Ao meu agente incrível, Charlie Campbell, *sine qua non*. Além de Charlie, sou eternamente grata a Grainne Fox e a toda a equipe da Fletcher & Company, assim como a Nicki Kennedy, a Sam Edenborough e ao seu time na ILA. Escrevo este agradecimento quatro meses depois de nos encontrarmos pela primeira vez e no momento em que as edições britânica e norte-americana estão no fim do processo de copidesque. Quantas coisas conquistamos nesse meio-tempo!

Aos meus editores, Ben Willis, no Reino Unido, e David Highfill, nos Estados Unidos, e a todo o time da Zaffre Books e da William Morrow, pois foi um prazer trabalhar com eles desde a primeira vez que nos falamos. Nosso primeiro contato aconteceu assim que o lockdown foi decretado, então ainda não nos conhecemos pessoalmente, mas não vejo a hora de sair com vocês.

Pela amizade e pelos *insights* maravilhosos: Alice Young, Lucy Van Hove, Annie Maw, Michael Hallowes, Fran Lana, Abimbola Fashola e a todos que preferem permanecer no anonimato.

A Mark e a Belinda Tredwell, que me receberam no retiro de escrita, numa época em que eu deveria me dedicar a outro livro, mas fiquei muito obcecada com a ideia que tive para este aqui.

Aos meus grupos de escrita, *Place*, *Sisterhood* e *Masterminds*, e a todos os meus alunos e colegas de trabalho. Vocês sabem quem são. Agradeço imensamente a Annie Eaton, que partilha do amor pela arte, história, moda e pelos livros, e conhece ótimos agentes.

Ao *National Health Service*, que salvou a vida de Alex e a minha em 2019. Minha eterna gratidão.

Ao *Book Club*, com uma menção honrosa a Poppy St John, que ficou empolgada com esta história desde o início e me motivou a continuá--la quando ela era só uma ideia e uns parágrafos truncados.

A Emily, Sophie, Freddie e Tom, que relevaram os dias que eu os abandonei e me isolei para ficar escrevendo na casinha dos fundos do nosso quintal. E a Alex, meu primeiro leitor, o amor da minha vida, o homem que me disse que a primeira versão não tinha ficado muito boa... mas a segunda, sim.

Este livro foi composto na tipologia Sabon LT Std,
em corpo 11/16,15, e impresso em papel off-white
no Sistema Cameron da Divisão Gráfica
da Distribuidora Record.